影武者 明智光秀

前川佳彦

文芸社

目次

影武者　明智光秀

哀れ信康

秋葉山から続く峰々の黒い影が、三方ケ原台地を飲み込もうとしている。

一昨日までの大嵐で、天竜川の勢いがすべての物音をかき消していた。

見張りの厳しい二俣城には近寄ることもできず、行信は街道脇の野小屋で翼を広げた得体の知れない大きな魔物に飲み込まれるような感覚に囚われていた。

翼が遠州灘まで覆いかぶさった時、浜松に向かう一人の武士の姿が次第に大きくなってくる。

「服部さま」

旧知のような敬う声で呼びかけた。

武士は足を止めると、返事をするでもなく行信を見つめた。

「お急ぎのところ、お呼びだてして申し訳ございませぬ。某、日向守家臣、斎藤利三の配下で、荒木行信と申します」

半蔵は親しみのある呼びかけに、一瞬の警戒心を緩めると、

「日向守さま家臣、と……」

「はい、驚かれるのは無理もございませぬ。大殿は、信康さまのこと、大変、心配されています」

「………」

「私は、摂津の荒木さまとは関係ありませぬ。丹波の波多野の家臣でしたが、降伏後、日向守さまに召し抱えられ、黒井城に入られた斎藤さまの配下に加えられました」

「さようか。丹波、摂津のこと、承知しておる。で、この半蔵に何用で参られた」

「大殿や黒井の殿は、信長さまの恐ろしさ、肝に銘じられておられます」

「………」

「ご存じかもしれませぬが、黒井の殿は、日向守さまに仕える以前、稲葉一鉄殿の家臣でした。故あって出奔され、大殿を頼られました。立腹された稲葉殿が信長さまに訴えられ、処断されるところ、大殿が命をかけて嘆願されました」

「そうであった、お二人とも道三殿のご家来であった」

「大殿は有岡城から動けませぬ。で、某が密命を帯びてまいりました」

「密命、と……」

「はい、単刀直入に申し上げます。信康さまを丹波にお連れせよ、と」

「なんと、丹波に……」

大きく息を吸い込むと、

「我ら家臣も、若殿に出奔をお勧めしている。大殿もお命じにならないが望んでおられる、と推察している。が、若殿は出奔すれば罪を認めたことになる。また、後々、お家にどのような禍を及ぼすか分からない、と頑として首をお振りにならぬ」

「では、何者かに攫われたことにしては、いかがですか」

「……考えてみたが、警護が厳しく迂闊に寝所に近寄れぬ」

「服部さまの手の者で当たれば、容易いかと」

「いかにも、ただ、若殿は武術に長けておられる。納得されぬ限り、成就は至難の業ではない」

「やむを得ませぬ。無理は承知の上でした。が、このままでは私も帰れませぬ。一度、お会いして大殿や斎藤の殿のお言葉を、お話しとうございます」

「相分かった。何人といえどもお会いすることは禁じられておる。が、折を見て話してみよう」

行信は深々と頭を下げた。

（服部さまも、藁にも縋る思いに違いない。でなければ、簡単に承諾などされぬ）

「荒木殿、拙宅にお泊まりにならぬか。丹波や摂津のこと、知らせは受けているが、もう少し詳しく知りたい」


すでに辺りは漆黒に覆われていた。

新月に近く、星の明かりが異様に明るい。

行信は半蔵の後を追いながら、

（大殿ならどうされるだろう。斎藤の殿を命がけで助けられた。某には、真似できぬ）

（何故、お二人は信康さまの命を助けようとしているのだ。明智と関わりないではないか）

（いや、関係がなくもない。徳川さまも嫡子を切腹させられたら、面目丸つぶれだ。二年前の松永久秀さま、このたびの荒木村重さまの事件が連鎖し、他の武将の離反も考えられる）

（徳川さままで離反となれば、今日まで織田家を支えてきた外様の武将の動揺は広がる。明智も例外ではない）

二俣城は浜松城から北の方向に五里の地にあって、天竜川と二俣川に挟まれた台地の先端部に築かれた要衝である。本丸の西側は鋭く切り込んだ絶壁で、真下を天竜川が流れている。

南北に秋葉街道が通り、信州の伊那谷と秋葉神社の分岐にあり、少し南に下がれば、東海道の脇街道として姫街道が東西に走っている。

戦略上も重要な位置をしめていた。

今川義元亡き後、武田と徳川が二俣城を巡って激しく争っていた。

長篠の戦い後、手に入れた家康は、城代として重臣の中でも特に武勇ある大久保忠世に守らせ、万全な城の修復工事を行なわせていた。

武田も取り返そうと、たびたび攻撃を仕掛けてきたが落城することはなかった。

夜の帳がおりると、冷気が肌身に沁みる季節に向かいつつあった。

夕方まで賑やかだったヒグラシの声も聞こえなくなり、いつの間にか虫の音が寂しさを奏でている。

天竜川の流れ以外、物音一つしない城内の一室で、信康は心寂しい身を徐々にではあるが現実のものとして受け止め始めている。

生命を授かって以来、花鳥風月に心を奪われることはなかった。

書物に目を落としているが、目で字を追っているだけで、いきなり奈落の底に身を落とす羽目になったいきさつを、二俣城に送られた日から考え始めていた。

武辺一筋に生きてきた身が、突如、父家康に岡崎城から南西四里にある大浜に謹慎を命じられたのは、天正七年（一五七九年）八月三日の深更であった。

九日には浜名湖岸の堀江城に移された。

更に三日後、信州に近いこの城に移され、慌ただしさで落ち着いて物事を考える暇もなかった。

大浜に謹慎させられた時は、訳も分からず父を憎み、世を呪いもした。

面会は許されていなかったが、大久保彦左衛門忠教を頭に、近臣の若侍が配所まで来て、警護の侍と言い争っている声が、夜毎聞こえていた。

そのたびに、血が騒いで書物どころではなかった。

堀江城に移された時は、腹立ちを抑えきれず、警護の者を叩き斬って単身浜松へ殴り込もうとも考えた。

見破られたのか、直ぐにこの二俣城に移された。

さすがに十日余りたち、人里離れた遠隔地に追いやられ世の中から遠ざかると、すべてのことが、何事もなかったかのように過ぎていく。

自然と心が落ち着きを取り戻しつつある身が忌々しかったが、ゆとりさえ感じ始めていた。

とはいえ、二十一歳の若さである。

置かれた立場に素直になれるはずはなかった。

悔しさが次から次へと湧いてきて、身も裂けんばかりの苦しみを味わっていた。


夜気が流れた。

物音ひとつ立てるでもなく、精悍な面構えの侍が縁側に膝をついた。

「若殿……」

「半蔵、か……」

香がかすかに漂う室内は生絹の帷子を羽織った信康以外、人の気配は途絶えている。

「夜分、呼び立ててすまなかった。入って楽にしてくれ」

半蔵は言われるまま室内に入ると深々と頭を下げた。が、信康を正視することはできなかった。

「面を上げてくれ。話ができぬ」

半蔵はおもむろに顔を上げた。

必死に耐える信康を間近に見ると、涙が溢れてどうすることもできない。

信康の顔は引きつり、眼は宙を睨んでいる。

いとおしくてならないのである。

歳の差は親子ほど離れているが、信康が物心つく頃から武芸を教えてきた。

さすがに武将の子の血は争えず、武芸全般で近習より秀でていた。

「若殿、お話は後程伺うとして、会っていただきたい者が、丹波から参っております」

「何、丹波から……」

半蔵は、行信の申し出を話した。

話を聞いた信康は、少し考える風であったが、

「日向守さまや斎藤さまの申し出、ありがたく存じる。が、心変わりはせぬ」

「若殿、大殿始め家臣一同、右府の意のままにはさせませぬ。若殿が決心されれば、戦も辞さぬ覚悟でございます」

「言うな、今更。詮無いことじゃ」

言葉に出してみたものの、唇をかみ、眼は宙を睨んだままである。

「それより、丹波からの使者に会ってみよう」

半蔵は、縁の隅で畏まっている行信に声をかけた。

行信が恐る恐る縁側中央まで来ると、

「そこでは話ができぬ、部屋に入るがよい」

言われるまま座敷に入り、あらためて平伏し頭を上げた。

見た瞬間、

（この方は、ただ者ではない。波多野の殿や日向守さまにはない、人を魅了する威厳が備わっている。もしや……信長さまは……後々、織田を超えると、恐れているのではないか）

「正成から仔細は聞いた。日向守さまや斎藤さまのご厚意はありがたいが、わしの腹は決まっている」

凛とした声は、意志の固さを表していた。

「信康さま、お考え直しを、いただけませぬか。信長さまは恐ろしいお方です。信頼ができませぬ。心底服従しない者は、いずれ抹殺されます。徳川さま、明智とて例外ではありませぬ。波多野の殿がその例です」

信康は黙って聞いていた。

「波多野が降伏した折、殿の首を差し出せ、と要求されました。日向守さまは命を保証する、と言われ、ご母公を人質に差し出すことで話が纏まりました。後日、安土へ伺候されたが弟君共々、磔に処されました。人ではありませぬ、鬼です。元波多野家臣は、恨みを晴らさなければ死んでも死に切れませぬ」

行信は三ケ月前の悔しさを思い出して涙声で訴えた。

「何と……降伏した者を磔にするなど、許せぬ、許せぬ……」

「信康さま、波多野の恨みを、晴らしてくださりませ」

行信は信康の決心を覆すのは、情にすがるしかないと思い始めていた。


しばらく沈黙が続いた。

信康は半蔵に目を向けると、

「この城に来て直ぐに忠隣が参った」

「忠隣殿は、何と申されました」

「《二俣へ送られた意味をお考えくだされ》それだけ言って退がっていった」

(意味は、分かっておられる。では、なぜ……動かれぬ。逃げる気はないのか)

「こたびの件、半蔵は何と思うぞ」

「半蔵ごときには分かりかねます。が、噂だけではないのでは」

「やはりのう」

信康は置いてある器の水を一気に飲み干すと、険しい眼差しを庭木に注いだ。

斜に構えた横顔は意を決したのか、今まで見たこともない若武者ぶりが際立っている。

間をおいて、

「わしは生まれて此の方、考えることは苦手であった。と言うより、必要がなかった。武辺だけを考えておれば、すべてのお膳立ては父上や重臣が整えた。わしはその通りに動きさえすれば、戦に勝つことができた」

「そうであったかもしれませぬ」

「忠世やそちには、よく叱られ鍛えられた」

「その頃が懐かしゅうございます」

（感傷にひたっておられる。若殿は迷っておられる）

それも無理はないと思うと、半蔵は冷静になろうと大きく息を吸い込んだ。

「母上はどうしておられる」

「築山御殿に監禁されておられます」

「五徳や姫たちは」

「御台所さまは気が狂うたように大殿に詰め寄られ《安土へ行く》と、申しておられます」

「せんないことじゃ。すべては、わしの甘えや油断であった」

半蔵には信康の気持ちが痛いほど伝わってくる。

意を決しようと思えば思うほど、口惜しさが込み上げてくるのだ。

死を覚悟すると、生の執着心が湧いてきて、やりたいこと、母や妻子のことが打ち消そうとすればするほど脳裏を駆け巡っているに違いない。

半蔵はいたたまれない気持ちで話題を戻した。

「忠隣殿の話、どうされます」

「初めてよく考えてみた。なぜ、父上がこの地に移されたか」

「………」

「物心ついた時は、岡崎の城で何不自由なく育てられた」

「そのようで」

「父上が浜松に移られ、九歳で岡崎の城主になった」

「若殿の定めでございます」

「三方ケ原の戦では、出陣することなく終わった。岡崎で一矢を報いるつもりだったが、信玄はあっけなくこの世を去ってしまった」

「あれで、お家の危機は免れました」

「初陣は長篠の戦であった。が、武者の戦いではなかった」

「確かに」

「半蔵、あの戦で世の中の流れが変わった、とは思わぬか」

「そこまで深く考えたことはありませぬが……そう言われれば、確かに」

「もう、誰が画策しようと、天下の仕置きは、定まってしまったのだ」

「右府さまに恐れるものは何もない、と言われますか」

「謙信も昨年亡くなった。対抗できる者がおるか」

半蔵も言われてみて初めて、天下の有様を自分なりに分析してみた。

少し間をおいて、

「確かに。本願寺や毛利も、いずれ跪きましょう」

「で、あろう。意地を張ってみたところで、荒木殿の二の舞になるのが、目に見えておる」

信長の武将荒木村重は、羽柴軍に加わって三木城の別所長治を攻撃していたが、天正六年（一五七八年）十月、突如、信長に反旗を翻し有岡城に籠城してしまった。

一年近くになるが、側近の中川清秀、高山右近が信長に服し、戦況は圧倒的に不利であった。

そのような状況下でも、信長は羽柴秀吉を毛利や別所攻め、明智光秀を丹波の波多野攻め、柴田勝家を加賀・越中で一向宗徒、上杉と戦わせ、滝川一益、織田信雄を伊賀攻め、佐久間信盛、丹羽長秀らを本願寺攻めに当たらせていた。

しばらく沈黙が続いたが、

「軍団が各方面で戦闘を交えておる。が、いずれも優勢か拮抗の戦いぞ。一軍にまとまれば、誰も倒せない」

「確かに。歯向かうは、命を捨てるようなものでございます」

「信長は確信したに違いない。天下布武を」

「十年とはかかりますまい」

「かかるものか。美濃を平定してから、わずか十二年、桶狭間からでも十九年だ。誰が想像した」

「おそらく、誰もおられますまい」

「で、あろう。あの稀代の奸物、松永弾正久秀さえ、見紛《まご》うたわ」

「では、今回の若殿の件は……」

口に出して、半蔵は今まで考えてもみなかった恐ろしいことに気づき始めていた。

「そうよ。そうとしか、思い当たらぬ」

「まさか……あの右府さまが……」

「そのまさかよ。わしの所業や母上の勝頼への内通なんか、ただの口実にすぎぬ。武田など、いずれ内部から潰れると踏んでいるくせに。信長にとっては、痛くもかゆくもない話だ」

「では、若殿はどうされる」

「そこだ、問題は。わしの命を天秤にかけた信長と徳川の争いだ。だが、信長の思い通りにはさせぬ」

「いかようにして」

「父上のお苦しみが、手に取るように見えてきた。迷っておられる」

「それはもう……お側に近寄るのもはばかられまする」

「ここから信州へは簡単に逃げられる。そのための配所替えであった」

「そのようでございます」

「忠隣は、父上の心の内を、暗に進めた。大浜にいる時なら、そうしていたかもしれぬ」

「家中は、願っておりました」

「命を長らえて何とする。ただの落人ぞ」

「されど……」

「信長の罠にはまって徳川を潰したら、それこそ、ご先祖や父上にあの世で合わす顔がない」

「では……では、身に替えてお家をお守りする、と申されますか」

「徳川の最大の危機じゃ。わしの身ひとつで守れるなら、こんな誉れなことはない」

信康は自問していたことを、半蔵と行信に打ち明けるつもりである。

行信は信康が考え抜いた悲痛な言葉に、胸が締めつけられる思いであった。

(この若さで、何もかも見通している。やはり、ただ者ではない。何とかならぬのか、何とか)

半蔵は家中に広まっている噂を話題にした。

「若殿を、恐れているのではありませぬか」

信康は即座に、

「そうではない。信長は、徳川の結束の固さを、恐れているのだ」

「結束の固さを……」

「考えてもみよ。信長とて人の子。二十年後には、この世の人でなくなる」

「道理で……」

「後を、誰が継ぐかだ」

「信忠さまでしょう」

「織田家は、な。しかし、天下は、信忠では治まるまい」

「……言われてみれば……そうかもしれませぬ」

「信長あっての軍団だ。二十年は生きよう。その後、誰の実力が勝っているかが、鍵になる」

「半蔵ごときには、分かりませぬ」

「それは、誰にも分からぬ。分からぬが、想像はできる」

半蔵は、信康の言っていることは分かるが、どうなるかなど、分かるはずもなかった。

「織田軍団の中で、一番若いのは誰だ」

「筑前殿、でしょう」

「そうだ、筑前だ。それでも、信長と幾つも変わらぬ」

「と、いうことは……」

「一番若く、二十年後に領地を広げているのは父上だ。生き残るのは、父上だけになってしまう」

「あ……それでは……」

「その上、家臣が結束して父上の命令で動く。さすれば、徳川の天下にならぬとも限らぬ。信長は、それを恐れておる」

「織田がなくなる、とは思えませぬが」

「織田の問題ではない。天下が治まるか、治まらぬかの問題だ。信長は、天下が取れても治めることはできまい」

「…………」

「信長のやり方があまりにも性急すぎるのだ。別の言い方をすれば、多くの大名を亡き者にし、信長や軍団の武将がいなくなれば、信忠では補佐する者もなく統治できぬ。力のある者が後を継がぬと、また戦国の世に戻らぬとも限らぬ」

「なるほど。言われてみれば……そのように思われまする」

半蔵は信康の明解な分析に驚くとともに、信長は噂の通り、家康以上に信康を恐れている、と確信した。

「今宵はここまでにしておこう。どうすれば徳川の意地が立つか、半蔵も考えてくれ」

「この半蔵では良い思案などあろうはずがありませぬ。が、わたしなりに考えてみます」

「頼みおくぞ。半蔵しかできないことを」

「ハハア……」

半蔵は信康の謎めいた話に、どうすればよいか分からなかった。が、信康の命を懸けた秘策を無駄にしないため、胸の内を探ろうと必死に顔を覗き込んでいた。

行信は信康の決意を覆すことができないと思うと、波多野家臣として独自に無念を晴らすため、いかにすべきか考え始めていた。

「父上に申し上げてくれい」

「ハハア……」

「信康は命に代えて徳川家をお守りいたします。そのため、半月の猶予をいただきたい、と」

「承知いたしました。若殿のご覚悟、しかと大殿にお伝えいたしまする」

「腹を切るは……長月の十五夜と申し上げてくれ」


日中は残暑が厳しいが、陽が沈むと寒さが日毎に増してきている。

明日はもう長月に入ろうとしていた。

書院で書物に目を通していた城代の忠世は、

「新十郎が参っておろう。これへと、申せ」

隣の若侍に命じた。

まもなく、力強い足音が近づいてきた。

忠隣は忠世の前に座るなり、

「父上、お呼びをお待ちしておりました」

軽く頭を下げた。

「どうであった、大殿のご様子は」

「不仲であったとは申せ、さすがに奥方の処断は堪えられたようです。わたしが退がる時も臥せっておられました」

「さもあろう。胸中は察してあまりある」

「若殿には、お知らせされましたか」

「いや、まだだ。惨いことゆえ、迷っておる」

「……いずれお知らせしなければならないでしょうが、若殿がお尋ねになれば隠し立てはできませぬ」

「確かに……」

家康の正室、築山御前は勝頼に内通した咎で、信長から信康ともども処断するよう命じられていた。

監禁され自害するよう勧められたが頑として拒んだため、八月二十九日、岡崎から浜松に護送される道中、家臣の手にかかり果てていた。

「家中の動きはどうだ」

「奥方のことに関しましては、誰も同情する者はおりませぬ。むしろ、若殿を騒動に巻き込んだ張本人として怨嗟の的になっておりました。次は若殿とのことで、城内は重苦しい雰囲気が漂っております。意見が拮抗していますが、一戦交えるべしとの声が日増しに高まっております。特に、岡崎の若侍は何を考えているか分かりませぬ」

「彦左衛門には充分目を配っておけ。若殿の一番の近習だったゆえ、油断ならぬ」

「それは承知しております。歳は、忠隣より若くても叔父御にあたります。しかし、抑える者がおりませぬ」

「作左衛門殿はどうしている」

「今のところ、見て見ぬふりをされています。作佐殿が首をどちらに振るかです。縦に振れば、岡崎を抑える手立てがありませぬ」

「他の重臣の動きは」

「傅役の平岩さまは、自分の首を信長に差し出すよう申されました。が、そんな小細工は通用しないと断られ、屋敷に蟄居謹慎されました。榊原清政さまも責任を感じて蟄居されました」

「平八郎はどうしておる」

「忠勝殿もわたしと同様、苦慮されています」

「……皆、迷うておるか……大殿も苦しんでおられる……」

正に打つ手がなく、八方塞がりの状態であった。

徳川家、最大の危機であった。


信康の正室徳姫は織田信長の長女。姑、築山御前は今川義元の姪で、嫁姑の折り合いが悪く、女中に至るまで事々に反駁し合っていた。

信康とも一時不和になっていたので、父信長に《築山殿の武田との内通、信康と不和》の手紙を書き送っていた。

その弁明のため、重臣の酒井忠次、大久保忠世の両名が安土に赴いたが、二人はかばいきれず事実と認めてしまっていた。

信長の徳川潰しとも取れる難題に、対応を間違えればお家の存続が危ぶまれる。

武断派の多い徳川家にとって、今回の武を伴わない戦いは初めてであった。

それだけに、簡単に収まりそうになかった。

忠世は、安土で信長に弁明できなかった責任を強く感じていた。

監禁当初は家康の意を汲んで、信康を甲州へ逃す算段を図っていた。

しかし、その後の信康の言動や服部半蔵のたび重なる来訪に、事の本質を考えるようになっていた。

「秋葉の茂林の手の者から報告があった」

「武田の動静を」

「それもある。が、若殿が落ちるとすれば、誰が徳川に益があるか、調べさせておいた」

「して、首尾は」

「武田は、もういかぬ」

「なにゆえ、でございます」

「長篠の戦い以降、重臣の心が勝頼から離れておる」

「やはり……」

「上杉、北条、果ては佐竹まで手を結ぼうとしておるが、長続きせぬ。北条とは戦になるやもしれぬ」

「では、落ち延びても、益はないと……」

「若殿は、もっと先を読んでおられる、とわしは見ておる」

「先を……」

「二俣に来られた時と顔の相が一変している。あの顔つきは、若き頃の信長さまの顔つき、じゃ」

もとより忠隣は、若い時の信長の顔を知る由もなかった。

うつけといわれていた信長を、自分なりに描いていた。

「では、右府さまと一戦交える覚悟をされた、とでも……」

「これはあくまでわしの見立てであって、仔細は若殿の胸の内よ」

「父上、若殿にお目にかかりたく存じます」

「面会は禁じられておる。それを承知の上なら、構わぬ」

「ありがたき幸せにございます」

「茂林の知らせでは、勝頼に愛想をつかし、徳川に誼を通じたい人物が増えておるそうだ」

「時の流れです。読み違うとお家が潰れます」

「確かに。徳川とて例外ではない」

「遅くなれば若殿に失礼になります。お話はお会いしてからお聞きいたしまする」

「その方がよかろう」

忠隣は一礼すると静かに立ち去っていった。

見つめながら忠世は、信康が服部半蔵と密談していることを、話したものか思案していた。

(新十郎はまだ若い。大久保家のためにも知らない方がよい)

思い直して、書物に目を移していった。

信康は小姓に身体をもませていた。

無理もない。

監禁されるまでは、武芸、馬術、鷹狩と、日々身体を鍛えない日はなかった。

それが、慣れぬ読書三昧である。
手入れの行き届いた庭園は、虫の音以外気配は閉ざされている。
半蔵の手の者が潜んでいるが、常人には気づくはずもなかった。
吉良於初が、忠隣を案内してきた。
「忠隣さまがお目通りを願っておられます」
信康は即座に、
「通せ」と応じ、
身体をもませている小姓を退がらせた。
忠隣は信康の胸の内を推し量っていた。
交戦派が日増しに勢いを増しているが、信長と戦って勝てる訳がない。
だが、信長の無理難題を抵抗もなく受け入れては徳川の面子が立たない。
「若殿……」
それだけ言うのが精一杯で、縁側に膝をついた。
「忠隣か、入れ」
障子を開けて室内に入ると、身繕いした信康が悠然と座っている。
悟りきった高僧の雰囲気をかもし出している。

監禁前より少しやつれているが、顔は引き締まり思いつめた厳しさが別人のようである。

(これが、若き頃の信長の顔か。人を圧した威厳を放っている)

忠隣は畏れ多い人に接するがごとく正座すると、

「ご心労、お察し申し上げます」

深々と頭を下げた。

「父上に、お変わりないか」

予期せぬ言葉が返ってきた。

信康の心境の変化に驚いた。

監禁当初は理不尽な命を下した父を憎んでいたはずである。

それが、思いやる気持ちに変わっている。

「大殿は、表に姿をお見せになりませぬ。石川さまや鳥居さまら二、三の重臣の方とお会いなされますが、私どもに、話は伝わってまいりませぬ」

「そうか、ご心労のことであろう。わしがもう少し注意深く生きておれば、このような親不孝をおかけすることもなかったであろうに……」

忠隣は、信康の器の大きさに触れた思いがした。

（少し見ぬ間に変わられた。生死の境を越えておられる）

突然、忠隣は、

「若殿、甲州へお逃げくだされ」

あまりにも唐突であった。

忠隣もそんなことを言いに来たのではなかった。

しかし、信康の毅然とした姿に接して、見殺しにできないという気持ちを、抑えられなくなっていた。

「忠隣、本心で言うておるのか……」

「何で偽りが申せましょう。若殿一人、腹を切らせては、我々の面目が立ちませぬ」

「信長を欺けると思うて、か」

「分かりませぬ。分かりませぬが、忠隣が、その責めを負いまする。これは、大殿を始め、われら家臣すべての、偽らざる心根でございまする」

「バカめ、が……」

信康は熱いものが込み上げてきて、後は言葉にならなかった。

「右府さまが何と言ってこようと、白を切りまする。忠隣がお守りしていたが、知らぬ間に誰かがさらっていった、と。そしてその責めで、腹を切りまする」

「…………」

信康は、返す言葉がなかった。

「若殿、明日も月は隠れております。見つかる恐れはありませぬ。手筈はつけておきます。若殿が決心されれば、事は上手く運びまする」

信康は黙って聞いていた。

しばらく考えていたが、忠隣を見据えると、

「忠隣、わしはこの半月もの間、考えに考え抜いてきた」

「存じ上げております。若殿がお苦しみになっておられたことは……」

「分かっておらぬ。そち達には……」

「…………」

忠隣は、信康の腹立ちが分からなかった。

「徳川がここまで大きくなったのは、誰の、おかげぞ」

「そ、それは……」

「口惜しいが、信長あっての徳川であった。それは疑うことのない事実だ。だが、本質はもっと深いところにある、と気づいた」

「…………」

忠隣は、食い入るように信康を見つめた。

「わしは物心ついた頃から鳥居の爺や作佐に育てられた。鳥居の爺からは、父上の駿府時代の話をすべて聞かされた。でもその時は、くどくどと、うわの空でしか聞いていなかった」

（変わられた。以前の若殿ではない）

「忠隣、そちは、聞いたこと、ないのか」

「作佐殿から、聞いたこと、あります」

「父上も、ご苦労された。が、耐えられないほどの苦労ではなかった、とわしは思う。戦国の世なら大なり小なり、皆、それなりの苦労を味わっておる」

忠隣は不思議なものを見る思いであった。

「それ以上の苦労を、耐えることもできない苦労を、岡崎の家臣やその家族は味わっていたのだ」

家康の父広忠は、天文十八年（一五四九年）家臣に暗殺された。

家康七歳の時であった。

その後、駿府に人質となり、岡崎城は今川氏の管理下に置かれた。

　この間、岡崎の治世は今川から派遣された城代により統治されていた。

　実務に当たった鳥居忠吉と阿部定吉は、収穫などの富は今川氏へ多く分配しなければならなかったため、家臣の日々の生活は困窮を極めた。

　そのような中でも、家康が帰参する将来に備え倹約・蓄財に心血を注ぎ、武器・金銭を蓄えていた。

　どんなに苦しく貧しくても女・子どもに至るまで不平ひとつ言わず、いざ合戦となると今川の盾となって、最前線で命を惜しまぬ戦いぶりを見せつけていた。

　そんな忠誠心や姿勢を植えつけていたのは、鳥居忠吉であった。

「それを、無にできるか……」

「………」

　忠隣は言葉もなく、うつむいたまま嗚咽を漏らしていた。

「わしの不始末で、今までの苦労を無にすることは、家臣やその家族は言うに及ばず、鳥居の爺に合わせる顔がない」

　言い切った信康は、宙を睨みながら唇を嚙みしめ涙を堪えている。

　忠隣は、涙が溢れて顔を上げることができない。

　ようやく冷静を取り戻した忠隣は、

「若殿のご決意、しかと承りました。忠隣、二度と若殿を惑わすようなことは申しませぬ。ただ、ただ、犬死では口惜しくてなりませぬ」

「分かっておる。わしも今、それを考えておる」

「良い手立てがある、と申されますか」

「あるものか。ないから苦しんでおる」

「この忠隣にできることなら、何なりとお命じくだされ。命に代えてお役に立ちとうございます」

忠隣は信康より六歳年上であった。

十歳から近習として仕えてきた。

元服後はその座を彦左衛門にゆずり、家康の近臣として数々の合戦に従軍し、武断派の多い徳川家中にあっても、本多平八郎忠勝と並び称されていた。

「忠隣、本多正信という旧家臣を知っておるか」

信康はいきなり話題を変えた。

「噂は、聞いたことありますが……」

「最近、忠世の元に留まっておると聞いた。この者は、去る永禄年間の一向一揆で、父上に反旗を翻し敵対した。その後、出奔して諸国を流浪していたらしいが、なかなかの知恵者、という」

「そのように聞いております。が、それが若殿の件と関係があるとでも……」

「関係は、ない。が、これからは武器を持った戦いから、今回のような心理戦のような戦いが多くなる。これに勝ち抜かなければ、道は開けぬ。わしの件は、まず手始めじゃ。信長は必ず第二、第三の手を打ってくるはずじゃ」

「お家の風には合いませぬ」

「そうだ。徳川にはなじまぬ。が、早急に策謀に長けた人物を育てぬと、取り返しのつかぬことになる。会って、人物を見極めたい」

「わたしの一存ではまいりませぬ。父上に申しておきます」

「頼みおくぞ。相談相手が数正一人では父上が苦労される。正信の話を聞いて、冥土への土産といたそう」

「若殿、家中の騒ぎ、収まりましょうか」

「収めるのが忠隣、お主の仕事だ。お主の手腕で見事収めてくれい」

「しかし若殿、酒井や大久保は今回の不始末がございます。家中がいうことを聞きませぬ」

「作佐の爺よ。爺にことの一部始終を話して、首を横に振らせるのだ」

「まこと、横に振りましょうか」

「忠隣、先程なんと言った。何なりと申し付けよ、命に代えて役に立ちたいと言うたではないか。命を張ったら、何でもできる」

厳しい言葉であった。

誰も、信康の本意を覆すことは無理であった。

忠隣もまだ何とかなると思い信康に会いに来ていた。

が、自分の甘さを噛みしめていた。

「承知いたしました。この身をなげうって、作佐殿に当たりまする」

「頼んだぞ。これでようやく、何の憂いもなく腹が切れるわ」


信康の元から退がった忠隣は、与えられた密命に身が凍るほどの恐怖に慄いていた。

命を惜しんでのことではなかった。

自分の肩に徳川の行く末がかかっていると思うと、戦場での命のやりとり以上に、押し潰されそうな重圧を感じていた。

忠世の部屋に戻ってくると、

「どうであった。若殿は変わられたであろう」

「はい。若殿の決意は変わりませぬ《これは、徳川と信長の戦いである》と、はっきり申されました。右府は徳川を潰しにきた、と」

「若殿はよく見ておられる。まず、それに間違いあるまい。安土に行った時に気がつけばよかったのだ。わしの未熟さが若殿を追いつめてしまった。悔やんでも悔やみきれぬ」

「となると、迂闊には動けませぬ」

「若殿は何と仰せられた」

「私に《岡崎の不穏な動きを抑えろ》と、命じられました」

「わしの失態で起こったことじゃ。難しい立場だが、事に当たってくれぬか」

「肝に銘じて励みまする」

「頼みおくぞ。大久保家の浮沈もかかっておる」

「父上、本多正信という御仁が当家を頼ってきておられる、と聞きましたが」

「……それがいかがした」

「若殿が《一目会って諸国の情勢を聞きたい》と、仰せにございます」

「そう仰せられたか……よく見ておられる。磨けば、大殿や信長さまを超える逸材かもしれぬ……」

忠世も悔しくて身が裂けんばかりの苦しさにもがいていた。

が、どうすることもできない歯痒さに己を責め続けていた。

「今、屋敷にはおらぬ。何処へ行ったか知らぬが、帰参を願うておる」

「若殿は《これからの戦は武器の戦いから、頭を使った戦いになる》と、仰せにございます」

「確かに。難しき世になる。わしらのような武辺だけでは通用しなくなるかもしれぬ。誰が味方で誰が敵か、腹の探り合いじゃ」

「今宵はこれで失礼いたしまする。急ぎますゆえ」

「お家の大事じゃ。くれぐれも誤ってはならぬぞ」


半蔵は多忙をきわめていた。

信康の密命を受けて以来、浜松の城下で彼の姿を見た者はなかった。

服部家は、半蔵の父保長が、家康の祖父清康に仕えて伊賀の国、千賀地から三河に移り住んでいた。

そのため、半蔵は三河で生を受けたが、縁者の多くは伊賀の国に在住していた。

家督を継いだ半蔵は、家康に仕えて掛川城攻略、姉川の戦い、三方ケ原の戦いなどで戦功を重ね、家康から厚い信頼を得ていた。

半蔵は行信を伴って伊賀名張城主、服部保章を密かに訪れていた。

名張一帯は服部氏の支配下で、縁者も多く住んでいた。

三人が対座した室内は闇黒の世界が広がっている。

明かりはおろか物音ひとつしない。

「保章殿、折り入って頼みごとがあり、まかり越しました。同伴した方は、荒木山城守行信と申され、元波多野家家臣で、今は日向守さまに仕えておられます」

「……日向守さま、にか……ご縁が深い」

保章は、一見して仁、義に厚く意志の固い武士と信頼した。

行信に軽く会釈すると、

「半蔵殿の噂は、風の便りに耳にしておる。保長殿が三河に移られてから四十年以上になるのう。当時、わしはまだ二十を出たとこであった。保長殿は足利将軍、義晴さまの覚えもめでたかったが、松平清康さまに気に入れられ、三河に移られた。それ以来、会っていないが……」

「幼い頃、父から毎夜のごとく聞かされました。決して、伊賀の里を忘れてはならぬ、と」

「亡くなられてから、何年になるかの」

「かれこれ二十年になりましょうか。年月の過ぎるのは早いものでございます」

「して、御用とは」

「お家の危機を迎えております」

「……信長の横やりだな」

「ご存じでしたか」

「諸国の情勢は、大抵のことは聞き及んでおる。ご正室を成敗されたとか」

「な、なんと……まだ、知りませぬ。が……やむを得ぬ仕儀にございます。事の始まりが、御前の軽はずみな行動からです。ところで、信雄の兵が国境に集結しておるが、伊賀の地も安閑とはしておられますまい」

「そうじゃ。共通の敵、じゃ」


伊賀の国司、北畠氏の養子となっていた信長の次男信雄は、伊賀の領国化を狙っていた。

天正六年（一五七八年）二月、伊賀の郷士、下山甲斐が手引きを申し出たのをきっかけに、三月、家臣の滝川三郎兵衛に伊賀の中央に位置する丸山城の修築を命じた。

これに驚いた郷士衆は《完成までに攻撃すべし》と衆議一決し、七月総攻撃を開始して滝川軍を一掃していた。

天正七年に入り、信雄は報復のため兵を集結し侵攻を虎視眈々と狙っており、一触即発の状況下にあった。

「で、どうする」

「家中は交戦論が主流ですが、そうはいきますまい」

「無駄死に、したくないと……」

「武田への逃亡も考えられたが、小細工は通じないようで」

「さもあろう。信長の乱波が動いておる」

「若殿の決意を、無駄にしたくありませぬ」

「半蔵殿の役目は、その段取りをつけよ、と」

「お力を貸してもらえないか。家中の者に知られては成就できない。極秘に運ばないと」

「半蔵殿、お主のことだから間違いないと思うが、道中、変わったことはなかったか」

「十分気をつけてまいりました。美濃、近江の山中を越え、京で茶屋殿にも会ってきました」

「……では、大体の調べは、済んでおるな」

「考えぬいたが、それしか思いつきませぬ」

「与しよいのは、日向守、と……」

「譜代の柴田や佐久間は器でない。羽柴や滝川も同じ新参者だが、大それた考えの持主ではない。とすると、日向守さましかおられぬ」

「大勝負だ……して、徳川殿はご存じか」

「大殿もそれしかないと、腹をくくっておられる。生きるか死ぬかの瀬戸際だ。指をくわえて待つお方ではない」

「面白くなってきた、信長に易々と天下を取らせてなるものか。一泡、吹かせてやる」

保章は少し思案するようであったが、

「委細、承知した。伏屋に手筈を整えさせる」

服部保章の娘伏屋姫は、明智光秀の側室としてお側近くに仕えていた。

このことは誰にも知らされておらず、光秀と保章二人の秘密であった。

光秀が美濃を追われ諸国を放浪していた時知り合い、意気投合した二人は、それ以来関係を密にしていた。

「保章殿、心利いた者をお借りできないか。わしの手の者では、万が一の際、取り返しがつかぬ」

「それもそうじゃ。事がことだけに、並の者では務まらぬ」

ひとり言をいって、座を去っていった。

後に残った半蔵と行信は、信康のことを考えていた。

今日は長月の五日である。

残された日が刻一刻と迫っている。

信康の意図は定かではなかったが、半蔵の思案の結果、信康の無念を晴らすには、信長の暗殺以外考えられなかった。

信長が徳川潰しに出てきたことは明らかである。

織田と徳川が争えば、間違いなく徳川は壊滅する。

武田は力が弱まったとはいえ、依然として徳川より広大な領地と軍事力を有している。

信長の存在が武田の内部崩壊を早めるのであって、徳川独自で征伐することは至難の業である。

信康が決断した通り、徳川が生き残るためには、涙を呑んで信康の自刃を見守るしか道はなかった。

しばらくして、保章が屈強の若者を連れて戻ってきた。

「お待たせした。わしの手の者で一番の使い手と思うておる。佐伯琉之介だ。半蔵殿の意の通りに動く」

半蔵の前に現れた若者は、忍びの者とは思えない精悍な美男子であった。

幸若舞に出てきそうな顔立ちは、心内を読み取られそうな妖しさを放っている。

半蔵は目を逸らさず、

「半蔵正成だ。お主にしかできぬ仕事だ。思う通りに動いてくれればよい」

「……………」

「しばらく、畿内で織田勢の動向を探ってほしい。お主は京の茶屋殿の屋敷を本拠にしてくれ。こちらの方は日向守さまの家臣で荒木行信殿でござる。伏屋姫から連絡があれば、行信殿と協力して事に当たってくれぬか。つなぎは遣わす。それから、わしの名は雲斎とする」

行信は軽く会釈し、いずれ琉之介と共に信長と相まみえる時が来ると思うと、血が騒いでならなかった。

琉之介は、頷くと素早く姿を消していた。

「行信殿はこれからどうされる」

「私は一度、京、丹波に戻り大殿や黒井の殿に仔細を話します。後、許可を得て、琉之介殿と行動を共にしたいと存じます」

「それはありがたい。日向守さまの懐に入りやすくなる」

話が一段落した、と思った保章は、半蔵に向かって、

「代わりと言っては何だが、頼みがある」

「何なりと」

「伏屋のことだが、子どもができたら、こちらで預かる手筈になっておる。それを半蔵殿にお願いしたい」

「それはお安いご用でござる。が、いかがされた」

「いや、ただ、寺に預けられるは不憫と思うてな。それにわしも歳じゃ。勘じゃが、伊賀も安泰とはいえぬ。わしが、もしもの時は、半蔵殿にお願いしたい」

半蔵はそれ以上の詮索は無用と思い、早々に立ち去ることにした。

岡崎城内は不穏な空気が漂っていた。

理不尽な要求で城主を監禁に追いやられた憤りを、どこにぶつけてよいか分からないまま、日だけが無駄に過ぎていく。

城を預かる本多作左衛門は苦しい立場にもかかわらず、若侍の動きを見て見ぬ振りをしながら落としどころを模索していた。

若い時から家康にも遠慮せず諫言してきた硬骨漢である。

鬼作佐の異名があるぐらい厳格な人物で、間違ったことは、本人はもとより他人でも許すことはなく、公平清廉で家康の信頼は厚かった。

五日月が山裾に消えようとしている。

作左衛門は城主のいない城内の一室で、薙刀のような月を凝視しながら考えにふけっていた。

(今宵、忠隣が来る。大殿や若殿の意を受けて、わしに岡崎を静めよ、と言うに違いない)

家康の人質時代から辛苦を味わってきた数少ない老臣の肩に、徳川の行く末がかかっていた。

案内もなく忠隣が縁を渡ってくる足音が聞こえてくる。

作左衛門はゆるりと部屋に戻ると、忠隣が入ってくるのを待った。

忠隣は座るなり、

「若殿の本意をお伝えに参りました。作左衛門殿に《岡崎のとりまとめを》とのことでございます」

「お主の親父のツケを、わしに回す気か」

「お家の一大事でございます。乗り切れる者は、作左衛門殿の他に、おられませぬ」

「新十郎、わしの前で腹が切れるか」

硬骨漢に理屈は不要であった。

「もとよりその覚悟。ご承知いただければ、腹を切りまする」

「よし、切れ。わしが介錯して遣わす」

「では、ご承知いただけるので……」

「くどい」

言葉は必要なかった。

忠隣の覚悟だけが求められていた。

「若殿との思い出多き城を汚すは、本意ではござらぬ。が、お許しをいただこう。いざ支度を」

忠隣は言うが早いか、脇差を腰から抜くと裃を脱ぎ始めた。

作左衛門は忠隣の動作を食い入るように見つめている。

一部の乱れもなく流れるような仕様に、

(こやつは本当に死ぬ気になっておる。命をかければ何でもできる、ということを覚えおったわ)

裃ははだけ、上半身がむき出しになって、忠隣が脇差を脇腹に当てようとした時、

「相分かった。新十郎の覚悟のほど、この作佐、しかと見届けた。それまでじゃ」

言われて初めて、忠隣はわれに返った。

信康に《死ぬ気で事に当たれ》と言われて、本当に死ぬ気になっていた。でなければ、徳川が潰されると心底思い込んでいた。

忠隣は上半身裸のまま、抜身の脇差を片手につき片方を板の間に着いたまま、頭を上げることができなかった。

無性に涙が溢れ出てくる。

若殿はそれ以上に苦しんでおられると思うと、やるせない気持ちで身体の震えが止まらなかった。

「新十郎、この悔しさを忘れるでないぞ。わしが生きている間はおそらく成就しまい。

が、必ずお主たちが若殿のご無念を晴らすのじゃ。でなければ、三河武士の意地が立たぬ。よいか新十郎、肝に銘じておけ……」

忠隣は涙をぬぐうでもなく、うなだれたまま作左衛門の心の叫びを聞いていた。

七日月が冴えている。

澄み切った秋の夕暮れは、陽が落ちると釣瓶が落ちるごとく闇を広げていく。

伊賀から戻った半蔵は、家康に拝謁していた。

家康は信康を監禁して以来、寡黙で石川数正ら数人の重臣としか会おうとはしなかった。

先月末に築山御前を成敗してからは臥せっていることが多く、信康の処分、それ以後の領国運営に思い悩んでいた。

半蔵は、家康が苦しい立場にあっても、信長の横やりを冷静に分析し意図を正確に読み切っていることに安堵していた。

武田との戦いも長篠の合戦以降、勝頼の死に物狂いの反撃で、戦況は一進一退の膠着状態であった、が近年、徳川の勢力が増しつつある。

とはいえ、独自に武田を滅ぼすことは、犠牲も多く至難のことであった。

織田軍団における徳川の立場は微妙な時期に差しかかっている、と家康は分析していた。

(早晩、武田は滅ぶ。が、広大な所領は一部しか徳川のものにならない。今日まで全力で武田に当たってきたが、信長が存命する限り、徳川はその傘下で働かされ、成果を上げても見返りは少ない。北条や東国を支配下に収めていけば、この地から東へ追いやられることも考えられる。ひとつ間違えれば、お家取り潰しの憂き目に遭うのは必定である)

「大殿、名張の保章殿が承知されました」

半蔵は光秀の意を受けて三河に来た荒木行信を信康に会わせたことや、伊賀での話を包み隠さず報告した。

更に、これに関与している者は、茶屋四郎次郎を含め数人しかいないこと、極秘中の極秘として進めていく手筈も了承を得ていた。

上弦の月は、すでに山の彼方に沈み闇が広がっている。

東からの風が強まっている。

この分では、久しぶりに未明から風雨が強まると半蔵は思った。

信康は於初と話をしていたが、半蔵の姿を庭に見つけると引き下がるよう命じた。

「父上は腹をくくられたか」

「そのようです。それしか、徳川が生き残る道はないと」

「さもあろう。で、手筈は」

半蔵は、伊賀で計ってきたこと、家康に了承を得たことを報告した。

「半蔵、ご苦労であった。短期間によくやってくれた。日向守さまと信長とは水と油だ。いずれ相容れぬ時が必ず来る。これで思い残すことはない」

「茶屋殿が《右府さまの仕儀、許せぬ》と、身体を震わせて悔しがっておられました」

「四郎次郎が……」

「茶屋殿は、右府さま亡き後、若殿の天下を夢見ておられました」

「……詮無きことじゃ……生まれてくるが、遅かった……」

半蔵は、信康の目に熱いものが溢れているのが、哀れでならなかった。

覚悟ができたとはいえ、やはり口惜しいのだ。

半蔵は無理もないと思った。

二十一歳の若さで腹を切らなければならないのは、あまりにも酷なことであった。

茶屋四郎次郎の父は、元信濃小笠原氏の家臣であったが、武士を廃業し京に上って呉服商を始めた。

息子の四郎次郎清延は、一時、家康に仕えて三方ケ原の戦い等で活躍したが、親の後をついで徳川の呉服御用を一手に引き受けるようになっていた。

「半蔵、本多正信を存じておろう」

「存じております。かの三河一向一揆で大殿に反旗を翻して敵対されました。その後、諸国を流浪されていると聞きましたが」

「忠世を通じて帰参を願うておる」

「……若殿の件と関係がある、と言われますか……」

「それはない。忠世の話では、かなりの知恵者だそうだ」

「そのようで」

「今宵、正信がここに参る。後のこともある、少し話していかぬか」

半蔵は、信康の唐突な話の裏を考えていた。

「半蔵が危惧するのも無理はない。だが、これからの戦は、武器を持った争いから頭を使う戦になるは必定だ。数正ひとりでは心もとない」

「確かに」

「いきなり父上のお側では年寄りが黙ってはいまい。半蔵が間に入ってくれぬか」

半蔵も騒乱の際、敵味方に分かれて戦いはしたが、老臣ほど反感をいだいてはいなかった。

「若殿の仰せとあれば」

半蔵は意外な展開に驚いたが、信康の考えていることに間違いはないと思い始めていた。

(若殿は、大きくなられた。並の人間が三十年かかることを、わずかひと月でやろうとしておられる)


三河一向一揆は、家康が信長と同盟を結んだ翌年の永禄六年(一五六三年)秋頃から七年二月にかけて起こった真宗門徒による反乱で、本多正信、蜂屋貞次、夏目吉信が加担するなど、家臣団の半数が門徒方に与する内紛に広がった。

一時は吉良氏らの有力豪族、今川氏の残党も加わり、岡崎城まで攻められる窮地に陥ったが、一揆に与した武士の中には、主君への忠誠心と信仰心の板ばさみにあって苦しんでいる者もいた。

夏目吉信らそのような武士は、離脱して帰参することを望む者が多くいたため、馬頭原の戦いで勝利した後、和議に持ち込み収束に成功していた。

夏目吉信は後日、三方ケ原の戦いで武田信玄に敗れた際、家康の兜をかぶり身代わりとして戦死する忠誠心を示していた。


正信はいかにも苦労人らしく、無愛想な顔つきで部屋に入ってきた。

半蔵に軽く会釈し、信康の前に両手をついて、

「初めて御意を得ます。本多正信でございます」

神妙に頭を下げた。

「いきさつは忠世から聞いておる。古い話はやめておこう。時間がない」

「ありがたき仰せにございます」

「知っておろう。そこに控えるは服部半蔵正成じゃ」

「存じております。その折はまだ二十を超えたくらいであったと思うが……」

信康に返事を返してから半蔵の方に向き直り、

「もう十五年以上になる。若殿はまだ幼かったが、大殿を始め貴殿らには、大層ご迷惑をおかけした」

言うと、深々と頭を下げた。

更に、

「このたび、大久保殿にお願いして帰参を願い出ております。今回の若殿のことは、誠に残念でなりませぬ。わしがわがままを通さずお側に仕えていたら、このような事態にならなかったものを」

「正信、言うな。今更」

「申し訳ありませぬ。つい、でしゃばったことを申し上げました」

室内は重苦しい雰囲気が流れた。

信康は気を取り直して、

「正信、村重殿は、なぜ反旗を翻した」

「しかとは存じませぬ。が、聞き及ぶところでは、配下の者が密かに本願寺に軍俵を流したそうです。それが本願寺に通じている、と疑われるのを恐れてのことかと……」

「信長に一旦疑いを持たれれば、いつか必ず成敗されると、思うてのことじゃな」

「いかにも。恐ろしきお方でございます。だが、鞆の浦の義昭さまの影もちらついております」

「公方さまは、未だ懲りずに、画策されておわすか」

「右府さまへの憎しみは、生涯消えることはありますまい」

黙って聞いていた半蔵が、

「日向守さまや筑前さまが従順するよう説得されましたが、聞く耳を持たれなかったようでございます」

「その話は聞いた。羽柴の軍師、黒田官兵衛が翻意させるため有岡城に乗り込んだが、それ以来、城から戻ってこない、とも」

「もう一年になります。おそらく生きてはおられぬ、のでは……」

後を引き継いで正信が答えると、

「信長は官兵衛が手を貸したと思い込み、嫡男の松寿丸（後の黒田長政）を処断するよう命じた、というではないか。伊賀もこのままでは済むまい」

「さようでございます。信雄さまが国境に兵を集結させていたが、衝突は避けられませぬ」

「信長は恐ろしいお人じゃ。だからこそ、数多の武将を破ることもできたのじゃ」

「その通りでございます」

「戦国の世が百年も続いておる。それを信長が荒療治を持って二十年ほどで終息の目途が立ってきた。それとて平坦な道ではなかった。弟や叔父たちと骨肉の争いを乗り越えてきた……」

　三人は無言で何かを考える風であったが、正信が静寂を破った。

「……かもしれませぬ。かといって、深い訳もないのに娘婿を処断するのは、ただ事ではありませぬ」

「正信、この後は、どう見る」

　正信が躊躇していると、

「遠慮はいらぬ。わし亡き後は、父上の片腕になってもらわねばならぬ。そのための方策があろう」

「そこまで仰せとあれば申し上げまする。右府さまが天下を治めるのは、十年とかかりますまい。問題は、その時に徳川がどうなっているか、でございます」

「十年、とな……」

「若殿の一件が示しますように第二、第三の難題を申し付けてまいりましょう。右府さまは源家や足利家の二の舞は踏みますまい。かの異国の例に倣い、一国君主による中央集権国家を描いている、と思われます」

「一国君主による中央集権国家、と申すか」

「それは、まだ先の話でございます。第二の問題として、若殿を前に言いにくい話ですが、奥方が岡崎におられますまい」

「姫ばかりでは、留まっている意味がないか」

「さすれば、織田・徳川の同盟の証がなくなります」

「親類の立場から臣下の関係になる、と申すか」

「すでに臣下のごとき扱いでございます。が、右府さまが亡くなっても、耐えねばなりませぬ」

「父上ならともかく、わしが生きておれば、耐えられぬわ。それで第三の問題とは……」

「集権国家の話に戻りますが、九州、四国、中国、畿内、東海、北陸といった地域を連邦制にして、たとえば九州は明智殿、四国は三男の信孝殿、中国は羽柴殿、東海は次男の信雄殿、北陸は柴田殿、上信並びに相模は滝川殿が配置されるのではないか、と。北条はなくなり、佐竹らの東国も糾合されましょう。そこで徳川ですが、この地からかなり東へ追いやられるは必定。これが難題で、上手く収まるか、正信にも分かりませぬ」

「徳川が目の上のタンコブ、となるか……」

「そうです。本気で潰しにかかるかもしれませぬ」

正信の話は衝撃的なものだった。

家中でそこまで先を読んでいる者は皆無で、指摘は納得できるものであった。

三人は同盟関係と臣下の関係の違いを、改めて考え始めていた。

「やはり、わしの性には合わぬ。父上のように辛抱できぬ」

「いや、あくまで仮定の話でございます」

「半蔵、お主、何か申すことがあるか」

「いえ、本多さまのご賢察、腑に落ちましてございます」

永禄五年（一五六二年）一月に織田・徳川同盟が結ばれて以来、信長は家康に東の脅威を防がせ、ひたすら尾張以西の敵と対峙してきた。

その上、事あるごとに徳川の援軍を要請してきた。

越前の朝倉攻め、姉川の戦い等、徳川勢の活躍なくして、今の信長は存在しなかった。

徳川も三方ケ原の戦い、長篠の戦いで織田軍の加勢を得て危難を乗り越えてきている。

お互い欠かすことのできない同盟関係であった。

その関係が、天下統一の偉業を目の前にして崩壊の危機を迎えていた。

「今宵は遅くなった。まだ、間がある。わしも考えてみよう」

「恐れ入ります」

「正信、わしからも父上にお願いしよう。徳川の将来が危ぶまれる」

「ありがたき幸せにございます」

二人は一礼すると静かに退いていった。

一人になった信康は考える風であったが、控え間の於初を呼ぶと、机と硯を持ってこさせ、筆を執りはじめた。

闇に包まれた城内は雑木林がざわめいている。

久しぶりに天気が崩れそうで、夏の残りの生温い風が、半蔵の気持ちを憂鬱にさせていた。

浜松に急ぐ足取りがいつもより重たく感じられる。

武田の乱波も影を潜めている。

が、信康を利用しようとする者が現れないとは限らない。

半蔵は信康が心おきなく切腹できるよう、その日まで二俣城で過ごした方がよいのではないか、と考え始めていた。

明け方から生暖かい風とともに雨が音を立てて降りだした。

終日止まず久しぶりの強風雨である。

未明に二俣城に戻った半蔵は、城内の一室で秋葉宮の茂林光幡と密かに会っていた。

「若殿は腹をくくられた。甲州へ落ちられることはない」

「無念でなりませぬ。あれほど勇猛な若を……見殺しにせねばならぬとは……」

「言うな、光幡。家臣の思いは皆、同じだ。が、今の徳川では、右府に抗うことはできぬ」

「この悔しさ、生涯忘れませせぬ」

「当たり前だ。忘れてなるものか」

「お頭の許しがあれば、一人でも信長の命を狙うのだが……」

「勝手なまねは許さぬ。仕損じれば、お家の危機ぞ」

「くそ、信長め……」

「高天神城の様子はどうだ」

「大殿が周りに付城を築いています。が、抵抗も少なく往時の力はありませせぬ」

「徳川まで手が回らぬか」

遠州と信州の裏街道のほぼ中間あたりにある秋葉神社は、二俣城の北、五里ほどの山中にあって古くから熊野、白山、戸隠などの修験者が行き来しながら発展してきた修験道場である。

戦乱で荒廃していたが、家康が隠密の茂林光幡に命じ、曹洞宗の別当寺として改修し手厚く庇護していた。

また、茂林光幡は半蔵の手の者であった。

後年、「火防の神」として秋葉詣が盛んになるが、これは徳川綱吉の頃からで、たび重なる大火に見舞われた江戸市民が秋葉講を結成し、大勢の参拝者が秋葉大権現を目指した。

「光幡、極秘に進めたい。息のかかった修験者数名に、信長の動静を漏らさず見張らせてくれぬか。それと、京の茶屋殿に使える者を数名送ってくれ」

「承知いたしました」

「日向守さま家臣に、荒木行信殿がおられる。伊賀の佐伯琉之介という若者もついておる。光幡が手助けしてほしい」

「承知つかまつった。武田は他の者に任せて、京で働きまする」

光幡は京の表舞台で活躍できると思うと、今までの苦労が嘘のように消えていった。

「頭、勝頼の重臣まで当家に誼を通じてくる者が増えておりまする」

「ますます増えるぞ、これからは」

「そのように思われます」

「人物だけは見紛うことのないよう、気をつけねばならぬ」

「心得ました」

「さりとて、武田から、目は離せぬ」

「承知いたしました。手抜かりなく運びまする」


秋霖の季節を迎えていた。

降りだした雨が二日ほど続き、止んではまた、思い出したように雨が落ちてきた。陽はおろか月も顔を出さない日が続いた。

信康が自ら定めた十五日が明日に迫っていた。

半蔵は陽が落ちるのを待って信康を訪ねた。

「正成か、退屈でならぬ」

「お察し申し上げます」

「今日で最後じゃ、この世とも」

「名残惜しゅうございます。若殿と話ができるのも今宵限りと思うと、身を切られる思いでございます」

「最後に……頼みがある。五徳と姫達の行く末だが、正成、守ってくれぬか」

「承知いたしました。仰せの通りにいたします。若殿亡き後、奥方はますます苦しい立場に追い込まれると存じますが、身どもが必ずお守りいたしまする」

半蔵は信康の監禁以来、嘆き悲しんでいる五徳姫を見るにつけ哀れでならなかった。

五徳姫は信長と側室、生駒吉乃の長女で、永禄十年（一五六七年）九歳で信康に嫁いでいた。信康と同い年で四歳の登久姫、三歳の熊姫の二子を儲けていた。

武将の子に生まれそれなりの覚悟は出きているというものの、自分の安易な書状が原因で、一時は不仲になったとはいえ、最愛の夫をこのような形で失う羽目になるとは、露程にも思っていなかった。

それだけに悲しみは深いものであった。

「五徳も不憫な女子であった。わしが至らぬゆえ、庇《かぼ》うてやれなかった。母上の、信長や父上への憎しみが五徳を追い込んだのだ。すべてわしが悪かった。わし亡き後、親元に帰るにせよ、幸せになってもらわねばならぬ。遺品とて持ち合わせておらぬが……正成、遺髪を渡してくれぬか。信康が深く謝っておった、と言うてな……」

半蔵は、うなずくのが精一杯で、涙が溢れて言葉が出なかった。

「頼むぞ。ところで母上は、いかがされている」

突然の問いかけに半蔵は動揺した。

事実を話したものか一瞬迷ったが、隠しきれないと思うと、

「申し訳ありませぬ。思い余って言いそびれておりました。御前は去る二十九日、若殿の無実を訴えて、ご自害されました」

「な、なに……自害、と……」

「はい。自らお命を」

「知らなかった……」

後は言葉が続かなかった。

天井を睨むように見上げる信康の目に、大粒の涙が零れ流れている。

半蔵は無性に世の儚さを感じないではいられなかった。

と同時に、理不尽な要求を突きつけてきた信長を改めて許せないと思った。

長い沈黙が続いた。

少し気持ちが落ちついてきたのか、信康は、

「半蔵、人の世とは不思議なものよ、死を前にして初めて無常の意味が分かってまいった。やはり武者は、戦場で華々しく散るが、幸せというものよ」

「そうでありましょう。死の恐怖も感じませぬ」

「今宵も遅くなった。父上によろしく申し上げてくれ」

「かしこまりました。浜松に戻ります。大殿がお呼びです」


城の外に出ると、雨上がりの暗闇の空に三層の天守が聳えている。

前には天竜川が右手からは二俣川が水嵩を増して音高く流れ込んでいる。

半蔵が見ても、仕掛けるのは容易くない見事な堅城である。

一刻ほどで浜松城下に着いた。

厚い雲の隙間から、待ち宵月が見え隠れしている。

五日月以来の明かりである。

堀の水も月影を照らしては隠している。

半蔵の足音が聞こえるはずもなかったが、鯉が大きく跳ねる音が静けさを打ち破っていた。

家康が信玄との戦いに備えて元亀元年（一五七〇年）に築城した浜松城は、三方ケ原台地の東南端に位置し、南北五〇〇メートル、東西四五〇メートルの城郭で、西北の最高所に天守曲輪、その東に本丸、二の丸、更に東南に三の丸とほぼ一直線に並び、各曲輪が階段で繋がっており、本丸の背後が自然に防衛線になるよう築城されていた。

半蔵は城内に入ると、家康の寝所を訪れた。

極秘に進めるためには、日中の人目を避ける方がよかった。

不寝番の侍にも気づかれず近づくと、

「半蔵か」

小さく発する声に、張りが戻っている。

「夜更けにお伺いし、申し訳ありませぬ」

言いながら、半蔵は深々と頭を下げた。

家康は夜具の上に上体を起こすと、半蔵の方に向き直った。

その様子からして微睡んでいたらしく、心労が重なり深い眠りにつけずにいるのが、半蔵の胸を締めつけた。

「構わぬ。夜更けの方が話しよい。信康に変わりないか」

「はい。お変わりございませぬ。最近は諸国の情勢も熟知され、お家の先々まで案じておられまする」

「さようか、無理もない。それが、この世の未練であろう」

「痛々しい限りでございます」

「半蔵、わしも辛いのじゃ。わが子を手に懸ける苦しみは、他の者には分かるまい。言葉では言い尽くせぬ……」

家康の心の叫びであった。

「ご心労、お察し申し上げます」

それだけ言うのが精一杯で、家康を慰める言葉を持ち合わせていなかった。

「わしの育て方が間違うておった。武芸だけでなく心の修行もさせておけば、このような目には遭わなかったかもしれぬ……」

家康は心の底から、自分の不注意で取り返しのつかない事態を迎えてしまったことを悔やんでいた。

と同時に、信長に誠心誠意尽くしてきた見返りが、このような不条理なものであるとは思いもしなかった。

それだけに、信長に対する猜疑心が大きく膨らんでいた。

「無念でなりませぬ。大殿がお許しになられても、この半蔵、決して右府さまを許しませぬ。必ず、若殿のご無念晴らしてみせまする」

「わしとて、何で許すことができよう」

「大殿、若殿の最後の願いをお伝えします《本多正信の帰参を認めていただきたい》

と、仰せられました」

「な、なに……あの、正信、を……」

「さようでございます」

「あ奴は、去る一向一揆の折、わしに反旗を翻して、背いた奴ぞ」

「お怒りはごもっともでございます。されど、若殿は《これからの戦は、武具の戦いから、謀の戦に変わる》と、仰せでございます。大殿のお傍に石川さまお一人ではご苦労される、と案じておられまする」

「な、なんと……わしの身を案じておる……」

　家康は信康の変わりように怒りよりも驚きと末恐ろしさを覚えた。

（わしは気がつかなかったが、信長は本当に信康を恐れていたのかもしれぬ。二人が存命の間は、お互いの関係が逆転することはありえない。が、次の代になって信忠と信康を比べた場合、どちらの器が勝っているか、を……）

　正に腹と腹の探り合いであった。

　目に見えぬ戦いが繰り広げられている、といっても言い過ぎではなかった。

（徳川と織田の戦いである。これからはますます増えるであろう、このような戦いが。とすれば、信康が言うように、正信のような策士が必要かもしれぬ）

長い沈黙が流れた。

家康は思案が定まったのか、

「信康の置き土産、ということじゃな」

「かと、思われます」

「考えておこう。いずれ、忠世辺りから、話を持ちこんでこよう」

「若殿も、これで胸のつかえを下ろされまする」

「半蔵、わしは、まさかとは思っていたが、やはり今回のことは、信康を恐れての信長殿の遠謀であったぞ」

「そのように思われます」

「信長殿は恐ろしいお方だ。わしが絶対逆らえぬ、と確信をして難題を押しつけてこられた。そしてその通りになろうとしている。わしがもう少し信康のことを認めていたら、阿呆のごとく振る舞わせた。わしの不注意だった。わしの力がいたらぬゆえ、信康を死に追いやったのだ……」

家康の悲痛な叫びであった。

三方ケ原の戦いで、信玄に撃砕された時以上の辛苦を味わっていた。

半蔵はどうすることもできなかった。

家康の苦しみは家中すべての苦しみであり、特に信康と深く関わってきた半蔵には、家康の苦しみが手に取るように分かった。

突然、家康が静寂を破った。

「半蔵、頼みがある」

「いかようにも」

「信康の介錯を……してやってくれ……」

それはあまりにも不意を衝いた言葉であった。

半蔵の想像を超えた悪魔のような恐ろしい言葉であった。

「大殿……そ、それればかりはご免こうむります。何故、わたしが、若殿を切れましょう……」

「分かっておる。分かっておるのじゃ……誰が好んで介錯する者などおるものか。だが、信康の魂を引き継ぐ者が、半蔵……お主しかおらぬ」

半蔵は両手を畳の上に置いたまま顔を上げられなかった。

涙が溢れて畳の上に落ちるのさえそのままに任せていた。

信康を自分の手にかけることは、自分が死ぬことであると思っていた。

どれぐらいの時間が経ったのであろう、

「半蔵、考えてもみよ。信康を介錯した者は、おそらく生きてはいまい。生きていたとしても武士を捨てるであろう。わしは、それを避けたいのじゃ」

「では、では……わたしなど武士でないと仰せになりますか。忍びの者など、何の感情も持ち合わせておらぬ、と仰せになりますか……」

「そうではない。半蔵だからこそ、立派に信康の遺志を継いでくれる、と思うての頼みじゃ……」

半蔵はうなだれたまま、返事ができなかった。

家康に背いても、引き受ける気はなかった。

「……まだ一日ある。追って沙汰する。今宵は退がってよい」

半蔵は無言で家康のもとを辞した。

一旦、断ったとはいえ、主命には逆らえないだろうと思い始めていた。

確たる返事をしなかったが、誰かが介錯をしなければならないのも事実であった。

半蔵の心は乱れていた。

信康の介錯は、これまでに経験したこともない恐ろしい所業に思えてならなかった。


運命の日がやってきた。

二俣城は早朝から大手門を閉じて不測の事態に備えていた。

岡崎城では彦左衛門を中心に若侍が武装して騒いでいた。

作左衛門が必死になって抑えているが、押し問答を繰り返すばかりで埒が明きそうにない。

彦左衛門が、

「作佐の爺は臆病風に吹かれたか。若殿を見殺しにして、それでも三河武士か。徳川の面子が立つとでも思うておるのか……」

まさに喧嘩腰であった。

無理もなかった。

十数年を、信康と寝食を共にしてきたのである。

作左衛門は若者の怒りを抑えるつもりはなかった。

その怒りを終生忘れず、いつの日か必ず信康の無念を晴らす原動力に繋がればよいと思っていた。

「わしを切れ。切ってからお主たちの気が済むようにすればよい。されど、悔しさを乗り越えてこそ、真の三河武士ぞ。それをよく腹に叩き込んでおけ」

言い放つと、頑として城門の前に立ちはだかり、若侍たちを食い止めていた。

「忠隣、浜松からの使者はまだ見えぬか」

城主の忠世も落ち着きを失っていた。

書物に目を落としているが、うわの空である。

戦に出陣する高揚した気分とは違う異質な心の動きに、自分がどう対処してよいか分かるはずもなかった。

忠隣は書院と玄関を行ったり来たりしている。

長い一日が暮れようとしていた。

陽が西に傾き、光を受けた川面が輝いている。

観音山が西日を受けて朱く染まりかけている。

城内の高台から眺めると、南側に開けた広大な三方ケ原台地が浜松城まで続いていて、その先には遠州灘の青い海まで遠望することができた。

信康の覚悟は決まっていた。

徳川家中で信康一人が、いつもと変わらぬ日課を送っていた。

己の運命を見つめ、精一杯過ごしてきた、ひと月半を振り返っていた。

（考えられる手筈は打った。事の成否は、これまた時の定めである。成就するよう魔

王となって見守るしかあるまい）

まさに、明鏡止水の心境であった。

山裾の暮れは早く、庭に射していた西日が陰り半刻が過ぎようとしていた。薄闇が広がり燭台の明かりが増したと思うと、二の丸曲輪の林の一角から、長月の十五夜が姿を見せ始めた。

と、その時、小姓が小走りで縁を渡る足音が聞こえてきた。

「忠隣さまがお渡りでございます」

「そうか、参ったか」

忠隣は恐縮しているのか身を小さく屈め、いつもの闊達さは見る影もない。

「若殿……」

つぶやくと、その場にひれ伏してしまった。

「忠隣、何とした、そのざまは」

「………」

忠隣は口を開こうとしたが、言葉が出てこない。

「浜松から、誰が来たのじゃ」

鋭い叱責の声であった。

落ち着きを取り戻し、顔を上げると、

「天方山城守道綱殿と服部半蔵正成殿が見えられました」

忠隣は一気に言い終えると、信康を正視することができず、再び縁に両手をついてうなだれてしまった。

「やっと来たか……正成が来てくれたとは……心安らかに腹が切れるわ」

「………………」

「忠隣、直ちに二人を、通すのじゃ」

「若殿、お考え直しを……お考え直しを……いただけますまいか……」

「忠隣、未練ぞ。この期に及んで、愚を申すでない」

「されど……されど……身が裂ける思いでございます」

「くどい、早く、呼んでまいれ」

「………………」

忠隣は無言でよろけるように立ち上がると、信康に深々と一礼して立ち去っていった。

月が冴えわたっている。

室内まで差し込んでいた明かりも縁に移り、庭の樹木がそよ風に揺れて、蛍が飛び交うがごとく閃いている。

見つめながら、心が澄み切っていく己を感じていた。

父や母の顔が目の前に浮かんできた。

（父上、懐かしゅうございます。初めて父上の馬の背に乗せていただき遠出したことが、つい昨日のことのように思われます）

五徳や姫たちの顔も浮かんでは消えていく。

（五徳よ、許せ。わしが至らなかった。もっと、優しくすればよかった。姫たちを頼む）

縁を渡ってくる足音が遠くから聞こえてきた。

信康は身を整えると、静かに目を閉じた。

「大殿よりの使者をお連れいたしました」

城代の忠世の震えをおびた声であった。

「よく参った。入るがよい」

信康がゆるりと目を開けると、三人は縁に平伏して動く気配がない。

「何をしておる。早く、父上の沙汰を申し述べよ」

信康の毅然とした態度に、三人は慄いている。

恐る恐る部屋に入ると、忠世は隣の間の障子を開け、無言で座った。

信康の前に平伏した道綱と半蔵の顔は青ざめ引きつっている。

たまりかねた信康は、

「山城道綱、半蔵正成よく参った。そう硬くならずともよい。信康の覚悟はできておる。早う沙汰を申し述べよ」

信康の冷静さが余計に二人を硬くさせていた。

意を決したのか、

「若殿、主命によりまかり越しました。天方山城でございます」

「ううん……大儀」

「大殿よりの主命をお伝えいたしまする」

「…………」

「若殿、信康さまに《切腹せよ》との、仰せでございます。介錯は、服部半蔵正成が務めまする」

「謹んでお受けする。忠世、直ちに用意をいたせ」

間髪を入れずの受け応えに、山城と半蔵は身体の震えが止まらない。

忠世は用意を、と言われたが、身が固まり立ち上がる術を失って動くことができない。

「三人ともいかがした。それなりの覚悟で参ったのであろう。木偶人形みたいに惚けるでない」

それまで一言も発せず、身体を震わし続けていた半蔵が、

「若殿、生きていてこそ花も実もあるというものです。お考え直しを、お考え直しを……」

半蔵の悲痛な叫びであった。

理屈や理性を通り越した人間の本性の表れであった。

「半蔵、何しに参った。これ以上、わしを苦しめるでない……」

「されど、他によき手立てが……あるやもしれませぬ」

「あるものか……バカ……めが……」

信康も言葉になっていなかった。

死を前にして感情と感情のぶつかり合いが続いていた。

忠世と道綱は、握り拳を畳に打ちつけながら唇を嚙みしめている。

月の明かりが縁から遠ざかり射す角度を増していた。

「え、えい……埒もない。改めて用意もいるまい」

言うが早いか、信康は白装束の両袖を脱ぎ去り上体が顕になった。

脇差を抜き小袖を巻いて脇腹に当てると、

「忠世、世話になった。作佐や年寄りにもよろしく言うてくれ。半蔵、父上に、信康は潔く腹を切った、と伝えてくれ。少しも恨みに思うていない、ともな」

「若殿……」

三人の悲痛な叫びであった。

が、どうすることもできなかった。

「さらばじゃ……」

言うが早いか、信康は脇腹に当てた脇差を深く突き刺していた。

「ああ……若殿……」

半蔵は呻くと、太刀を取り寄せ抜身を抜いていた。

(やむをえぬ。若殿を苦しめるは、武人の恥だ)

立ち上がり太刀を振りかざした。

が、

「切れませぬ……切れませぬ……半蔵には、切れませぬ」

太刀を畳に突き刺しその場に片膝をついていた。

「半蔵……お主、それでも武士か。早く介錯を……」

信康の苦し紛れの、最後の言葉であった。

「うむ……」

半蔵がなおも躊躇していると、脇に座っていた道綱が立ち上がり、太刀を抜くと、

「若殿、主命により山城道綱、ご介錯つかまつる。ごめん……」

「………」

信康の首は血潮とともに転げ落ちた。

胴体がゆっくりと前に折れ重なっていった。

山城道綱は呆然と立ちつくしていた。

半蔵は太刀を畳に突き刺したまま膝をつき嗚咽を繰り返している。

忠世は肩を震わせ男泣きしている。

道綱は突然、持っている太刀で髻《もとどり》を切り庭先に投げ捨てると、両手、両膝をつき大声で泣き始めた。

異常に気づいた於初と小姓二人が駆けつけ、

「若殿……」

後は言葉にならず、遺体に取りすがり大声で泣き始めた。

於初は、

「誰が、誰がこんな惨いことを……許せぬ……許せぬ……」

泣きわめきながら、首のない信康の胴体を、力任せにゆすり続けていた。

半蔵は少し落ち着きを取り戻すと、信康の首を丁重に小袖に包み始めた。

忠世は奥の寝所から信康の普段着を持ってきてかぶせた。

無言の空しい作業であった。

坂本城

朝夕は、連日秋本来の冷え込みが続いていた。

今朝は一段と冷え込み、身が引き締まる爽やかな日である。

青い空はどこまでも高く、見えるものすべてが鮮やかに見渡せる。

朝日が細波の湖面に反射して揺れ、あたかも錦秋のごとく光り輝いている。

対岸の左奥には伊吹山の端麗な姿がひときわ目を引き、右側の霊仙山との谷間は、美濃の関ヶ原に通じている。

霊仙山から続く鈴鹿の峰々も、くっきりと浮かんでいる。

長命寺山に隠れ安土の城は望めないが、手前には富士の形をした三上山、正面には矢橋や粟津の松並木、背後の音羽山から三井寺の山並み、手前には唐崎の松、左に転ずると堅田の浮御堂、城の背後は比叡・比良の山並みまで見渡せる絶景の位置に、坂本城は築かれていた。

湖に浮かぶ城は、元亀二年（一五七一年）九月の比叡山焼討ち後、近江の国滋賀郡を与えられた光秀が、信長から黄金千両を宛てがわれ、宇佐山の志賀城を廃城にして、坂本の三津ケ浜に築城を開始した。

石垣が琵琶湖にあり、城内に水を存分に入れた美城で、湖に突き出た先端部分を本丸に据え、その南東の角に三層の天守を配置し、湖上からその雄姿を浮かんで見せている。

安土城についで天下に知られた名城であった。

内堀を挟んで二の丸、更に中堀を設け、三の丸、外堀と三重に湖水を取り入れた堅城で、背後には比叡の山並みが迫り、京から五里にあって、湖西、北陸に通じる街道の要所として重きをなしていた。

明智惟任日向守光秀は美濃国守護土岐氏の分家であったが、斎藤道三が土岐頼芸を追い出し国主になると道三に仕えた。

弘治二年（一五五六年）道三とその子義龍が争い、道三についた光秀は、明智城を攻撃され一族の多くが討死した。

美濃を去った光秀は、明智家再興を願って諸国を放浪した。

その間、学問や武芸の修練に励んだが、特に鉄砲の射撃技術に秀でていた。

その後、朝倉義景に仕えたが、朝倉家を頼ってきた足利義昭、その側近の細川藤孝と意気投合し、足利幕府の再興に力をそそぐようになった。

義景が義昭の意向に応じないと分かると、信長との仲介に尽力し、足利幕府は信長の力で再興された。

が、義昭は将軍の器ではなく、信長との関係が悪化してくると、永禄十二年（一五六九年）頃から実力者、織田信長に仕えるようになった。


悩み多き光秀であった。

元来、神経質、潔癖症であったが、丹波、近江滋賀郡合わせて三四万石の大名になった今でも、信長の豪放磊落・傍若無人な性格に振り回されていた。

光秀は長篠の戦が終わった天正三年（一五七五年）六月から足かけ五年を費やした丹波攻略も一段落し、新築なった丹波亀山城に嫡男十五郎光慶を城代に据えると、久しぶりに居城、坂本城に帰っていた。

光秀にとっては束の間の安らぎである。

湖に突き出た天守閣から望む美しい風景は、疲れ切った心を癒してくれる。

光秀はこの景色が気に入っていて、見るたびに勇気を与えられてきた。

今朝も余韻を味わいながら考えにふけっていた。

(家康殿は、嫡男信康を切腹に処した。明らかに不条理な要求であったがよく耐えられた)

(長宗我部殿が上様に取り成しを願っている。どうしたものか)

(村重殿は罪なことをされた。いずれ有岡に残った妻子や女子供まで皆殺しの憂き目に遭う。惨いことだが、わしの力ではどうすることもできぬ。倫子を戻しておいてよかった)

(伏屋の里が信雄殿を散々追い散らしたらしいが、上様の怒りは尋常ではない。このままでは済むまい。後々の報復が危ぶまれる)

(安土へ丹波平定の報告に行かなければならないが、貢物は何がよいか)

(丹波の統治は心して行なわないと、人心の掌握は難しい。が、わしが夢見てきた国造りができる)

階段を上がる足音とともに、はしゃいだ声も聞こえてくる。

伏屋姫が侍女を連れて光秀を訪れようとしていた。

「なんとまあ、美しい湖でございましょう。いつ見ても飽きませぬ。今朝は格段に美しく輝いておりますこと」

「伏屋か。もそっと前に来てみよ。小舟が漁をしておる。のどかな風景であろう。戦国の世であることを、一時でも忘れさせてくれるわ」

「ほんに長閑でございますこと。早く、戦のない世になれば、平穏な暮らしができますのに」

「ところで、何か用がある、と言っておったが」

「はい。殿のお帰りが延びておりましたのでお願いが遅くなりました。里の父が、殿のお側にお仕えさせていただけないか、と若者を寄越しております」

「なに、保章殿が……」

「はい。従弟の佐伯琉之介と申します。父が申すには《伊賀で琉之介を凌ぐ力量の者はいない》とのことでございます」

「さようか。保章殿の頼みなら引き受けねばなるまい。して、その者は、城内におるのか」

「いいえ、じっとしてはおりませぬ。殿がお留守だったゆえ《お帰りになる頃に戻ってまいる》と申して出ていきました。もうそろそろ姿を見せる、と思われます」

「相分かった。戻り次第連れてくるがよい。して、保章殿は息災にしておられるのか」

「はい。六十は超えたと思いますが、根が達者ゆえ」

「伊賀も安閑とはしておれまい。上様が腰を上げられたら、長島の憂き目に遭うに違いない」

「里が全滅する、と仰せになりますか」

「手向かう者には容赦されぬ。皆殺しが上様の仕儀ゆえ」

「惨いことをされます。信長さまは……」


信長は、仏僧の本分を逸脱し暴徒化した既存の宗教を極端に嫌っていた。

元亀元年（一五七〇年）九月、石山本願寺顕如が信長打倒の兵をあげたのが発端で、伊勢長島願證寺でも門徒衆による一向一揆が起こった。

当初は、門徒側が優勢で、桑名城の滝川一益が敗走、信長の弟、信興が戦死するなど戦況は悪かった。

元亀二年（一五七一年）九月十二日、朝倉、浅井連合軍を匿い、信長の背後を脅かしたことを口実に《山門、滅ぼすべし》と柴田勝家、明智光秀、羽柴秀吉、丹羽長秀、佐久間信盛ら信長の有力武将、三万の軍勢で比叡山焼討ちを行ない、根本中堂を始め山王二十一社や僧侶、上人はいうに及ばず、女、子どもに至るまで皆殺しにし、焼き尽くしてしまった。

背後の憂いがなくなると、一次、二次の長島侵攻や、天正元年（一五七三年）八月、朝倉、浅井両家を滅亡させると、翌天正二年六月二十三日、八万の大軍で願證寺を完全に崩壊し、数万の門徒衆を虐殺して滅亡させてしまった。

織田家の犠牲も多く、信長の兄信広、弟の秀成など多くの織田一族が戦死していた。


伏屋の侍女が息を切らせて階段を上がってきた。

「お方さま、荒木行信さまと佐伯さまがお戻りになりました」

「殿、お聞きの通りでございます」

「何、行信も同道しておったか」

「父からも知らせがありました。伊賀へ服部半蔵さまと行かれた、とのことでございます」

「そうか、行信も一緒であったか。よい、奥の書院で会おう。直ぐに参る」

侍女が退いていくと、

「伏屋、保章殿の頼み、禍を招くことはあるまいのう」

「ええ……」

伏屋姫は、光秀の言っている意味が分からなかった。

「では……召し抱えられぬ、と仰せになりますか……」

「そうではない。召し抱えるつもりじゃ。召し抱えるが、明智にとって吉凶どちらに転ぶか分からぬ」

「………」

伏屋姫は困惑した顔を光秀に向けたが、返す言葉が出てこなかった。

光秀が奥書院に戻ると、黒く日焼けした荒木行信と精悍な面構えの若者が控えている。

一見して並の武者でないことが分かる。

忍びの臭いを感じさせず隙も見せない。

能役者を思わす顔立ちが光秀を引きつけた。

「お待たせした。惟任日向守光秀でござる」

あいさつすると、

「初めて御意を得ます。保章の甥で佐伯琉之介、と申します」

「涼しげなその目元は、母御ゆずりか」

「いえ、母は存じませぬ。物心ついた頃には、師匠の元におりました」

「さようか……許せ。いらぬ詮索じゃ。して、今までどこを廻っておった」

「畿内及び以西は見ておきたいと思いまして」

「何か、よき知らせでもあるか」

「有岡城で消息を絶った黒田官兵衛殿が、囚われの身で生きておりまする」

「な、なんと……官兵衛が生きておる……」

「はい。恐ろしき執念でございます」

「さようか……竹中半兵衛殿が去る六月に亡くなられた。両腕をもがれて、窮されておると思ったが、羽柴殿は強運の持ち主だ」

「その上、処断を命じられた松寿丸も、竹中さまの計らいで生きております」

「な、なんと……それは、真か……」

　光秀の驚きは尋常でなかった。

「間違いございませぬ」

「さすがは半兵衛殿じゃ。死ぬ前に良き仕事をされたわ。これで、ますます主従の絆が深まる……」

「そのようでございます」

行信は徳川の忍びや武田の乱波の活躍を見てきただけに、

「織田軍団の版図が広がるほど、各地の情報を早くつかまねば後れを取ります」

「相分かった。わしは上様や徳川殿のような影の者はおらぬ。琉之介と共に、情報を集めてくれ。行信のことは内蔵助に伝えておく」

「ありがたき幸せにございます。黒井の殿も大殿を助けて働け、と申されました」

「琉之介、当分は畿内から目が離せぬ。些細なことでも構わぬから知らせてくれ」

「ハハ……」

琉之介は平伏すると、物音ひとつ立てず退いていった。

「行信、苦労かけた。信康殿の遺志、徳川家中は生涯忘れまい。それは、行信とて同じこと。わしはお主らに手助けできぬが、琉之介の使命も同じじゃ。良き相談相手になってくれぬか」

「大殿には、ご迷惑おかけいたしませぬ。この御恩、行信、生涯忘れませぬ」

「気にするでない。波多野殿の命を救えなかった、せめてものわしの罪滅ぼしじゃ」

行信は光秀に深々と頭を下げると、琉之介の後を追うように下がっていった。

城内は静まり返っている。

坂本城在番の家士の多くは、新たな領地丹波の城の修理や城下の整備に駆り出されている。

昼下がりになって、縁を渡る足音が近づいてきた。

丹波の横山城を福知山城と改め、城の改修や城下の整備に追われている城代の左馬助秀満であった。

「左馬助か、入るがよい」

「お久しゅうございます。ようやく一段落してまいりました」

「苦労をかける。丹波の人心は頑なさもあるが、純朴で良き人々である。心するように」

「はい。良き治政を心がけております」

「民あっての武士ぞ。一兵卒に至るまで過ちなきように」

光秀は征服した領国統治に苦労していた。

坂本でも比叡山焼討ち後、織田に対する反感は強かった。

しかし、辛抱強く領民を愛して善政に努めていた。

「ところで殿、お客人があったようで」

「さよう、伏屋の里から頼まれた。佐伯琉之介と申す切れ者じゃ。荒木行信に預けたが、情報収集に当たらす。行信も徳川が波多野と同じ道を歩まぬよう三河へ遣わしたが、頼もしくなって帰ってまいった」

「それはよろしゅうございます。領国が広がって手がいくらあっても足りませぬ。良き家臣を雇う必要があります」

「ところで左馬助、上様に報告に行かねばならぬ。献上物を丹後のちりめんを、と思い遠いところを来てもらった」

「上様は、名品好みであらせられますので、難しゅうございます」

「いかにも。ありふれた茶器や武具では、喜ばれるまい」

「丹後ちりめんもよろしゅうございますが、阿波の縮羅《しじら》はいかがです。まだまだ戦は続くゆえ、いくらあってもよかろうと存じます」

「そうか……そうじゃな……そうするか。左馬助、手数かけるが手筈を整えてくれ。百反を」

「承知いたしました。早速手配いたしまする」

「頼んだぞ。揃い次第、安土へ参るとしよう」

「ところで、倫子は息災にしておるか」

「はい。が、新五郎殿を案じておりました」

「そうか、無理やり別れさせられたからな。新五郎殿は村重殿と行動を共にしておるが、案じられる……」

光秀の次女、倫子は荒木村重の嫡男、新五郎村次に嫁いでいた。荒木村重が光秀の立場をおもんばかり、信長に反旗を翻した際、離縁し光秀の元に送り返していた。

その後、左馬助秀満に後添えとして嫁いでいた。


光秀の元を辞した行信と琉之介は、都に出て茶屋四郎次郎の屋敷を訪れていた。

「茶屋殿、某は丹波の田舎者ゆえ、京には馴染めぬかもしれませぬ、よろしくお願い申し上げます」

「荒木さま、ご心配いりませぬ。琉之介殿は早、京男でございます」

「琉之介殿はお若い、気になさらぬゆえ慣れぬのも早い。ところで、信康さま、ご無念でなりませぬ」

「真に……言葉もござらぬ。琉之介殿と同い年というに……」

信康に将来を期待していた四郎次郎は、思い出しては落涙していた。

気を静めると、

「琉之介殿、信雄殿が去る九月十六日、八千の兵で伊賀に攻め入ったが、郷士衆の結束が固く敗走させたそうです。が、右府さまが激怒しているとのこと、このままでは済みますまい」

「里が、蹂躙されると」

「良き手立てでもあればよいが……」

「ありますまい。戦う以外」

「保章殿も生死をかけた戦いになる……」

茶屋の身代は、四郎次郎の代になって飛躍的に伸び、公家、諸大名、町民に至るまで商いを行ない、その信用は人望と相まって、他を寄せつけないものがあった。

特に徳川との結びつきは固く、都における情報収集基地でもあった。

「雲斎さまから、言伝はありましたか」

「お二人の元に、茂林光幡殿を始め数名の修験者が参っております」

「それは願ってもないこと。して、茂林殿は」

「大坂近辺に出払っております。いずれ、お戻りになると思います」

「では、お戻りを待って、今後のことを考えまする」

「荒木殿、本願寺の勢いも弱まってきたため、いずれ落ち着きましょう。ところで、私の見立てですが、四国も緊迫しております」

「四国……と申されるか」

「はい。阿波の産物が入り難くなっております」

「土佐の動きに関係があると……」

「さよう、元親殿が讃岐、阿波を征服する勢いです」

「長宗我部の動きが明智に影響する、と言われるか」

「はい。当主の元親殿の御内室は、斎藤さまの妹御です」

「そうでしたか……それは、知らなかった」

「伊予でも攻勢をかけていて、このままでは、四国全土を征服するのも、そう遠くはないらしい」

「それでは、いずれ右府さまと衝突することも考えられる……」

「元親さまは、去る天正三年（一五七五年）日向守さまを通じて右府さまと同盟を結ばれたが、窮地に追い込まれた三好さまらが、右府さまに助力を申し出ているようです」

「では、大殿もいずれ判断に迷われる時が来るのではありませぬか」

「斎藤さまは日向守さまの片腕です。無視はできませぬ」

「と、すれば、黒井の殿が鍵を握っておられる」

「そのようです。中国でも動きがあります。備前の宇喜多直家殿が、毛利を寝返って羽柴殿に恭順を示しているらしいです。右府さまは認めておられないが、いずれ、羽柴殿の進言を受け入れられるのでは……」

「右府さまも、羽柴さまを可愛がっておられるからな」

「別所も長の籠城で窮しております。いつまで持ち堪えられるかだが、毛利の中途半端な態度では、救うことはかないますまい」

「さようか……三木城が落ちれば、四国や中国に主力を充てることができる、か……」


十月十五日亥の刻（午後十時頃）から有岡城の総攻撃が開始された。

茂林光幡から知らせを受けた行信と琉之介は伊丹へ急行した。

一年以上に亘って持ち堪えていた有岡城であったが、滝川一益の総攻撃に加え、内部からの離反者も出て本丸を残すのみとなっていた。

十九日、信長からの講和を承諾した家老の荒木久左衛門は開城を決意し、津田信澄（信長の弟信行の子、光秀の娘が正室）が、部隊を率いて本丸に入城し、戦闘は終結した。

囚われの身になっていた黒田官兵衛も、家来たちによって救助された。

「光幡殿、丹波の黒井へ参ります。いかがされる」

「某は有馬まで同道して、三木城の最後を確かめたい、と存じます」

茂林と別れた二人は、篠山街道沿いに八上城、黒井城を目指していた。

「琉之介、丹波は初めてであろう」

「はい、三木城までは行きましたが。それにしても、長宗我部さまの奥方が内蔵助さまの妹御、とは驚きました」

「わしもじゃ。内蔵助さまは四国の情勢が緊迫している、とは思っておられぬ」

「当然でしょう。ところで、内蔵助さまとは、どういうお方でございます」

「大殿の片腕で、信義に厚く、情の深い方でござる。わしは心底、惚れ申した」

「さようでございますか。お会いできるのが楽しみでございます」

琉之介は内蔵助という響きのよい名前に想像を巡らしていた。

（茶屋さまが明智を左右するお方と云っておられた、優れた武将に違いない。もとは稲葉一鉄さまに仕えていたが意見が合わず出奔され、その後、光秀さまに仕えるようになった。怒りが収まらない稲葉さまは信長に訴えて、信長は光秀さまに返すよう命じられたが《良い部下を持つことは上様のためでもある》と言って断られた。信長は立腹して光秀さまの額を敷居に押しつけて折檻された、とのことだ。それを聞いた内蔵助さまは感激し二人の絆は更に深まったらしい）

（内蔵助さまが肩を持つとしたら長宗我部に違いない）

（行信さまは沈着冷静だ。日向守さまや斎藤さまが重用されるはずだ）

二人は篠山盆地に入っていた。

目指す方向に富士の形をした標高四六〇メートルの高城山が聳えている。

その頂上付近に八上城の天守が木々の間から垣間見える。

戦国時代特有の山城であった。

守に易く攻めるに難しい。

道を挟んで西隣の法光寺山には支城もあり、明智と波多野の激しい攻城戦が目に浮かんでくる。

八上城を後に、更に北を目指して歩いた。

日が暮れる頃、三尾山の間道を越えると、黒井の手前の廃屋で一夜を過ごした。

漆黒の山中は狼の遠吠えが耳について、二人とも深く眠れなかった。

秋晴れの爽やかな朝だったが、冷気が身に沁みる。

朝日が黒井城を照らし始めた。

古より、丹波の国は複雑な地形が隣接する播磨、但馬、山城等の影響を受けやすく、ひとつの国としての独立性は持ち合わせていなかった。

それだけに、統治は難しく福知山、黒井、亀山の独自性が重要であった。

黒井城は丹波のほぼ中央にあって播磨、丹後、但馬の国に通じる道が網の目のように交差し、戦力上からも重要な位置をしめていた。

八上城から遅れて落城したが、修復工事が真っ盛りで、城代の内蔵助自ら陣頭指揮に当たり、城の規模を拡大し、猪ノ口山全体を要塞化していた。

(それにしても広大な城郭だ。山麓から三五六メートルの山頂までが要塞化されている。地方の城としては稀有の規模だ)

内蔵助は真新しい書院でくつろいでいた。

行信と琉之介が部屋に入ると、

「大殿から書状をいただいた。内蔵助利三でござる。琉之介殿は行信と共に情報を得る役目とか、明智の最も不得手な仕事だが、よろしくお頼み申します」

慇懃にあいさつした。

琉之介は一目で、

（この方は真の武者に違いない。勇将らしい仕種は、何一つない。わしのような下賤の者に対しても、思いやる温かさがにじみ出ている。威圧感もない。できた人だ。初対面にもかかわらず、長年の師のような方だ）

（明智の殿とは違う苦労人の情を感じる。この方のためなら命を落としても惜しくない）

「初めて御意を得ます。佐伯琉之介でございます」

深々と頭を下げた。

「大殿は情や義に厚いお方だが、生真面目すぎて誤解を招く損な性格でおられる。琉之介殿のような強者が頼りじゃ」

「心します。何なりとお命じくださりませ。それと、呼び捨てでお願いいたしまする」

「相分かった。して、伏屋の方と従姉弟に当たると」

「そのようでございます。でも古きこと、今では住む世界が違いまする」

「それもそうじゃ。して、殿にお会いしてどうであった」

「はい。心の余裕を楽しんでおられる、と拝察いたしました」

「それは重畳。これまで戦に明け暮れておられたからな。無理もないことじゃ」

「そのようでございます」

「他に変わったことは」

「昨日、有岡が落城いたしました。見届けて、こちらに参りました」

「さようか。時間の問題であったからな。よく一年も、持ち堪えた」

「それにしても大がかりな工事でございます。広大さからいえば安土を上回ります」

「わしは安土を知らぬが、この丹波から長門にかけては竹田の城を始め、月山富田城、郡山城など山の上に築かれた城が多い」

「でも、この城は別格です。攻めるには十万もの大軍が必要です」

「確かに。それも殿がお命じになられたのじゃ」

「大事でも起こる、とでも思われたのでしょうか」

「分からぬ。が、殿は心配性ゆえ、完璧を望まれたのであろう」

「そういえば、竹田城を羽柴秀長さまが攻略されたが、播磨に出向いているうちに、毛利方の太田垣輝延に奪われた、とのことです」

「さようじゃ。秀長殿には黒井攻めで竹田から援軍をいただき世話になった。秀長殿も一ヵ所には留まっておられず出陣中に奪われてござる。が、改めて侵攻されるであろう。その折には、手助けせねばならぬ」

急に、奥の方で赤子の泣く声が静寂を破った。

「赤子でございますか」

琉之介は戦場といってもよいこの地で、不思議な思いにかられた。

「琉之介、恥ずかしい限りじゃ。この歳になって赤子ができるとは、思うてもいなかった」

「いや、よろしゅうございます。おめでたいことでございます。して、若君で」

「いや、女子じゃ。福（後の春日局）と名づけた」

琉之介は内蔵助のはにかんだ顔を見つめながら、この赤子が、先月切腹して果てた信康の生まれ変わりとして、この世に生を享けたのではないか、と不思議な縁を感じていた。

行信は二人の会話を黙って聞いていた。

琉之介の落ち着いた態度に、

（洞察力も備えておる。それに人と接しても物おじしない。若いのに、先の見える強者だ）

「行信、これからどうする」

「はい、今、それを考えておりました。殿にお考え、おありですか」

「いや、こちらの方が忙しくて、他は思いつかぬ」

「では、お聞きしたいことがございまする」

「何でもよい。話とは」

「はい、京の茶屋殿から長宗我部元親さまの奥方は殿の妹御、とお聞きしました」

「間違いない。それが何か」

行信は茶屋四郎次郎から聞いた四国の情勢を、内蔵助に話した。

斎藤内蔵助利三の母が足利幕府奉公衆、石谷兵部大輔光政に再婚し、娘を儲けていた。

石谷氏は土岐一族で、幕府政所代、蜷川氏や斎藤氏と緊密な婚姻関係にあり、朝廷との交際も深い名門であった。

利三の実兄、頼辰も石谷光政の婿養子に入っていた。

光政の子、於孝は内蔵助とは異父兄妹で、元親が於孝を内室に迎えたのは永禄六年（一五六三年）であった。

「阿波の三好も右府さまに助けを求めたとなると、元親殿も四国切取りが難しくなってきた」

「右府さまがどう沙汰されるかですが、元親さまが納得されなければ、いずれ戦になりまする」

「行信、土佐へ行ってくれぬか。元親殿の腹の内を、知らねばならぬ」

黒井城を後にした二人は、園部城、八木城へ寄り、新築なった亀山城から愛宕山に参拝し、周山城、鞍馬、大原と明智の領地となった領国をくまなく回り、坂本に帰りついた。


丹波攻略の報告を無事に終え安土から帰った光秀は、信長がすこぶる上機嫌であったことに安堵していた。

各方面の戦いが、信長の思惑通りに進んでいる。

恐れるものは何一つなく、順風満帆な勢いであった。

光秀に新たに命じられた仕事も合戦ではなく、得意とする紛争の介入や、内裏の行事に関することで、信長の信頼が伝わってくるようである。

（あんなに優しい上様は初めてだ。粉骨した甲斐があった。勝家の北陸攻め、秀吉の中国攻めに先んじたことは、わしの地位が上がった証に違いない）

十一月も半ばになろうとしていた。

初冬の気配が日増しに濃くなり、飛来した水鳥が豊かな琵琶の湖に羽を休めている。

光秀は書院で書物に目を通していたが、縁を渡ってくる足音が聞こえると手早く見繕いをした。

「殿、お呼びでございますか」

顔を見せたのは放浪時代からの側近で、光秀を補佐する溝尾庄兵衛茂朝であった。

「庄兵衛か、入ってくれ」

「殿、お顔の色がよろしゅうございますが、何か良き知らせでも」

「そうか。庄兵衛にも、そう見えるか。心の安らぎが表れておるのじゃ」

「そうでございましょう。信長さまにお仕えになって初めてでございます。十数年もの間、息つく暇などなかったゆえ……」

「皆にも苦労かけた。やっと、報われた思いがする」

「殿、気を緩めてはなりませぬぞ。上様は並の情の方ではございませぬ。して、御用とは」

「おお、そうであった。済まぬが、有岡城へ使者に立ってくれぬか」

「有岡へ……」

「ご家老の荒木久左衛門殿に上様の言葉を伝えてくれぬか《村重殿に尼崎城と花隈城を明け渡せば、各々の妻子を助ける》とな」

「はたして、応じましょうか」

「分からぬ。村重殿も妻子や家臣の女・子どもの命に係わることゆえ承服しなければなるまい。上様もこれ以上、惨いことを避けたいと思われたのじゃ」

「承知いたしました。明日にでも出立いたしまする」

十一月十九日、溝尾庄兵衛と約束を取り交わした荒木久左衛門らは、尼崎城へ説得に行ったが、村重は城にも入れず受け入れようとはしなかった。

窮した久左衛門らは有岡城に帰ることもできず、妻子を見捨てて出奔してしまった。

激怒した信長は有岡城に残った人質全員の処刑を命じ、十二月十二日から十六日にかけて、村重の妻子、女房ども、子ども、若党ら五百数十名を惨殺した。

激動の天正七年が暮れようとしていた。

昨夜来の吹雪が地上のあらゆるものを覆い隠し、白銀一色に塗り替えている。

鉛色の空が南東の瀬田川辺りから青空を取り戻しつつある。

飛来した水鳥もヨシの陰に潜んでいるのか姿を見せない。

時折、小雪が北風に吹かれて舞い踊っている。

長命寺山から比良の山並みにかけて吹雪いているのか、雄姿は厚い雲の彼方である。

この分では、関ヶ原から美濃、北陸にかけては大雪で、人馬の通行もままならないのではないか。

天守に上がった光秀は、寒さも気にせず美しい雪景色に見とれながら、過ぎ去ろうとしている一年を振り返っていた。

（わしの転機の年であった。年初は五年越しの丹波攻めも大詰めを迎えようとしていた。秋になってようやく八上城、黒井城を攻略できたが、その代償も大きく、母を犠牲にしたことは痛恨の極みだ）

厚い雲のはるか彼方に、終生忘れることのできない母の面影が浮かんでくる。

（母上、お許しくだされ。光秀は親不孝者でございます。戦国の世とはいえ、母を生け贄にしなければ治まらない、この世が憎うございます。この上は、一時も早く戦のない安寧な暮らしができる世を造ってみせまする）

複雑な思いが光秀の脳裏をかすめていた。

急に信長が両手を広げて光秀に襲いかかってきた。

逃げ惑う己の姿がいつの間にか村重に代わっていた。

同時に、信長に諫言できなかった己の不甲斐なさにも腹を立てていた。

(上様の村重憎しは異常すぎる。あれほどまで虐殺しなくてもよいではないか。わしは何故、お諫めできなかったのだ。情けない、光秀という奴は情けない……非道を説いてこそ、真の家臣ではないか。己可愛さに、見てみぬふりをするなど、光秀ではない)

階段を上がる足音が、光秀の思考を遮った。

近臣の藤田伝五郎の力強い、

「殿は、どこにおられる」

だみ声が聞こえてきた。

「ここに居られましたか」

「騒々しいぞ、伝五郎。して、知らせがあったか」

「はい。吉田兼見さま、細川さま、筒井さま、津田宗及さま、里村紹巴さまもお越しの由でございます」

「そうか、久しぶりに賑やかな茶会になるのう。やはり、世が太平に向かっておる証じゃ」

「内蔵助さまや左馬助さまもお戻りになるはずでございます。心して準備にあたりまする」

「さようか、頼んだぞ。来年こそ、良き年にしたいものじゃ」

「真に……」

「伝五郎、行信に書院にくるよう伝えてくれぬか」

「承知いたしました。荒木殿は丹波からお帰りになり、一段と頼もしくなられました」

「さすがは元波多野家臣じゃ。筋金が入っておる」

　丹波から帰った行信は、京から坂本へ通じる道を隈なく歩いていた。間道も含め逢坂越え、小関越え、山中越え、志賀越え、白鳥越えの五つがあるが、更には、大廻りして、大原の里から仰木峠を越えて西教寺へ通じる道も知るようになっていた。

「行信、内蔵助からも知らせがあった。短期間によく領地を歩いてきたそうだな」

「はい、黒井の殿から勧められましたゆえ、ゆっくりさせていただきました。おかげさまで、おおよそのことが分かりましてございます」

「それはよかった。で、どうであった、民の暮らしは」

「殿のお人柄が、早くも表れておりまする」

「さようか」

「民は、正直です。良き領主か、悪しき暴君かを瞬時に見分けます」

「さもあろう。日々が生き死に、ゆえ」

「殿にお仕えし、行信は学ぶべきことが分かってきた気がいたしまする」

「さようか。それも、これまでの苦労がなせることよ」

「このようなことを申し上げては失礼と存じますが、右府さまに代わり、殿に世を治めていただきたく存じまする」

「これ、行信、めったなこと申すでない。誰が聞いておるか分からぬ」

「申し訳ありませぬ。つい、でしゃばったことを申し上げました」

「二度と、口にするではないぞ」

「ハハ……」

行信は、譜代でもない光秀が、信長から重んじられることが嬉しくてならなかった。

「呼んだは、他でもない。四国の元親殿がことじゃ。将来の禍根にならねばよいと思うておる」

「黒井の殿もそのご意向でした。元親さまの真意が知りたい、と……」

「そうじゃ。今のままでは、いずれ上様と衝突になる。その時が案じられる」

「おとなしく引かれましょうか」

「まず、難しかろう。今、日の本で勢いがあるのは織田と長宗我部じゃ。が、比べものにならぬ。その上、元親殿は上様の恐ろしさを知らぬ」

「立ち向かう者には、容赦されませぬ」

「そうなる前に打開策を探らねば、波多野の二の舞になる」

「何なりと、お申し付けくださりませ。力の限り働きまする」

「使者に立ってくれぬか。元親殿に会うて、よく事情を説明してくれ」

「承知いたしました。早速出立いたしまする」

岡豊城《おこうじょう》

行信は琉之介を伴って三木城を目指した。

三木で茂林光幡と会い、土佐へ行くつもりであった。

羽柴秀吉を通じて恭順を表していた備前の宇喜多直家が十月末、信長に所領を安堵され毛利を離反すると、毛利本国と播磨、摂津の間が分断され、毛利からの兵糧も昨年九月から途絶え餓死者が続出していた。

三木城周辺の支城も攻略され落城、残るは本城のみになっていた。

「行信さま、籠城戦は惨いものでございます。武者は戦ってこそ華があるというもの、餓死するなど、本意ではありますまい」

「いかにも。わしら波多野も苦渋をなめたが、耐えられたものではない」

光幡も、長篠の奥平家中の惨状を知っているだけに、他人事とは思えなかった。

「琉之介、忍びの仕事も様変わりするぞ……」

「間違いありませぬ。戦のやり方が変わりました。われらの仕事も戦闘能力もさることながら、情報をいかに早く得るかが問われることになりまする」

「とすると、知識も必要になってくるぞ……」

「その通りです。分析する力や知略も求められまする」

三木城は、天正八年（一五八〇年）一月十七日、城兵の命と引き換えに別所長治以下城主一族が切腹することで、一年七ケ月にも及んだ籠城戦が終了した。

三木城の落城を見届けると、明石から漁師の船で淡路島に渡り、阿波の国に入ろうとしていた。

淡路島や四国路は真冬とは思えない暖かさで、早、スイセンが咲き、梅がほころびかけている。

信濃の戸隠や大和の冬の大峰山で修行してきた光幡は、同じ日の本の国であることが信じられない。

戦がなければ、天上の楽園と見紛う情景に思われた。

阿波の国は三管領の一つ、細川氏が支配するところであったが、戦国時代になって三好氏が台頭してくると、三好長慶の代になり都にも進出して将軍職も傀儡にするほど権勢を誇った。

長慶の死後、祐筆として仕えていた松永久秀や信長の出現で、三好氏は次第に衰退していった。

長慶と従弟の三好笑岩康長は、将軍足利義昭の追放後も信長と交戦を続けていたが、天正三年（一五七五年）四月、河内の国守護所、高屋城で敗れ降伏した後、信長に重用され石山本願寺の和睦交渉、河内半国の支配などを命じられていた。

長宗我部元親は永禄三年（一五六〇年）六月、父の急死により二十二歳で家督を継ぐと、天正二年（一五七四年）二月までには土佐全土をほぼ制圧していた。

翌三年、織田信長と同盟を結び《四国の儀は元親切取り次第》の朱印状を与えられ、阿波、讃岐、伊予に侵攻していった。

当初は思うように攻略が進まなかった。

天正四年（一五七六年）吉野川上流の難所、大歩危から阿波に入り、四国中央部の山間に立地する白地城主、大西覚養を謀略で追い出し攻略した。

白地城は四国の十字路ともいわれる地で、西の境目峠を越えると伊予の国、北の猪ノ鼻峠を越えると讃岐の国、東の吉野川を渡ると、阿波の国の中心部に出られる要所であった。

一方、海岸沿いから阿波に侵攻していった元親は、海部城主、海部友光に恨みを持っていた。

元亀二年（一五七一年）元親の弟、島弥九郎親益が突風を避けるため海部城下の入江に入った際、友光は船を襲って親益を殺していた。

長宗我部の家臣の多くは、直ぐに海部城に押し寄せ仇討ちをとの勢いであったが、元親は悲劇を口実に、阿波一国を手に入れる好機にすべき、と時期を待つことにした。

元親は天正五年（一五七七年）十一月、三好氏の内紛につけ込み、七千の兵を持って海部城を攻略した。

城主の友光はあいにく留守で弟の仇を取ることはできなかったが、支城の日和佐城、桑野城を落とし入れ、城主の日和佐肥前守、東条関兵衛らを臣従させていた。

天正八年（一五八〇年）には、最後まで抵抗していた牛岐城主、新開道善も軍門に下り、阿波の南東部は長宗我部の支配するところとなっていた。

阿波守護、細川真之は父持隆が長慶の弟、三好義賢によって殺害され母は義賢の妻になり、義賢や次男長治に傀儡として擁立され大いに不満を持っていた。

天正五年（一五七七年）、三好長治が元親や異父兄の細川真之らに殺されると、阿波、畿内に勢力を誇っていた三好氏の衰退が顕著になっていった。

三好義賢の三男、存保は讃岐の十河《そごう》城主、十河一存の養子となり十河城に入っていたが、殺害された実兄の長治の後を受け、天正六年、三好家の勢力挽回に務めるため、阿波勝瑞城に入って長宗我部軍と攻防を繰り広げていた。

元親は白地城を足場に吉野川中流の拠点、重清城主小笠原豊後守長政とその子弟を謀殺し、翌七年十二月二十七日には岩倉城を死守する三好笑岩の長男、康俊を降伏させ人質を取っていた。

これにより、この地帯の三好累代の家臣をことごとく支配下に収めると、最後まで抵抗していた十河存保を勝瑞城に孤立させていた。

一方、讃岐でも元親の次男親和を有力豪族、香川信景の養子にするなど領国をほぼ制圧する勢いであった。

河内の三好笑岩と孤立した十河存保は、阿波の国で三好家の勢力挽回は図るため、信長に援助を申し出ていた。

信長は元親と同盟を結んでいたが、畿内や周辺の状況が好転するにつれ、笑岩らが信長を頼っていくと、元親の四国征服を快とせず、三好氏に援助をするなど両面作戦を取っていた。

更に、本願寺や毛利の衰退が顕著になってくると、長宗我部との同盟を反故にして、四国平定に舵を切ろうとしていた。

阿波に入った行信らは勝瑞城の城下に入っていた。

勝瑞城は鎌倉時代から安土時代まで淡路、阿波、讃岐の国の政治、経済、文化の中心地で、細川氏九代、三好氏三代の二百四十年に亘り、天下の勝瑞として名をなし、中世の地方都市としては他に類を見ないほどの城下町が繁栄していた。

旧吉野川の低湿地帯中央部に位置し、川幅も広く攻めにくい地形で、海岸線も現在より内陸部にあって、水上交通も紀伊水道を隔てて畿内に便利な要害の地でもあった。

「行信殿、さすがは天下に聞こえた勝瑞の町でござる。往時の繁栄は失せたとはいえ、まだまだ活気がありまする」

「さすがじゃ。阿波も残るはこの勝瑞と鳴門の撫養城だけだが、城下を見る限り、そう容易く落ちるとは思えぬ」

「三好も死守するに違いありませぬ」

「信長の援助が入れば、厄介なことになるに違いない」

「急ぎましょう。勝瑞を過ぎれば長宗我部の支配下、行者姿もいりますまい」

「されど油断は禁物じゃ。細作が必ず入っておる。岡豊城に入るまで気を緩めてはならぬ」

「承知いたしました。それにしても、海は広うございますな。先が何も見えませぬ」

「真に。海の先にあるものを見てみたいものじゃ」

警戒の厳しい勝瑞の城下を過ぎると、三人は夕焼けに染まりかけた海を臨みながら、日和佐の漁村にさしかかっていた。


長宗我部氏の居城岡豊城は、土佐のほぼ中央部、南国市北西部の岡豊山（九七メートル）にあり、土佐随一の平野が海岸線に沿って東西に長く連なり、山頂からは太平洋が一望でき、古から『土佐のまほろば』と呼ばれ、紀貫之も国司として赴任し「土佐日記」の舞台にもなっていた。

元は秦氏の出で、聖徳太子の時代に功を立て信濃の更級《さらしな》郡を与えられ居住していたが、鎌倉時代初期に秦能俊が土佐に移り住んで、長宗我部を名乗るようになった。

応仁の乱後、土佐守護大名細川氏の本家、管領・細川政元が暗殺され権力が失墜すると戦乱の時代が始まり、その後、元親の父、国親の代には土佐を四分する有力大名に成長していた。

僧形の姿で岡豊城に着いた三人は門兵に案内を乞うと、

「何者か名乗られないと取り次げぬ」

門前払いである。

行信は元親に会うまでは身分を明かさない方がよいと思い、

「わしは奥方さまの遠縁で蜷川貞周さまの家来筋の者でござる」

と、名乗った。

「それでは、親長さまに関わる者ではないか」

門兵は慌てて城内へ人を走らせた。

蜷川親長は十三代将軍、足利義輝に仕えていたが、永禄八年（一五六五年）義輝が松永弾正久秀に惨殺されると、丹波船井郡桐野河内の所領も失い、妻の異父姉妹である元親の室、於孝を頼り元親に仕えていた。

一族の蜷川貞周は、親長が去った後、桐野河内の蟠根寺城に入り、光秀が丹波を征服すると光秀に属していた。

元親は昨年末に岩倉城を攻略して阿波征服の目鼻がついたこともあり上機嫌であった。

「お初にお目にかかります。荒木行信と申します」

「貞周殿のご家来衆が参られるとは珍しい。変わったことでもござったか」

「いえ、誠に申し訳ありませぬ。貞周さまの家来とは偽りでございます。実は日向守さまの内意を受けてまかり越しました」

「なんと、明智殿の使者、と……」

「さようでございます《元親さまにお会いするまでは身分を明かしてはならない》ときつく申し渡されておりましたゆえ、貞周さまの名をお借りいたしました」

「うむ、右府の細作を用心したのじゃな」

「用心に越したことはございませぬ」

「して、明智殿にお変わりないか」

「はい。昨年九月には丹波平定も終え、今は城下の整備に追われておられます」

「頼辰殿や内蔵助殿も息災であろう」

「はい。斎藤さまは黒井城の修復工事で忙しい日々でございます」

「それは重畳。して、明智殿の内意とは」

「大殿が申されるには、河内や勝瑞の三好さまが、しきりに安土に足を運んでおる由、元親さまが派手に動かれると《窮鼠猫を嚙む》の喩もあり《ご苦労が水の泡にならぬとも限らない》と、仰せにございます」

「うすうすそうではないかと思うておったが……やはりそうか」

「心当たりでもおありですか」

「勝瑞の存保の意気が以前にもまして盛んになっておる。裏で河内の笑岩が細工をしておると、にらんでいたが……」

「三木の別所も落ちました。荒木村重さまも尼崎を抜け出し毛利へ頼られたとのこと。本願寺が落ちれば戦線が一気に西に延びまする」

「信長め……約定を反故にするつもりだな」

「右府さまに例外はありませぬ。従わぬ者には、容赦されませぬ」

長身で見るからに偉丈夫の元親であったが、行信の衝撃的な話に戸惑いを覚えたようであった。

「明智殿の忠告、相分かった。しばし、考えてみよう。されど、朱印状まで出しておきながら違背するとは、納得いかぬ」

二人の話を聞いていた光幡と琉之介は、元親の怒りともつかぬ呻きが痛いほど伝わってきた。

甘言にのせておいて油断すると取り返しのつかない難題が振りかかってくるのが、信長の常套手段であった。

まさに力だけがすべての時代であった。

行信はくどい話は元親を頑なにさせるだけだと思い、

「それにしても土佐は広うございます」

話題を変えた。

それまで苦虫を嚙み潰したような顔をしていた元親は、
相好を崩して、

「いかにも。四国の半分ある、と言うても言い過ぎではない」

「阿波、讃岐、伊予の三国と同じ、と申されますか」

「そうじゃ。それも外海に面しているのは土佐だけじゃ。三国は内海ばかりであろう」

言われてみれば確かにそうであった。

三人には国の広さが分かるはずもなかったが、的を射た見方であると思った。

「土佐一国を切り従えるのに難儀された、と伺いましたが……」

「いかにも。わしの初陣が永禄三年（一五六〇年）だから、十五年かかってのことじゃ」

「では、五年ほどで四国全土を席巻されようとしておられる……」

「うむ、そうなるか。だが、わしの夢は、日の本を切り従えることじゃ」

「決して、無理とは申せますまい」

「そのため、将軍義輝さまの側近であられた石谷さまの息女を妻に迎えた。いずれ、都に上がるつもりでな」

「さようでございましたか。そこまでお考えであったとは、恐れ入りましてございます」

「それにしても右府はわしと約束をしておきながら、笑岩ごときに肩入れするとは許せぬ」

「一度、安土へ行かれてご機嫌伺いをされては、いかがと存じますが」

「……考えておく」

「元親さま、失礼とは存じますが、土佐の馬は小さいですね」

「いかにも、小さい。野間馬というて、図体は小さいが、馬力や持久力は負けぬぞ」

土佐馬は背丈が人間の胸までもなく、背の高い元親が乗ると足が地に着くようで貧弱に見えた。元親がその馬で都へ上がると、人々の失笑をかっていた。

岡豊城を後にした行信らは讃岐の国へ向かっていた。

四国の中央を東西に連なる四国山地は、伊予の石鎚山を頂点に大河が四方に流れ出ている。

最長の吉野川は土佐の山間をくねるように東西に流れ、阿波に入り深淵と絶壁が十キロに渡って続く大歩危・小歩危の難所を形成している。

大歩危は、馬はおろか人が歩くのも難儀する切り立った絶壁であった。

しかし、岡豊城からは三十数キロで阿波に入る、最も近い道でもあった。

天正四年（一五七六年）四国の十字路、白地城主大西覚養に謀略を図ったのは実兄の覚善であった。

覚善は僧籍の身であったが、元親の求めに応じて弟の覚養に元親の合力を約束させると、覚養の弟、大西上野介頼包を人質として岡豊城に送り込んでいた。

後日、先の守護、細川真之が兵を挙げようとしている情報を得ると、覚養は上野介を見放して元親を裏切ってしまった。

しかし、元親は上野介を殺さず白地城の国侍の調略や先陣として処遇したため、覚養は家臣の信頼を失い、城を捨てて讃岐へ落ち延びていった。

三人は小高い丘から白地城を見下ろしていた。

東を吉野川が急流となって流れ、北を馬路川に囲まれた丘の上の平坦地にあって規模も大きくまさに天然の要害といえた。

「行信殿、この城を力攻めするのは、相当の犠牲がいります」

「確かに。それにしても、元親さまは恐るべきお方かもしれぬ。寝返った人質を殺しもせず厚遇で召し抱えるなど、考えられぬ」

「いかにも。信長さまには、例がありませぬ」

「……光秀の殿と性が合うはずじゃ。人を殺さず、生かす術を心得ておられる」

「血を流さず大歩危の難所を押さえるは、並の者にはできませぬ」

「そうよ。白地城を手に入れたは、四国全土を押さえたほどの価値がある、と云われるのも納得できる」

「行信殿、讃岐へ入るなら金毘羅宮に参りませぬか。修験者の道場でございます」

「それは、良きことだ。讃岐の情勢も分かろうほどに」

白地城を後にすると、讃岐の国に通じる猪ノ鼻峠を目指していた。

金毘羅宮は古くから神仏習合の寺社であった。

海上交通の守り神とされていたが、戦国時代には荒廃していた。

また、修験道の御霊信仰の場にもなっていた。

庶民の間で伊勢参りに次いで金毘羅参りが盛んになるのは、江戸時代中期からである。

金毘羅宮に参拝した三人は、多度津の城下に入っていた。

多度津城は瀬戸内の島々を見下ろす小高い丘陵地に築かれ、制海権を把握するための重要な地であった。

天正六年（一五七八年）長宗我部軍が讃岐に侵攻して西讃岐守護代、香川氏の諸城を落とした翌年、城主の香川信景は元親の次男親和を養子に迎える条件で和睦し、元親は西讃岐を支配下に収めていた。

多度津を後にして高松に入り、三好の勢力下にある十河城を視察すると、瀬戸内沿いに鳴門へ出て、二月初めに坂本城に帰りついていた。

福知山城

半月ほどの間に、各地で梅の花が満開になっていた。春を告げる花として、古くから人々に愛されていたが、今年は特に開花を待ち望む人が多く、陽気につられて街中に繰り出している。都を中心に畿内では戦乱がなくなり、行き交う民衆の顔にも泰平の到来を肌身に感じているのか世相が明るく感じられる。

日々の暮らしが生死に係わる庶民の感覚は鋭い。昨日まで元気に飛び跳ねていた人が、翌日、この世から消えているなどは日常茶飯事であった。それが、信長の出現で安心して生活できる実感が浸透してきた証でもあった。

行信と琉之介が坂本に戻った時、光秀は多忙をきわめるなか、丹波の視察に出かけていた。

従うのは光秀の近臣で、溝尾庄兵衛、藤田伝五郎、安田作兵衛、可児才蔵ら二十数名である。

早春の丹波は、さまざまな顔を見せている。

亀山城で光慶に会った後、八木城、園部城から観音峠を越えると吹く風も冷たく残雪もあって冬の名残が感じられる。

さすがに人の行き交う道に残雪はないが、未だ春遠からじの感がある。

須知から由良川の支流、高屋川沿いに綾部街道の平野部に足を踏み入れると、道脇にフキノトウやこごみが芽を出している。

綾部から道を右に取ると丹後の国、舞鶴へ通じ、舞鶴で道を左に取ると宮津へ、右に進めば越前街道を通じて若狭へ行くことができる。

光秀一行は左に取って由良川沿いに福知山を目指した。

ようやく梅の花が膨らみ始めた福知山平野はのどかな田園風景が広がり、半年にも及ぶ修復作業を終えた福知山城の三層の天守が聳えている。

城主の左馬助は、領内をくまなく見て回り善政に努めていた。

その甲斐あって、明智に寄せる民衆の信望は日毎に高まり、城主の左馬助を慕い始めていた。

　左馬助も村々を回って、

「困ったことはないか。あれば、何でも申し出よ」

　声をかけ、困っている民を見つけては税を免除し、城下の町造りや由良川の治水にも心を注いでいた。

「左馬助、ご苦労である。丹波の民は正直で働き者が多い。皆、口々に《明智が来てくれて》と、喜んでおるぞ」

「それも殿の仁徳でございます。わたしはただ、殿の仰せに従い国造りを行なっているに過ぎませぬ」

「いや、そうではあるまい。左馬助の心底に民を思いやる気持ちがあるから、心を許して協力してくれるのじゃ。民なくして、国造りは考えられぬ」

「ありがたきお言葉、これからも益々、励みまする」

「頼んだぞ。ところで、倫子は達者にしておるか」

「はい。一時はふさぎ込んでおりましたが、年が明けてからは、もとの倫子に戻ったようでございます。おっつけ、ごあいさつにあがると思います」

　明智の福知山支配はわずか三年余りであった。

氾濫防止の堤防を由良川と土師川の合流地点に築き、堤を補強するため竹を植えているが、この竹藪は今でも《明智藪》として野鳥の宝庫になっている。

また、毎年お盆に開催される福知山祭りには、福知山音頭が踊られるが、これは、福知山城を築く時に領民たちが手振り、足振りで歌いだしたのが始まりで、一節に《明智光秀丹波を広め、ひろめ丹波の福知山》と、歌い継がれている。

「お父上、ようこそお越しくださいました。つつがなきご様子、何よりでございます」

「心配しておったが、倫子も元気を取り戻して、何よりじゃ」

「ご心配をおかけいたしました。やっと心の整理もつきました。左馬助さまにはお心を患わして申し訳なく思っております」

「無理もないことじゃ。が、これからは二人仲良く城を守っていかねばならぬぞ」

「はい。その覚悟でございます」

光秀は、二人の幸せそうな顔を見て安堵したが、この幸せが永らく続いてほしいと祈らずにはいられなかった。

福知山を後にした光秀は、塩津峠を越えて土師川沿いに黒井城を目指した。

黒井の城下に近づくにつれ、梅の花も咲き始め田畑には青々とした麦畑が一面に広がっている。

雲雀が甲高く鳴きながら空中高く舞い上がっていく様は、戦国の世とは思えない長閑なもので光秀の心も和んでいた。

「庄兵衛、わしの目指していた国造りがようやくできるようになった。思えば明智の城を逃れてから二十数年になる。長い道のりであった」

「いかにも、長うございました。殿も浪々の身から朝倉義景さま、足利義昭さま、そして信長さまに仕えられましたが、やはり、先見の明がおありでした」

「そのようであったわ。戦国の世ゆえ、主を誰に選ぶかで人生が変わる」

「確かに。義景さまや義昭さまにいつまでも追従しておられたら、今のわしらはありませせぬ」

庄兵衛の横に馬を並べている伝五郎も、

「殿が聡明でいらしたからでございます。おかげで、我らも命を長らえております」

感慨深そうに話の中に入ってきた。

後に従う近臣も同じ思いであったに違いない。

初めて訪れた充実感に主従は酔いしれていた。

内蔵助は町造りの最中であった。

城の修復も終わり領内の開墾、治水、道の拡幅など治世に励みすっかり領民に慕われていた。

「内蔵助、丹波の水が合っていると見え、目が輝いているではないか」

「殿にもそのように見えますか。民もよく励んでくれ、毎日が楽しゅうございます」

「そのようだな。福知山からの道すがら田畑や民を見ていると皆、活き活きとしておる。早く争いを終わらせねばならぬ」

「民もそれを望んでおります。が、気になることが多すぎます」

「そうだな、容易くはないか……」

「いかにも。毛利や元親殿の出方次第では、われらも安閑とはしてられませぬ」

「で、あろうな。織田家中でも、このような日々を送っているのは明智だけであろう」

「いつまでも、丹波におられますまい」

「かもしれぬ。毛利次第で、われらも出陣じゃ」

「元親殿も気がかりです」

「そうなのじゃ。わしも気になっていたから、先月、行信と琉之介を四国へ遣わして元親殿に翻意を促したが、簡単なことではあるまい」

「某からも、殿にお願いするよう申しておきました」

「で、あったな。思いは同じじゃ。内蔵助、行信に同行した琉之介のことだが、秘めたものがある、とわしは見ておる」

「と、言われますと」

「わしの見立てだが、徳川殿と関係があるのではないか」

「な、なんと、家康殿と」

「家康殿は表立って動いておられないが、家臣の暗黙の総意、と思う」

「なるほど、伊賀からといえば、服部半蔵殿が陰で差配しているか」

「琉之介は行信の帰京と時を同じくして伏屋の元へ参った。行信は話をしなかったが、何かを知っておる」

「そうかもしれませぬ。行信も右府さまに恨みを持っております」

「それにしても家康殿は、よく耐えられた。わしは、上様の真意が分からぬ」

「確か、五徳姫が嫁がれていたはずですが……」

「その通りじゃ。天下布武の大義の前には、娘の幸せなど眼中にないということだ。妹御のお市の方の例もある。思うに、徳川潰しに出られたのではないか」

「と、すれば……殿、明日は我が身ということもあります。我らも心せねばなりませぬ」

「無論のことじゃ。上様に一時も隙を見せてはならぬ」

「長宗我部が鍵です」

「そのようだな。今までのようにはいくまい。が、四国の取り次ぎは、明智が行なってきたのじゃ。それだけは、他の者には譲れぬ」

「同盟関係も、反故になるかもしれませぬ」

「河内や阿波の三好が上様に泣きついておる。上様にとっては、願ってもない話だ」

「確かに」

「上様は、今のところ、両方に良い顔をされているが、元親殿の出方次第じゃ」

「戦になります、か」

「戦は、避けねばならぬ。明智が窮する」

「行信の話を聞き入れてくれればよいが、納得されなければ……」

「ところで内蔵助、藤孝殿から頼まれておる。丹後の一色義定が与謝郡の弓木城に籠ったとのことだ。援軍を頼まれておる。行ってくれぬか」

「承知いたしました。工事も目途がつきましたので、早速、出陣いたしまする」

細川藤孝は、義昭が追放された後は信長に従い、一武将として畿内を転戦し山城の国、桂川の西にある長岡一帯を知行していた。

天正六年（一五七八年）信長の勧めで嫡男忠興と光秀の娘、珠（後のガラシャ）の婚儀もあって、光秀の寄騎として合力し、黒井城や松永久秀の籠もる信貴山城を攻略していた。

同年、信長の命で丹後に侵攻し一色義道を攻めたが、防戦が激しく丹波に退いた。

翌七年、光秀と共に義道を八田城に攻め自害に追い込んでいた。

その後、宮津に城を築き、一色氏と争っていたが、義道の子、義定が残党を集結して激しく抵抗し、立て籠もった弓木城が攻めきれず、援軍を依頼してきていた。

安土城

坂本城に帰った光秀は、元親が煮え切らない態度で確たる返事をしなかった、との報告を受けると不安を抱きながら書状の整理に忙殺されていた。

版図が拡大すれば各地から様々な願書や訴状が坂本城に届けられる。几帳面な光秀はそれらを家臣に任せるのではなく、一々目を通して処理していた。

それらが一段落する頃には、近江の遅い春にも桜が満開の季節を迎えていた。

比叡山焼討ちで焼失した西教寺の復興に力を注いだ光秀は、戦で散った家臣の供養のため供養米を寄進することを思いつき西教寺に足を運んでいた。

西教寺は比叡山と関係の深い一寺院として平安時代に創建されたが、文明十八年（一四八六年）中興の祖、真盛が入山して以降、天台念仏と戒律の道場として栄えていた。

比叡山麓の高台にあって琵琶湖の南半分が一望できる。

眼下には坂本城が墨絵のごとく湖に浮かんでいる。

花曇りで対岸が霞んでいる分、彼方此方の野桜が映え渡っている。

目を後ろに転じると、横川から比叡山に連なる峰々は芽吹きが進み色とりどりの新緑も霞んでいる。

本堂の縁に立ってそれらを眺めていると、亡くなった家臣や戦いの一こま一こまが鮮明に思い出され、光秀の脳裏から離れることなく悪魔の所業として苦しめていた。

（わしは武将に向いていないのではないか。人は何のために殺し合うのか、それが分からぬ。世の中に争いがなくなれば、人はもっと楽しく生きられるではないか。そんな世を造ることは、永遠に無理なのだろうか。こんなことを考える武将が他にもいるのだろうか。やはりわしは、坊主の方が性に合っているのかもしれぬ）

思考を打ち破るかのように、湖西街道から大宮川の土手を、砂煙を巻き上げて駆けてくる武者が次第に大きくなってくる。

目を凝らしてみると明らかに此方に向かっている。

（急な知らせだ。あの急ぎようは、ただ事ではない）

光秀は書院で待つことにした。

まもなく姿を見せたのは堅田衆の棟梁、猪飼甚助であった。

「甚助か、ご苦労である。して用件は」

「殿、ご家老の石谷さまから伝言でございます。安土からご使者が参られました。至急お戻りくだされ、とのことです」

「相分かった。直ちに戻ると伝えてくれ。それと、ご使者に粗相のないように、とな」

光秀は貫主に礼を述べると、本堂から山門に通じる長い石段を下りながら、信長の胸の内を推し量っていた。

丹波攻略からすでに半年が過ぎているが、その後、光秀には軍事的な活躍場所が与えられていない。

丹波の国造りも軌道にのってきた今日、無為に日々を過ごしていると、他の武将の動向が気になって仕方がなかった。

北陸の柴田勝家は、謙信亡き後、上杉の跡目争いに乗じて佐々成政、前田利家、不破光治の府中三人衆を先頭に上杉の最前線、越中に展開している。

羽柴秀吉は三木城を攻略し播磨を平定すると、宇喜多直家と組んで備中に、弟秀長を但馬、因幡に兵を進めさせ、毛利方の支城を攻略している。

柴田、羽柴いずれもその背後には侵略可能な広大な領域があって働き甲斐がある。

それに比べ働き場所が与えられない光秀は、窓際に追いやられた寂しさを感じていた。

城に戻ると、家老の石谷頼辰は帰りを待ちわびていたのか、走り寄るなり、

「武井夕庵さまがお越しです。上様のお言葉を直々にお伝えしたい、とのことでございます」

「なに、夕庵殿がお見えか……それでは衣服を改めねばなるまい。もう少しお待ちいただくよう申し上げてくれ、直ぐに参る」

光秀は信長お気に入りの祐筆、夕庵が使者とは思ってもいなかった。

（あまり良い知らせではない）

西教寺で感じた悪い予感が蘇ってきた。

衣服を改め書院に渡っていくと、夕庵が悠然と構えている。

茶道仲間でもあるその姿は、人生を達観した重みが備わっている。

「夕庵殿、お待たせいたしました。お久しゅうございます。いつお会いしても長者の風格、光秀ごときには足元にも及びませぬ」

「何を申される。日向守殿も益々貫禄が備わってこられた。それより、前ぶれもなく寄せていただき驚かれたであろう」

「そのようなことはございませぬ。近臣の者が皆、他国に行っており昔のように話ができませぬ。お越しいただいてうれしい限りです」

「そういうものかの……そういえば、上様もかつて同じようなことを申されておられたわ」

「夕庵殿は確か七十歳を超えておられると存じますが益々お元気な様子、何よりでございます」

「いやいや、日向守殿も息災にてご活躍の由、祝着至極に存じます」

「夕庵殿、先に上様のお言葉を承ろう。懐かしい話は、その後でございます」

「そうでござるな。使者としての役目が先じゃ」

武井夕庵も光秀と同じ美濃土岐氏の出で、光秀と同じく斎藤道三に仕えていた。その後、子義龍が道三に背くと道三を離れ義龍、龍興に仕え光秀と異なる道を歩んでいた。

美濃平定後は信長に仕え、祐筆として重宝されていた。

「日向守殿には不服かもしれぬが、宇喜多を攻めるため小早川隆景が備中へ兵を出してきた。上様はこの秋に本格的に出陣すると申しておられるが、それまでに筑前殿が援軍を依頼してきたら、日向守殿や細川殿も出陣せよとの仰せでござる。よって用意をしておくように、との命でござる」

「なんと……筑前殿の赴援とな……」

「いかにも、上様の仰せでござる」

「うむ……」

「上様はこうも申された。光秀は不服であろうから書状では納得しまい。出向いて直々に申し伝えよ、と」

「そこまで仰せとあれば致し方あるまい。上様に承知いたしました、と申し上げてくだされ」

「日向守殿の心中は、この夕庵、察してあまりある。筑前殿の風下に立つなど誰も好みはしない。が、今回は仕方あるまい」

「分かっております。皆、手柄を立てようと必死になっております。筑前殿とて同じこと、妬みを持つは賢者ではありますまい」

「さすがは日向守殿じゃ」

「いやいや、夕庵殿お恥ずかしいことで。直ぐに賢ぶってしまう悪い癖が、いつまでも抜けませぬ。筑前殿のように上様に甘えられぬのが、わしの至らぬところでございます」

「よいではないか日向守殿、人にはそれぞれ生き方がある。飾ってみたところでいつかは剝げる。日向守殿には、われら美濃土岐衆の悲願がかかっておりますぞ。まだまだこれからが力の見せどころでござる」

「仰せの通りです。夕庵殿にはいつもご助言をいただき感謝の言葉もございませぬ。この通りでございます」

深々と頭を下げる光秀であった。

「日向守殿、本願寺の顕如殿がついに誓詞を出して紀伊の鷺森に退かれた。子の教如殿は今なお抵抗しておるが、これも時間の問題、と思われる」

「さようですか。十年にも及ぶ長き戦いであったが……これで上様の天下布武も成ったも同然でございます」

「いかにも。敵対しても潰されるのがおちじゃ。ところで日向守殿、御存じとは思うが河内の笑岩殿が足繁く上様の元を訪れておる。四国のことも、今まで通りにはいかぬと存ずるが……」

「うすうすそうではないか、と思うておりましたが、やはりのう……ご忠告かたじけない。長宗我部の取次ぎは、これまでこの光秀が承ってきた。縁者もあり、何とか穏便にと思うております。今後も夕庵殿のお力をお借りすることがあろうと存じますが、その節はよろしくお願い申します」

「お安いことでござる。上様にはこれまでも何かとご諫言申し上げてきた。が、一旦決められたら聞かぬお方ゆえ難しゅうと存じる。しかし、日向守殿の頼みゆえ、心しておきまする」

「われらも再度、安土へ出向くよう催促いたしまする」

夕庵は光秀の饗応の招きも断り安土へ帰っていった。

一人になった光秀はわだかまりが膨らんでいた。

夕庵には、いかにも納得したような素振りを装っていたが、腹の底から怒りが込み上げてくるのを抑えることはできなかった。

十年前、古参の柴田、佐久間、丹羽といった家臣に先んじて誰よりも早く国持ちの城主になったのは、一番遅く信長に仕えた光秀で、都に近い坂本城を与えられた。

その当時は、信長に信頼されているという優越感さえ感じていた。

織田領が拡大するにつれ、柴田が北陸を、羽柴が長浜から播磨、備前と版図を広げていくと、いつの間にか立場が逆転した思いが、光秀を物憂いな気持ちにさせていた。

かといって、命令を無視することなど到底考えられなかった。

（秀吉のような性格にはなれぬ。三年前、羽柴秀吉が柴田勝家の赴援を命じられ加賀の手取川に赴いた時、勝家と意見が対立し離陣した。軍規に反した秀吉は、切腹が免れぬところを持ち前の機知で命を繋ぐと、逆に中国経略を命じられ今日に及んでいる。わしは丹波を攻略して上様より感状までいただいたが、その後、働き場所を与えられていない。わしが離陣したら、間違いなく腹を切らなければならないだろう）

光秀が考えにふけっていると、夕庵を見送りに行った頼辰が戻ってきた。

石谷頼辰は斎藤利三の実兄で、実母の再婚先、石谷家へ婿養子に入っていた。石谷家は土岐氏の一族で代々足利将軍に仕える家柄であった。

頼辰も養父光政と共に義輝に仕えていたが、義輝が松永久秀らに弑されると、次の十四代将軍義栄に仕えた。

義輝の弟、義昭が信長に擁されて上洛すると、義栄とともに都を去って難を逃れていた。

義栄が死去し、義昭も信長に追放されると都に戻ってきて、茶屋四郎次郎の父、明延を通じて光秀の家臣になっていた。

「殿、お顔が優れませぬが、上様の知らせは良きものではありませぬな」

「いかにも、筑前殿の赴援の用意をいたせ、とのことだ」

「明智にですか」

「気は進まぬが……違背する訳にはいかぬ」

「お察し申し上げます。ここは、ご寛容が大事、かと」

「案ずるな、分かっておる。後で藤孝殿にも書状を認める。頼辰の手の者で届けてくれぬか」

「承知いたしました」

「頼辰、元親殿のことが、今まで通りにはいかぬようになってきた」

「と、申されますと」

「笑岩が上様に合力を願い出ておる」

「うむ……なかなか食えぬ男ですな。長宗我部との盟約も反故になりかねませぬ」

「そうなのじゃ。それを案じて行信に使いをさせたが……急がねばならぬ」

「わたしが参りましょう」

「いや、まず元親殿が安土へ出向くことが肝要じゃ。書状を認めよう」

頼辰が退がっていくと、釈然としない気持ちが広がっていった。

秀吉の得意げな高笑いが頭の中を駆け巡り、光秀をあざ笑っているようでいたたまれなくなっていた。

今まで秀吉を意識したことはなかったが、急に自分の前に大きく立ちはだかる競争相手として存在感を増してきている。

（わしは何を望んでいるのだ。たかが秀吉の赴援ぐらいで動揺するとは、情けない）

煩悶すればするほど、己の性格の嫌らしさと闘っていた。

六年前、信長は光秀を通じて長宗我部元親と盟約を結ぶと、嫡男の弥三郎に信長の諱を与え信親と名乗らせていた。

四国全土に侵入することも朱印状を出して了解している。

それが、三好笑岩らが信長を頼っていくと、盟約などなかったかのように彼らにも甘言で応じている。

岡豊城で光秀の書状を受け取った元親の怒りは尋常ではなかった。

が、長宗我部の浮沈がかかっていて、簡単に決められることではなかった。

「親泰をこれへと申せ」

小姓に命じた。

親泰は元親の弟であったが、土佐安芸の香宗我部親秀の養子になり、安芸城主として外交にも秀でており元親を補佐していた。

「殿、日向守さまから急ぎの用でも」

「さようじゃ。催促をしてまいった。先の使いの者には明確に答えなかったからな。裏で笑岩が信長に泣きついておる」

「うむ……しぶとい年寄りですな」

「こちらの出方次第では、戦になる。どう出るかだ」

「とりあえず、安土へ行かねばなりますまい」

「親泰、お主行ってくれぬか」

「承知しました。長宗我部の骨のあるところを示さねばなりませぬ」


安土の空はどこまでも青く、琵琶の湖と変わらなかったが、対岸の比叡比良から賎ガ岳にかけての湖西、湖北の山並みが青さを分けている。

天正四年（一五七六年）一月、丹羽長秀を総奉行にして着工された安土城は三年余りで完成し、七層の天守が青空を突き破るがごとく聳えている。

光秀は土佐から上京してきた香宗我部親泰を伴って、大手口から天守への石段を上がっていった。両脇には柴田、丹羽、羽柴、明智ら家臣団の屋敷が並んでいる。

石段は何回となく角度を変えるごとに高度が増していく。

琵琶の湖の南端、石山辺りから見えていた米粒程の安土城が近づくにつれ大きくなり、城下まで来て天を突くような天守閣を見上げた親泰は、土佐の田舎の城とは比べものにならない豪華絢爛な作りに圧倒されていた。

（これはとても敵わぬ。四国を切り取っても、たかが四ケ国。それに比べ信長は二十数ケ国を優に超えている。この城がその象徴だ。兄者を始め、わしらは世間知らずの田舎者だ）

天守に近づくにつれ、剛毅な親泰も顔が強張ってくるのをどうすることもできなかった。

城内に入るとその絢爛さは想像を絶するもので、各階ごとに趣を変えていて当代の絵師がその技を競っている。

六層にある所見の間は、八角四方の作りで十二畳の広さに洋式の机が置かれている。

外柱は朱で覆われ、内柱は金箔で光り輝いている。

信長は小姓に大団扇で扇がせながら悠然と座っていた。

目の前には献上品として持参した鷹十六羽と砂糖三千斤が置かれているが見向きもしない。

「親泰殿、遠いところをよく参られた。ゆるりとされよ」

威厳ある物言いは、すでに天下人の風格が備わっている。

「右府さまにはご機嫌麗しきご様子、恐悦至極に存じあげます」

虚勢を張ってみたものの、己の小ささに脂汗の流れる思いである。

「うむ、これでもなかなか気苦労があってのう。あれこれ言ってこない日はない」

「さもありましょう。何事も右府さまのご裁断なしには動きませぬ」

思いもよらない言葉が口から出ていた。

親泰はすでに信長のペースにはまっていることに気づいたが、手遅れであった。

「おお……そのことよ。阿波や讃岐のことも頼まれておるのじゃ。元親殿も少しは手加減をしてくれぬと、わしの立場もあるからな」

親泰は前に控えている光秀に視線を向けたが、苦虫を嚙み潰したような顔で視線を向けようともしない。

親泰は（かなり難しくなっている）と感じたが、

「三好や十河が助けを申し出ておる、と仰せになりますか」

「その通りじゃ。笑岩が再三、安土へ参っておる」

「さりとて六年前、右府さまから《四国切取り次第》の朱印状をいただいておりますが……」

「確かに。光秀を通じて渡したのは確かじゃ。が、その時と情勢が変わってきておる。

盟約もそれにつれて変わるものじゃ」

「お言葉を返すようですが、長宗我部は右府さまのお言葉を信じこれまで戦ってまいりました。それを、無にせよ、と仰せでございますか」

必死の抗弁であった。

（こんなことで兄者が納得する訳がない）

しかし、信長は冷酷にも、

「仕方あるまい。領地とは取ったり取られたりするものじゃ。四国とて例外ではない」

吐き捨てるように言い放った。

光秀は二人の会話を聞きながら、

（向こう意気の強い元親殿のことだ。引き下がることはあるまい。これは戦になる）

親泰も、

（簡単に引き下がれるか。こちらにも意地がある）

闘志を燃やし始めていた。

光秀は、

（親泰をなだめないと、わしの立場がない）

と思うと、

「親泰殿どうじゃ。土佐へ帰って元親殿と相談されては」

合いの手を入れた。

「日向、余計な口は慎め。天下を差配する、わしが裁量じゃ」

「ははあ……出過ぎたことを申しました」

もはや、光秀が取り成して収まる状況ではなかった。

信長は光秀への厳しい言葉とは裏腹に、
涼しい顔を親泰に向けると、

「親泰殿、土佐と阿波の南二郡ということでどうじゃ」

さらりと言い放った。

「そ、それでは……納得できますまい」

「不服、とな。それなら致し方あるまい。立ち帰って、よく相談されよ」

信長の言葉は一転して妥協を許さない厳しいものであった。

交渉は決裂といってよかった。

信長の一方的な裁断に、親泰は込み上げてくる怒りを抑えることはできなかった。

光秀と親泰は無言で城内の階段を下がっていった。

親泰は見る者を威圧するような豪奢な城内の作りが忌々しくて堪らなかった。

天守の入り口まで下がってきた光秀は、

「行信、甚助らと親泰殿を都までお送りせよ。わしは所用を思い出した。今一度、上様にお会いしてくる」

親泰に向かって、

「お力になれず申し訳ない。元親殿には、くれぐれも短慮なきよう、お伝えくだされ」

と言い、引き返していった。

門外で待つ明智・長宗我部の家臣は、光秀や親泰のさえない表情を見て、交渉が思惑通りに進まなかったことに不安を感じていた。

行信と琉之介は信長の高笑いした顔が目の前に浮かび、悔しさで握りこぶしを刀の柄にたたきつけていた。

八幡山と長命寺山が行く手を遮るように迫っている。

南の入道雲が琵琶の湖へ膨らみを増して動いている。

広がる田畑は早稲米が稲穂を出している。

近江の守護大名六角、浅井が滅亡して以来、この地では一向宗門徒による金ケ森御坊の抵抗以外、戦らしい戦は起こっていなかった。

城を後にした行信らは馬の背に揺られながら同じようなことを考えていた。

そんな重苦しい雰囲気を打ち払うように口を開いたのは、猪飼甚助であった。

「親泰さま、右府さまは恐ろしいお方です。楯突けば親族は言うに及ばず女、子どもにいたるまで皆殺しにされます」

「それを……知らぬ者はおるまい」

「対応を間違えると、戦になりまする」

「兄者はわしより向こう意気が強い。おそらく、受け入れることはなかろう」

「勝ち目があるといわれますか」

「…………」

親泰は甚助に痛いところを突かれて返す言葉がなかった。

感情だけで判断できないことも痛感していた。

が、親泰の判断で決めることではなかった。

黙って二人の会話を聞いていた琉之介は、いとも簡単に、

「生き残るためには、右府さまを、弑逆するしかあるまい」

琉之介の唐突な言葉に驚いた行信は、馬を止めて琉之介を見た。

親泰も同じことを考えない訳ではなかったが（とてもではないが無理だ）と、考えを打ち消した、その矢先であった。

考えもしなかった甚助が、

「琉之介、当てでもあるのか」

「いえ、当てなどありませぬ。ただ、やられる前に倒すは、武芸の心得にございまする」

琉之介の返事は明確であった。

親泰は入道雲のはるか先、土佐の方角を睨みつけるように見つめている。

「うむ、蹂躙される前に倒すか……なるほど」

甚助は頷いてみたものの、信長の謀殺など無理としか思えなかった。

「琉之介、できるものか。できるなら殺してやりたいと思っている人間は、数えきれぬ」

「それは、そうでしょう。だが、私は明智の殿にお仕えしてその思いを強くしました。民の上に立つお方は、光秀さまのような慈しみをお持ちの方がよい、と……」

行信は、話を聞きながら、間違いなく織田と長宗我部の戦は避けられない。

その時、明智がどちらに味方するか決断が迫っている。

と、思うと武者震いが止まらなかった。

親泰は明智の家臣の会話が耳に入っているのか分からぬ体で黙々と歩んでいる。

「わしも明智の殿に仕えてよかったと思うておる。右府さまなら、命が幾つあっても足りぬ」

「甚助殿は堅田衆の頭領だ。光秀さまに仕えてどれぐらいになります」

「もう十年は過ぎよう。朝倉・浅井が比叡山に立て籠もって右府さまに戦いを挑まれた時だからな。当初は浅井さまに合力したが、光秀さまに口説かれて織田に味方するようになった。その後、堅田砦の守将になられた坂井政尚さまが、朝倉に攻められ戦死された。わしらは命からがら堅田から逃げたものじゃ」

「それが、比叡山の焼討ちに繋がったのですね」

「それだけではないが……坊主も朝倉に加担したからな。明智の殿が坂本に城を築かれて、堅田は光秀さまの支配下になった」

「さようでしたか」

「琉之介、右府さまが近江に入られるまでは、堅田の郷は良いところであった。堺のように誰にも支配されず、琵琶の湖をわがもの顔にしていたものじゃ。その頃が懐かしい」

それまで黙って聞いていた親泰は、

「そうであったか。猪飼殿も船乗りの頭、とは知らなかった。場所こそ違え、土佐の境遇とよく似ておる」

親泰は飾り気のない甚助と琉之介に親近感を覚えていた。

見えていた三上山が後方にさがり、前方には琵琶の湖が唯一流れ出る瀬田川、その右奥に石山寺が、正面には勢多城が見えてきた。

会話は途切れていたが、思いは皆同じで、信長、光秀、元親の絡みを考えていた。


報告を受けた元親は、気が狂わんばかりの形相で親泰を睨みつけていた。

「親泰、どの面下げてこの土佐へ帰ってきた。それでもお主、長宗我部の男か」

「殿、申し訳ありませぬ。お叱りを受けるは、百も承知。不甲斐ないかもしれませぬ。が、あの城に呑みこまれてしまいました」

「なに、城に呑みこまれた、と」

「いかにも。あの稀有さは、今、思い出しても背筋が凍りつきます。人間をひれ伏せさせる魔物でございまする」

「そんな言い訳が通るとでも思うてか……」

「思いませぬ。思いませぬが、あれだけの魔物は日の本はいうに及ばず、南蛮の国でもありますまい」

「感心ばかりして何とする。わしらは長宗我部の行く末の方が大事じゃ」

「仰せの通りでございます。右府さまには納得しかねる、と断ってまいりました。が、一方的な申しようで、話は聞き入れてくれませぬ」

「日向守殿は、何と申された」

「殿にご短慮なきようにと」

「なに、このまま引き下がれ、と言われるか」

「そうではありませぬ。長宗我部を思うてのことでございまする。が、引くは長年の努力が水の泡となります」

「当たり前だ。くそ、信長め。約束を反故にするなら、長宗我部の意地を見せてやる」

光秀は案じていたことが現実になりそうで、動揺を隠せなかった。

引き返して、再度、信長に取り成しを頼んだが、聞き入れられなかった。

逆に長宗我部の取り次ぎ役として上手く収めるよう、きつく申し渡されていた。

（元親殿が納得するはずがない。とりあえず、頼辰を使者に遣わし、情理を尽くして話をさせよう。聞かなければ戦になる。そうだ、わしが四国征討の指揮を執れば、長宗我部も生き残る道があるかもしれぬ……）

追　放

八月二日、顕如が退去した後も抵抗を続けていた長男の教如が、和議を受け入れ石山本願寺を退去した。

本願寺の降伏で天下布武も成ったも同然であった。

後に入った信長は、八月二十五日、本願寺攻めの総大将で宿老の佐久間信盛・信栄親子を追放する大鉈を振るい、家臣団を震撼させた。

罪状は十九条にわたり、信長が家督を継いで三十年になるが、目覚ましい手柄を立てていない、というのが大きな要因であった。

柴田勝家は越前・加賀を平定した。

明智光秀は丹波・丹後を平定し、羽柴秀吉は数ケ国に兵を出す働きで面目を施している。

それに比べ信盛は、本願寺攻めで多くの寄騎をつけているが、武力を有効に使わず、また、調略も行なわず戦略的に見るべきところがなかった。

更に遡って、三方ケ原の戦いでは同僚の平手汎秀が討死しているのに、信盛は力を入れて戦いもしなかった。

また、朝倉攻めの不始末や、金銭に渋く部下に分け与えるとか、新たに優秀な家臣を雇うこともしていないなどを理由に、高野山に隠遁させてしまった。

京都に戻った信長は、佐久間親子に留まらず、同じく家老の林通勝、安藤守就、丹羽右近も追放した。

林通勝の追放は、弘治二年（一五五六年）父信秀が亡くなった後、跡目に弟、信行を立てようとして信長に逆らい、結果的には弟を惨殺しなければならなかったことが、けしからぬというのである。

当時、信長に逆らった家臣には柴田勝家もいたが、勝家はいち早く改心し内情を打ち明けたことで、信長の怒りをかわなかった。

また、この追放事件で家臣団の気の緩みを引き締める効果はあったが、同僚間の妬みや讒言を引き起こす恐れもはらんでいた。

光秀は信長の妥協を許さない恐ろしさを、身に沁みて感じていた。

過ぎ去った過去を持ち出して処断するなど、普通の人間にできることではない。

光秀には（信長は人間を超えて魔王か神になろうとしている……）としか、思えなかった。

行信と琉之介は久しぶりに茶屋四郎次郎の屋敷を訪れていた。

「ようこそお越しくだされた。お伝えすべきことがありましたので、こちらからお知らせしよう、と思っておりました」

「ご無沙汰して申し訳ございませぬ。何かと多忙でありましたゆえ」

「それにしても、右府さまは思い切ったことをなさる。宿老の佐久間さまや林さまを追放するとは……京雀がうるさいことでございます」

「そのようでありますな。口に蓋はできませぬ」

「なかには、ひどいことを言う者もおります」

「何と申しております」

問われた四郎次郎は少し言いにくそうであったが、

「気になさらないでくださいよ。京雀どもは、事件の真相は日向守さまの讒言によるもの、と申す者もおります」

「な、なんと……これは聞き捨てならぬ」

「誠に……根も葉もない噂に、過ぎませぬが……」

「……噂は、佐久間さまの寄騎が、ほとんど明智に組み込まれたから、であろう」

佐久間信盛の追放で、寄騎であった筒井順慶、池田恒興、中川清秀、高山右近らが光秀の組下に組み込まれていた。

琉之介は不愉快に思ったが、世の中とはそんなものだと思い直すと、

「雲斎さまから知らせがありましたか」

話題を変えた。

「おお……そのことです。お伝えしなければならなかったことは」

本来の商人顔から厳しい表情を琉之介に向けると、

「信康さまの周期年《むかわりどし》が半月ほどに迫っている。相談したきこともあるので、二俣城の清瀧寺に出向けぬか、とのことでございます」

「そうですか、早、一年になりますか」

「過ぎてしまえば一年ぐらい、あっという間です。何をしたという訳でもないのに……どんなつらい思いも、時の流れで薄らぎます。周期年は、それらを思い出させてくれる、大事な仏事です」

「一度、詣でなければと思っていましたが……わしは石谷さまのお供をして土佐へ行

かねばなりませぬ」

　信康の仏事、と聞いた行信は、

「琉之介、お主は信康さまの墓所を知らぬではないか。某が代わりに土佐へ行く。お主、三河へ行ってまいれ。大殿には某からお許しをいただいておく」

「行信さま、ありがたく存じまする。お言葉に甘えまする。して、茂林さまは、どうされます」

「茂林殿は備中から因幡に出張っております、が言伝はしてあります。これからは羽柴さまの動きから目が離せませぬゆえ。織田家中であれほど機転の利く方はおられませぬ」

「それはかたじけない。周期年に間に合いますか」

「間には、合うかと」


　行信は大和の国、南都の奈良を目指していた。

　奈良で頼辰と会って、堺から土佐へ渡る約束をしていた。

　光秀は滝川一益と共に、大和の国の差出（検地）を行なうため、奈良に滞在していた。

差出とは、実測によらず土地の所有者からの申告によって面積や年貢高を算出することで、所有者に有利になっていた。

そのため、支配下に収めた信長が、実高を把握するため光秀に命じていた。旧都の大和は寺社が多く、また、戦乱の損害が甚だしかったため延び延びになっていた。

光秀は筒井順慶が改修した大和郡山城にいた。順慶は大和一国を平定したのを機に、長年居城としていた筒井城から郡山城に移転していた。

「順慶殿、見違えるような城ができました。奈良盆地の中心で、東大寺や法隆寺辺りまで見渡せ、京、堺にも近く大和の中心として申し分なかろうと存ずる」

「日向守さまに褒められるとは、この上ない喜びでございます。さりとて、坂本城の美しさには足元にも及びませぬ。安土への行き来に、対岸から見える様は比類なきものです。一度、お伺いさせていただこうと思っております」

「おお……是非ともお越しくだされ。お待ち申しております。ところで貞頼は息災でおりましょうか」

「はい。励んでくれております。日向守さまに似て何事も生真面目でございます」

光秀の次男、十二郎貞頼は、順慶の養子になり筒井城に留まっていた。

「上様より、日向守さまの命に従え、と指図されております。よしなにお使いくだされ」

「かたじけなく存じます。至らぬこともあると思いますが、遠慮なく言ってくだされ」

「大和の国は神社仏閣が多くあり治めにくい土地でございます。その上、豪族らもいて、古から狭い土地を奪い合ってきました。ようやく平定できましたが、国造りはこれからでございます」

「順慶殿はお若い。これからが腕のみせどころです。民が喜ぶ国を造ってくだされ」

筒井順慶は三十歳過ぎで光秀とは二十歳以上も離れていた。

父が戦死し二歳で家督を継いだが、後見人で叔父の筒井順政の補佐を得て、松永久秀と永らく争っていた。

居城筒井城を追われるなど苦労の連続であったが、十八歳の時、筒井城を奪い返したのを奇特に思い、僧形となって順慶と名乗っていた。

縁を渡る足音が聞こえてきた。

家老の島左近勝猛である。

「殿、滝川将監さまがお見えでございます」

　片膝をついて伝えると、

「おお……将監さまがお見えになったか。こちらにお越しいただくよう、ご案内いたせ」

　即座に応じた。

「左近も同席をお許しいただこう」

　誰に言うのでもなく呟いた。

　案内されて入ってきた一益は、

「日向殿がこちらにおられるとお聞きしたのでお邪魔いたした。差し支えなかろう、な」

　屈託ない人柄である。

　光秀と同様、鉄砲の名手である。

　光秀も何回となく言葉を交わしているが、公の場が多く打ち解けて話をしたことはなかった。

　順慶が、

「一向に構いませぬ。どうぞお入りくだされ」

と言い、上座を進めた。

　更に二人に向かって、

「家老の島左近でございます。お見知りおきを願いまする」

　慇懃に紹介した。

　一益は座るなり、

「興福寺を始め多くの神社仏閣が大騒ぎをしておる。何か後ろめたいことでもあるのであろう」

「かもしれませぬ」

　光秀もうすうすそうではないかと感じ始めていた。

「後ろに久秀らの残党が大きい顔をして甘い汁を吸っておるやもしれぬ。そやつらは許せぬ」

「やはり、不正を働いている輩がいる、と言われますか」

　順慶も黙ってはいられなかった。

「いかにも。順慶殿は気がついておられるだろうが、今まで大和の国は、京、堺に近いわりには大きな渦の中に巻き込まれることなく狭い範囲での争いに過ぎなかった。原因は多々あろう。神社仏閣が多く、手をつけるのが憚れたことも原因の一つである。

また、古から京に事変があると、上皇や貴族が移り住んだこともある。豪族の力が強かったともいえよう。それらが他国からの侵入を億劫にさせていたのは事実だ。だが、上様さまは違う。比叡山をも恐れぬお方だ。大和も例外ではない。それを知らしめるためにも、わしらは手が抜けぬ」

一益の言葉は行動として表れていた。

実に一万の兵を持って大和の国に来ていた。

順慶が、

「左近、将監さまのお言葉、何と思うぞ」

末席に控える左近に話を持ちかけた。

「滝川さまのご慧眼の通りかと存じます」

物静かに答えた。

四十は超えているであろう。

光秀に似た落ち着きようで、近隣に筒井の家中に、島左近ありと恐れられていた。

光秀は三人のやりとりを聞きながら、左近のような家来が明智にはいないと思いながら、

（筒井の家中は左近が動かしている）と、観察していた。

一益は、なおも雄弁であった。

「日向殿、上様も思い切ったことをなさる。まさか、佐久間さまや林さまを追放するとは、思いもよらなかった」

「さようでござる。われらも忠心あるのみ、一時たりとて、気の緩みがあってはなりませぬ」

「まさにそのようじゃ。それにしても、林さまの追放は頷けるとしても、佐久間さまは意外であった」

「と、申されるのは」

順慶は膝を乗り出していた。

「うむ、二十五年も前の話だが、某が信長さまにお仕えした時は、道三殿が殺された後で、尾張も完全に信長さまの支配下ではなかった。間無しに弟君、信行さまを担いだ林兄弟や柴田さまと激しい戦になった、が信長さまは一蹴された。あの頃の信長さまは戦上手で、権六（柴田）殿も手も足も出なかった」

順慶は初めて聞く話であった。

物心はついていたが、久秀らとの戦いの渦中で、一益の話は、自分と重なり合って他人事と思えなかった。

「それで、弟君を成敗された訳ですか」

「いや、その時はお許しになった。何もかも腹の内に収められて。ただ、林さまの弟、美作守通具だけはお許しにならず成敗された。柴田さまは、この時初めて、信長さまの器の大きさに気がつかれ改心された。それまでの信長さまは尾張の大うつけといわれ、家中の多くが信行さまを跡継ぎに担いでおられた」

「でも、弟君は弑逆されましたが」

「《それだけの器でしかなかった》と、いうことであろう。分をわきまえず、一年後にまた津々木蔵人の奸計に乗り、背かれた」

「そうでございましたか。それをお聞きして腑に落ちました。上様も辛い思いをされている」

「戦国の世でござる。親兄弟といえども弑逆しなければ己自身がやられるのだ。多かれ少なかれ、ほとんどの武将が経験していることだ」

「だが、佐久間さまは信長さまの家老として尽くしてこられた。それなのに、腑に落ちませぬ」

それまで黙って聞いていた光秀は、

「わしも順慶殿の仰せの通りと存ずる。上様の考えが解せませぬ」

「確かに……考えられるのは……家中を引き締めるため、ではありませぬか」

「出過ぎた物言いは控えるべきと存じますが、いくら家中を引き締めるためとはいえ、度が過ぎますと動揺が起こりまする」

左近の歯に衣着せぬ物言いであったが、家中の多くが口には出さずとも思っていることであった。

順慶は慌てて、

「これ左近、言葉を慎め。上様に対して無礼であろう」

「これは申し訳ありませぬ。つい、思いついたことを述べたまででございます。お許しくだされ」

一益と光秀は、左近の思い切った物言いに、改めて左近の大きさを感じていた。

(左近は、上様をも、恐れていない)

光秀と一益が郡山城を後にしたのは、夕暮れ近くになってからであった。

順慶は左近の言動が気になって仕方がなかった。

二人が去ると、

「左近、佐久間さまの話、何か訳があってのことか」

「別に取りたててはございませぬ。ただ、思うたままを述べただけにございます」

「上様に聞こえたら何とするぞ」

「殿、ご心配には及びませぬ。滝川さまも明智さまも、この筒井を試しに来たまでにございます。上様に讒言などされませぬ」

「なるほど。筒井を侮れぬ、と思わす駆け引きであるか」

「いかにも。これで、筒井を粗略には扱えませぬ」

「相分かった。相手の立場、人物を見てのことだな」

「そうでございます。器の小さい人物には、通用しませぬ」

「で、どちらの器が大きい、と思うぞ」

「大きさは同じぐらいかと存じます。が、滝川さまは人が良すぎます。悪く言えば、軽いかと……」

「うむ……そう見るか」

「明智さまは知恵者です。あまり正体を見せびらかしはされませぬ。何を考えておられるのか分からぬところがございます。惚れこんだらとことん惚れますが、世の中はそんな人間ばかりではありませぬ」

「で、どうなのだ」

「人格者ですが、悪く言えば損な性格です。人を寄せつけない一徹さが誤解を招きます。上様ほどの魅力もないが、滝川さまよりは秀でているといえましょう」

「なるほど。筒井は明智さまの寄騎に組み込まれた。これからは明智さまと共に戦に出ねばならぬ。大将の性格を知っておくに越したことはないか」

清瀧寺

見渡す限りの茶畑がきれいに刈り取られ、残り葉が幾重もの畝となって続いている。三ヶ日から都田、貴布祢、中瀬の姫街道から二俣城に至る一帯は、有名な天竜茶の産地である。

浜松から秋葉山に通じる秋葉街道の山並みも秋の深まりが感じられ、日当たりのよい南斜面の楓が色づき始めている。

茶畑一面の緑が空の青さと相まって紅葉の美しさを一層引きたてているようだ。

信康の周期年の法要のため、茶屋四郎次郎と琉之介が足を運んでいた。

「琉之介殿、この辺り一帯が三方ケ原台地じゃ。あの時の戦は悲惨をきわめた。信玄公が浜松城をしり目に悠々と通り過ぎていくのを、家康さまは潔しとせず果敢に挑まれた。が、散々に蹴散らされて、殿も九死に一生を得る惨敗であった。多くの家臣が討死した。夏目吉信殿が殿の兜と馬を以て武田軍に突入され、身代わりになられたのもこの時であった」

「はい。徳川さまは、あの戦から多くのものを学ばれた、と……」

「その通りじゃ。あの戦の教訓が、今の徳川の力になっておる。忍耐が徳川の家風にもなった。それゆえ、殿は若殿のことも耐え忍ばれたのじゃ」

「その上、家臣や民を大事にすることを心がけておられます」

「長篠の戦いも信長さまの援軍が到着するまで辛抱された。先の教訓がなければ援軍を待たずに勝頼と戦になっていたかもしれぬ」

「で、ありましょうな」

「待たずに戦っておれば、地勢的にも武田の方が圧倒的に有利であった。織田、徳川の連合軍の勝因は、何といっても信長さまの戦法であった。あれで織田の天下が固まった」

「光幡さまからもお聞きしました。秋葉衆も、酒井忠次さまらの軍を武田の陣の背後にある鳶ケ巣山砦へ案内したそうです」

「そうであったか。あれで勝頼は設楽原《したらがはら》に突入するしかなく、鉄砲の餌食にされ戦国最強といわれた騎馬軍団が壊滅した」

「長篠城に立て籠もった奥平の方々は悲惨だったそうです。光幡さまらも食べ物を数回となく運び入れられたが、五百人もの兵には足らず、壁の土をも食されたそうです」

「……聞いておる。わしが殿の元を離れた翌年であった」

「そうでありましたか」

「鳥居強右衛門《すねえもん》殿が危急を知らせるため、城を抜け出して浜松まで走ったことも」

「強右衛門さまは、三河武士の鏡です」

「違いない。並の武者なら援軍と一緒に戻るはずじゃ。だが、一刻も早く連合軍が来ることを知らせるために戻ってきて、武田の兵に捕らわれ磔になった」

「徳川の家臣は、多くの辛酸を嘗めてこられたから結束が固いのです」

「間違いない。家康さまは、辛抱強いお方だ。必ず、日の目を見る時が来るに違いない」

天竜川を渡り二俣城の大手門の脇から清瀧寺に通じる小道を辿っていくと、百舌の甲高い鳴き声が響き渡る。

その都度、青く澄んだ空を見上げるが、姿は見えない。

小道を少し下がって、池の手前の坂を上がったところに、信康が葬られている清瀧寺はあった。そう広くもない境内に入っていくと、すでに多くの家臣が三々五々、焼香を済ませていた。

　本堂にも入ることもできない下級武士たちがほとんどである。

　小坊主の話では、追い腹を切った吉良於初、三方ケ原の戦いで戦死した家臣も多く葬られており、合わせての法要であった。

　読経が始まろうとしていた。

　二人は縁に備えられた焼香台でお参りすると、庫裏で半蔵を待つことにした。

「岡崎から下級武士が多く参っておる。若殿の遺徳を偲んでのことだ。生存中は何気ない風をよそおっていても、亡くなられて初めて、その方の偉大さが分かるものです」

　四郎次郎は涙を堪えながら感慨深そうにつぶやいた。

　琉之介は信康に会ったことはなかったが、改めて信康の人望が厚かったことを思い知った。

　法要が済むと、半蔵が庫裏に渡ってくるのが垣間見えた。

　少し遅れて大久保忠世と石川数正も続いている。

　数正は信康亡き後、岡崎の城代になっていた。

　半蔵は二人の前に座ると、

「茶屋殿お待たせいたしました。大久保さまと石川さまに《茶屋殿がお越しです》と、お伝えすると《是非ともお会いしたい》と、申されましたのでお連れいたしました」

「そうですか……思いもよりませんでした。うれしく存じます」

返事をして下座に席を変えた。

入ってきた二人は席に着くなり、

「茶屋殿、遠いところをお参りいただきかたじけなく存じます」

施主を代行する忠世が丁重にあいさつした。

四郎次郎は、

「大久保さま、丁重なあいさつ痛み入ります」

忠世と数正に頭を下げた。

「それにしても返す返す残念でなりませぬ。なんとしても、ご無念を晴らさずには気がすみませぬ」

「茶屋殿の真意、われらも同じでござる。決して、忘れるものではない」

隣の数正も、

「茶屋殿、三河武士はしぶとうござる。若殿の死を無駄にはいたしませぬ。いつの日か必ず本懐を遂げまする」

「石川さま、お願い申し上げます。わたしも力の限りお手伝いさせていただきます」

「願ってもないこと。機会はあろうと存ずる。徳川の地から離れた都から西国にかけてが遺恨を晴らす場となりましょう。そのためには、茶屋殿のお力がなければ成就できませぬ」

「ここでは込み入った話はできませぬ。後程、城内へお越しくだされ」

言い残して、忠世と数正は立ち去っていった。

後に残った半蔵は、

「琉之介、ご苦労であった。世の中は目まぐるしく動いておる、後れを取るでないぞ」

「はい、心いたしまする」

「光幡は……」

「備中へ行かれたそうですが、こちらに向かっておられまする」

「荒木殿は……」

「はい。行信さまは私の代わりに土佐へ行かれました」

「土佐、とな……」

「それについては、わたしの方から説明しましょう」

四郎次郎は明智と長宗我部の関係を半蔵に説明した。

「そうであったか……となると、鍵は斎藤さま兄弟が握っておられるか。日向守さまも、無視できまい」

「いかにも。織田と長宗我部の衝突は避けられませぬ。その時、明智さまがどう動かれるか、でございます」

「光幡の情報、得るものであればよいが……」

「服部さま、右府さまは次の手を打ってくる、とは思われませぬか」

「……あるやもしれませぬ。とすれば、どのような手が」

「たとえば、呼び出しておいて、亡き者にする……」

「なるほど……考えられます」

返事をすると、半蔵は腕組みをして考え始めた。

しばらくして、

「自ら手を下すことはあるまい。誰かに命じるとすれば……」

四郎次郎も同じことを考えていたのか、

「謀ができるのは……都には日向守さましか、おられませぬ」

「茶屋殿、その逆手を利用することは考えられぬか」

「誘いを断れぬ。としたら、それを考えるしかありますまい」

「分かり申した。すこし、考えてみよう」

半蔵が瞑想しかけた時、小坊主が縁を渡ってきた。

「茂林さまが、お越しです」

と、伝えた。

日焼けした精悍な姿で部屋に入るなり、

「頭、羽柴殿の活躍、目覚ましいものがありまする。戦況は毛利も強く一進一退ですが、目が離せませぬ。頭の手の者を遣わしてはいかがですか」

「相分かった。手配する。ところで、武田の動きが知りたい。光幡、琉之介を連れて秋葉へ戻ってくれぬか。わしも茶屋殿と後程行く」

清瀧寺を後にした半蔵と四郎次郎は、ゆっくりとした足取りで城への坂道を上がっていった。小道からは、はるか下方に勢いよく流れる天竜川が望まれる。

信濃の諏訪湖に端を発した天竜川は、猿も寄りつかぬ高嶺の峻険な谷あいの水を集め、伊那谷を南北に貫いて遠州灘に注いでいる日本有数の大河である。

二の丸の書院では、忠世と本多正信が話し合っていた。

家康は石川数正を岡崎城代に据えたこともあり、帰参を許した正信を懐刀として身の近くに置いていた。

忠世は二人を招き寄せると、

「正信殿、こちらの方は都で呉服商を営んでいる茶屋殿でござる」

紹介された四郎次郎は慇懃に頭を下げて、

「茶屋四郎次郎にございます。お初にお目にかかります。お噂はかねてよりお伺いしております。このたびは、ご帰参が叶いましておめでとうございます」

深々と頭を下げあいさつした。

「ご丁重なあいさつ痛み入ります。本多正信でございます。わがままをお許しいただいたのも、大久保殿や服部殿のお力添えあってのことです。改めて御礼申し上げます」

平素の正信に似つかぬ謙虚さであいさつした。

「茶屋殿は、かつて殿にお仕えになっていた、と聞きましたが」

「はい。わたしが二十歳の時ですので、本多さまがお暇を取られた一年ぐらい後のことでございます」

「そうでしたか。京での活躍は聞き及んでいます。殿も茶屋殿に全幅の信頼を寄せておられます」

「はい。ありがたいことでございます。徳川家あっての茶屋でございます。これからも徳川家を一義に考えてまいります」

「さあ、さあ……あいさつはそれ位にして、どうじゃ茶屋殿、都の話でも聞かせてくださらぬか」忠世が口を入れてきた。

それまで黙って話を聞いていた半蔵が、

「それもさることながら、若殿のこと、これまでは内密に事を運んでまいりましたが、本多さまにご承知いただかねばなりませぬ」

「若殿のこと、とな」

忠世は信康の話と聞いて身を正した。

「わしもこれまでは半蔵に任せきりにしておったが、そうもいくまい」

「さようでございます。お家の浮沈に係わることゆえ、大久保さまにもご承知願わねばなりませぬ」

「当然のことじゃ」

「相分かった。半蔵殿より聞かせていただこう」

半蔵は、信康が信長の作為を見抜き、徳川家のために切腹したこと、信長が存命する限り、徳川の存続が危ぶまれること、更には、信康の恨みを晴らすためには、信長を亡き者にする以外、道がないことなどを話した。

更に半蔵は、

「佐伯琉之介なる者が日向守さまの家来として働いております。が、事がことだけに日向守さまを動かすは、並大抵なことではありませぬ」

と、つけ加え、

「それ以降の話は、茶屋殿の方が詳しかろうと存ずる」

半蔵の後を引き継いだ四郎次郎は、斎藤利三、石谷頼辰兄弟と長宗我部元親の関係、織田と長宗我部の同盟が反故になりかけていることなど、詳しく正信に話した。

聞き終えた正信は深く考えるようであったが、家康の懐刀といわれるだけに決断は速かった。

「半蔵殿が考える通り、右府さまを亡き者にする以外、徳川の生きる道はなかろうと存じる」

断言すると、

「琉之介なる者は今まで通り働いてもらおう。が、火中の栗を拾うには、誘いにも乗らねばならぬ。わしも日向守さまを知らぬ仲ではない。篤と思案してみよう」

と応じた。

「お願い申し上げます」

半蔵が軽く頭を下げると、

「ところで長宗我部殿のことは、琉之介だけでは心もとない」

「いかにも。秋葉の茂林の手の者も動いております。茶屋殿は斎藤さまご兄弟とも懇意な間柄ゆえ、密かに根回しを願いまする」

「承知いたしました。わたしの力の限りを尽くします」

信康の無念を晴らすための四郎次郎の決意の表れであった。

それまで腕組みして聞いていた忠世は、

「武骨なわしには、謀など上手く運べぬ。されど、若殿を死に追いやったは、わしが至らぬゆえであった。わしは織田と戦になろうとも構わぬと思うておる」

口を入れると、

「忠世殿、戦をするは下策にござる。お家を潰すことなく、必ずや若殿のご無念を晴らしましょうぞ。でなければ、三河武士が末代までの笑いものになる」

正信は信長を討つことによって、それを足がかりに、徳川が天下を取る策を巡らし始めていた。

忠世の勧めも断り、二俣城を後にした半蔵と四郎次郎は秋葉山を目指していた。天竜川に沿って遡っていくと東雲名の里から道は険しくなり、山道に入って一気に八六六メートルまで高度を上げる。

秋葉権現はその秋葉山頂上にあった。

四郎次郎は、京の西に聳える愛宕山には年に一度参拝していたが、秋葉神社は初めてであった。

見晴らしのよい本殿の広場からは、東方向に二俣城や浜松城があり徳川家を守護しているようである。

二人を迎えた神社は賑やかな夕餉が始まっていた。

「ようこそお越しくだされた。山奥ゆえ満足なおもてなしはできませぬが、心ゆくまでくつろいでくだされ」

光幡があいさつすると、秋葉を挙げての歓待が始まった。

秋葉山全体が要塞化されており、怪しげな人物が聖域に立ち入れば、すぐさま、戦闘態勢に入る仕組みになっていた。

普段から酒をたしなまず、眠っていても気配を察知できる半蔵も、賑やかな雰囲気を楽しみながら久しぶりに気を緩めていた。

四郎次郎は打ち解けて飲み食いを楽しんでいる。

日頃の緊張から解き放たれた酔いが四郎次郎を雄弁にしていた。

「いや、かたじけない。これほどの馳走にあずかるとは思いも寄らなかった。大久保さまの勧めを断り秋葉に来てよかった。若殿のお導きかもしれぬ」

光幡も、

「茶屋殿には、わしを始め多くの者がお世話になっております。改めてお礼を申し上げます」

「何を言われる。そのようなこと、お安いことでござる。秋葉衆も武田からも目を離せず大変でござる」

「かたじけない。武田のことが済めば、活動の拠点は西国に移ろうゆえ、さらなるご迷惑をおかけするかもしれませぬ」

「一向にかまいませぬ」

四郎次郎が、琉之介を中心に歓談している若者の方へ行くと、
黙って聞いていた半蔵は、秋葉まで足を延ばしてきた本題に話を移した。

「光幡、武田の動きを知りたい」

「はい。動きが慌ただしくなっています。躑躅ケ崎館は防御には適していないらしく韮山に新しく城を作り始めたようです」

「何と、新しい城を……」

「来年中には完成するようです」

「他に変わったことは」

「勝頼の家臣であった大蔵長安殿が、大久保さまを通じて徳川に頼ってきていますが、重臣の穴山梅雪殿も誼を望んでおります」

「なに、あの親族筆頭の穴山殿が……」

「はい。勝頼とは従兄弟で義兄になりますが、長篠の戦いでも意見が合わず戦線を離脱するなど対立が深まっております」

「うむ……寝返るとしても時期が難しい。右府さまとの絡みもある。殿には一応、話を通じておかねばならぬ」

「勝頼は右府さまとの和睦も画策しているようですが、上手く運んでおりませぬ」

「和議はお許しになるまい。他の大名はともかく、武田と上杉、毛利には随分苦しめられた。戦って分が悪くなったから和議というのは、一番嫌われる」

「穴山殿の他にも、勝頼を見限っている重臣は多くいるようです」

「勝頼の不遜な振る舞いが原因じゃ。右府さまのように有無を言わせぬ力があれば不平など起こらぬが、落ち目になると求心力がなくなる」

若者と話し合っていた四郎次郎が戻ってきて、

「服部さま、多くの若者が琉之介を羨ましく思っています」

「お頭、お聞きの通りです。武田には、仕事のやりがいが失せています。一日も早く、都での仕事を夢見ております」

「うむ……むやみに動くと織田の乱波に察知される。少し考えてみよう。沙汰は光幡にする」

四郎次郎は、服部党の組織の堅固さと、徳川における存在感の大きさを感じていた。

暗雲

頼辰と行信は説得が徒労に終わり虚しさと怒りが入り交じり、光秀の落胆する姿が目に浮かんできて合わせる顔がないと思うと、坂本へ帰る気も失せ南蛮の国にでも逃げたい心境になっていた。

重い足を引きずって四国の十字路白地城まで来ると、

「石谷さま、内蔵助さまと相談されてはいかがです」

行信の一言に、

「内蔵助とは話しておらぬが、われら兄弟妹の生死に係わるゆえ、意は通じておかねばならぬ」

と同調し、讃岐から備前へ向かうことにした。

多度津から島沿いに瀬戸内を渡り備前下津井の港に着くと、そこは信長に臣従した宇喜多直家の支配する地であった。

土佐にも劣らない温暖な地で有数の良港である。

岡山に向かって歩を進めていくと、日当たりのよい丘陵地にはみかん畑が果てしなく続いている。

賑わいを増してきた城下に入っていくと、

「石谷さま、備前から備中にかけても信長さまの威光が及ぶ地になってきました。われらも何の咎めもなく歩くことができます。このようなこと、十年前には考えられないことでした」

「その通りじゃ。十年一昔と言うが、元亀から天正にかけての十年間は、百年にも匹敵する、と云っても言い過ぎではない」

「信長さまの支配される地はすでに二十五州を超え、日の本の半分近くになろうとしております。しかも、都を中心とした地域で、これを覆すのは、何人も不可能です」

「確かに。元親殿も、それが分からぬはずはないのだが……」

「もし、元親さまと信長さまが戦えば……いかがされます」

「わしも……それを恐れておる。しかし、どう考えても、元親殿に勝ち目はない」

「分かっていても、戦になるのではありませぬか……」

「そう見ておる。水と油に等しいからな」

頼辰は長宗我部征伐が始まれば、元親に力添えする気であったが、征伐を回避するためには信長が亡くなった方がよいと思い始めていた。

突然、行信は頼辰の心に踏み込んだ。

「……石谷さまと同じ思いでございます」

「な、なんと……わしと、思いが同じ……と、言うか……」

行信の謎めいた言葉に、頼辰は心の一端を覗かれた思いであった。

その思考を遮るように行信は、

「石谷さま、最近、城主の直家殿の姿を見かけた者がおらぬようでございます。某は、城下の内情を探ってみます」

「なんと……それは真か」

「はい。先程の茶屋で小耳に挟みました」

「亡くなった、とは聞いておらぬが」

「大病を患っているかもしれませぬ」

「……そうか、直家殿が重臣を押し切って毛利を寝返ったから、事と次第によっては、元の鞘におさまらぬ、とも限らぬか……」

「跡継ぎは、まだ十歳にも満たない幼少とのことです。態度を決める実権を誰が握っているか、で変わってきます」

「確かに。宇喜多の動向は中国戦線に影響があるゆえ、確かめねばならぬ」

「石谷さまは、旅籠でお待ちください」

「相分かった。早朝には戻るように」

「はい。面白きことが分かるかもしれませぬ」

行信は、後をついてくる虚無僧姿の忍びを呼び寄せると、

「今宵、石山城に忍び込んで城内の様子を探ってくれぬか」

と依頼した。

行信も身を変え、城から二里ほど東にある安仁神社に詣でることにした。

安仁神社は、天慶二年（九三九年）瀬戸内で反乱を起こした藤原純友に味方したため、備前の国の一の宮を吉備津彦神社に剝奪されていた。

なぜか行信は、純友や同時期に東国で朝廷に抵抗して反乱を起こした平将門の気持ちが、己と重なるように思えてならなかった。

宇喜多直家は備前を領国した後、館ほどの石山城を防備の強固な城に大改修し居城にしていた。

城の規模は安土城や坂本城と比べものにならない造りだが、石垣の上には隅櫓や櫓門もあって備えは充分で、宇喜多の気構えを表していた。

毛利との交戦も遠ざかり、城内は静まりかえっている。

奥書院の直家の寝所で、継室のお福が直家の背をさすっている。

灯火の薄明かりで照らされた直家の顔は痛みを堪えているのか苦り顔が歪んでいる。

病を隠し通しているが、家臣の前にも出られない身体は浮腫《むくみ》も出ている。

寝所の天井裏に身を潜めた秋葉者は、細々とした話し声を聞きとるため神経を集中させていた。

「お福よ、わしはおそらく一年と持つまい。家臣の中には未だに毛利に肩を持つ重臣も少なくない、がそれを押し切って筑前殿を頼ったのはわしの意志だ。それしか、宇喜多が生き残る道はない、と思うておる」

「殿のお考え、間違うてはおりませぬ」

「だが、わしが死んだら重臣どもが黙ってはおるまい。必ず毛利へかけ合う者が出てくるはずじゃ。が、決して怯んではならぬ。必ず納得させてくれ」

「はい。心得ております。八郎殿が成人するまでは、わたしが矢面に立たねば、お家が立ち行きませせぬ」

「しかと、頼みおくぞ」

「はい。しかし、殿も養生すれば治らぬとも限りませぬ。気弱になってはなりませぬ」

「いや、自分の身体は己が一番よく分かっておる。それよりも、筑前殿に媚びても構わぬ。決して、袖を離してはならぬ」

「殿、そのような冗談は許しませぬぞ」

「いや構わぬ。わしも今日まで謀略の限りを尽くしてここまで伸し上がってきたのじゃ。その罪滅ぼしと思えばよい」

「なりませぬ。殿以外の男に、この身を委ねるなど、汚らわしい……」

秋葉者は二人の会話を聞いて宇喜多が寝返るようなことはないと確信した。

しかし、直家が信長に従うのではなく妻のお福が身を任せてでも、秀吉に臣従するよう説得していることに関心を持った。

「よいよい。すべては時が解決してくれる。それと八郎のことじゃが、筑前殿の姫御を娶るようお願いせねばならぬ」

「と、申されましても、筑前殿には姫君がおられぬではありませぬか」

「そのようなこと、どうにでもなる。形だけでよいのじゃ。由緒ある家の娘を筑前殿の養女ということにすればよいではないか」

宇喜多直家は、一年後の天正十年一月、この世を去った。


姫路城下は活気に満ちている。

秀吉は黒田官兵衛の進言を取り入れ、居城を長浜から姫路に移していた。四月から始まった城の大改修が急ピッチで進んでおり、石垣で城郭を囲い内堀を設け天守も三層の堅城になっていた。

城の南部は大規模な城下町として整備し、播磨の国の中心の町にするため工事の真っ最中であった。

「石谷さま、勢いがあります。城の規模も坂本や丹波の城をはるかに凌ぐものです」

「違いない。筑前殿は時勢に乗っておる。織田家中でも、柴田さまを超える勢いだ」

「残念だが、殿と立場が逆転した感があります」

「違いない……歳も十歳ぐらい若い」

「甥の羽柴秀次殿が笑岩の養子に迎えられた、という噂も真実ではありませぬか」

「間違いなかろう。時勢に鋭い臭覚は、松永久秀以上に狸かもしれぬ」

「明智を無視して、四国にも兵を入れるつもりではありませぬか」

「播磨とは瀬戸内を隔てるだけだからな。上様もお許しになるかもしれぬ」

二人は雑踏する町中を急ぐでもなく歩を進めていたが、行信はもどかしさと苛立たしさが交差していた。

（秋葉者の報告は確かだ。直家が秀吉を頼りにするはずじゃ。織田家中でも一番勢いを増している。口惜しいが、大殿を追い抜いて、序列でも柴田さまと肩を並べたのではないか。このままでは、いずれ殿も秀吉の風下に立たされる）


晩秋の丹波に冬の到来を告げる木枯らしが吹き荒れていた。

黒井の里は瀬戸内海と日本海のほぼ真ん中にあって分水嶺に当たるが、日本で最も低い一〇〇メートルにも満たない低地である。

北に向かって流れる竹田川は土師川、由良川と名を変え左馬助秀満が在城する福知山を横断し日本海に注いでいる。

南へは播磨の国のほぼ中央部を流れる加古川が、篠山川や東条川の水を集めて瀬戸内海に通じている。

一面の田畑は刈り取られ、稲が幾段もの稲架《はざ》となって連なっているが、強風に煽られ吹き飛ばされそうだ。

田畑と野を分ける一帯には渋柿であろうか鈴なりに実っている、があまりの強風に野鳥の姿も見えない。

土佐の明るい空気に触れてきた頼辰と行信は、吹き飛ばされそうな蓑傘を片手で支えながら歩を速めていた。

内蔵助はこれまで味わったことのない安穏な日々を送っていた。

黒井城に入ってから一年数ケ月が過ぎていたが、その間、細川藤孝の援軍として丹後の弓木攻めに兵を出して以降、戦から遠ざかっていた。

在城の時は、末娘のお福と過ごすのが唯一の楽しみで至福の日々であった。

備前の石山城から昨夜黒井に着いた頼辰と行信は、疲れも見せず内蔵助と対座していた。

「兄者、よく来られた。お会いするのは久しぶりです。お元気で何よりでございます」

上機嫌であいさつした。

頼辰も、

「内蔵助も達者で何より。末娘に目がないようじゃ」

「いや、お恥ずかしい限りです。戦に明け暮れていた時は、子の生まれるのも気にならなかったのに」

「まさに……」

「兄者が黒井まで遠回りしてくるのは……元親さまは、納得されなかった……」

「さよう。わしが行けば何とかなる、と思ったが、甘かった」

「戦になれば、兄者、いかがする」

「それじゃ、問題は……内蔵助の思惑を聞くため、行信と参った」

言ったきり、頼辰は黙り込んでしまった。

思惑を問われた内蔵助は返事に窮していた。

頼辰は突然、

「行信は、右府さまに恨みを持っておる」

行信は内蔵助に胸の内を話したことはなかった。

頼辰の言動で気が楽になった思いであった。

「波多野家臣で、主君を磔にされて恨みに思わぬ者はおりませぬ」

行信は、言い切ることで意を固くした。

内蔵助は動じる風でもなく、静かに目を閉じ表情も変わっていない。

行信は、この兄弟が同意しなければ、光秀を動かすことはできないと思っていた。

（頼辰は信長を弑逆した方がよいと思い始めている。内蔵助の胸の内を読むことはできないが、おそらく反対することはあるまい。事態も悪くなることはない）

決断すると、

「大殿にお仕えしたのは、信長を誅するためでございまする」

と冷徹に言い放った。

それを聞いても頼辰と内蔵助は驚きもしなかった。

突拍子もない話に、どう応えてよいのか分からない、と言った方が的を射ているようだった。

昨日までの木枯らしは幾分治まっていたが、それでも縁の障子は風の音をとらえていて、葉を落とした小枝が揺れ動いている。

三人とも声を発せず思い思いに考え込んでいたが、

「行信、それだけではあるまい。他からの話もあろう」

内蔵助が静寂を破った。

「いかにも、その通りでございます。が、頼辰さまや内蔵助さまが腹をくくられぬ限り、内情は話せませぬ」

「相分かった。それは聞かぬことにしておこう。が、簡単に事が運ぶ、と思っておるのか」

「難しいと存じます。が、わたし一人でも、波多野の恨みを晴らしまする」

「行信の真意、胸の内にしまっておこう。兄者はどう思われる」

「右府さまを討つことなど無理じゃ。されど、万が一、長宗我部と戦になれば、わしは、土佐へ行く」

「わしは……大それたことは考えていない。殿がおられての、内蔵助だ。一介の浪人ふぜいが、一城の主になれたのも殿あってのことだ。わしは……明智の殿に命を捧げておる」


師走に入り、琵琶の湖にも例年になく寒風吹き荒れる日が続いていた。

飛来した水鳥たちも茂みに潜んでいるのか、姿を見せない。

比良から湖西、湖北の山々は吹雪いていて厚い鉛雲に覆われている。

時折、小雪が花の散るように天守にも舞ってくる。

筒井順慶、島左近主従は、大和一国を拝領した謝礼を述べるため安土へ行った帰り、坂本城を訪れていた。

質素を旨としているのか、部屋の中には火鉢一つなく寒々としている。

床の軸も安土で見られるような立派なものではなく、置物も何処にでもある青銅の大黒天が置いてある。

ただ、床の間や違い棚はいうまでもなく、室内に埃一つない清潔さが光秀の性格を表していた。

光秀は相変わらず小難しい顔を向けながら二人を迎えた。

「日向守さま、ご尽力をいただきありがとうございました。おかげさまで大和を支配することができました。その上、差出までお世話になり、国内もすっかり落ち着きましてございます」

順慶は慇懃にあいさつした。

「何を言われる。それも皆、順慶殿のお力でござる。われらはお手伝いをしたまででござる」

「いいえ、われらの力だけでは無理でした。神社仏閣や豪族の力が強く統治の難しかった大和が、お力添えで国としての体制が整ってきました」

「そうではあろうが、大和だけが特別ではなく、あらゆる国で神社仏閣に足を踏み入れるは、仏敵として争いが避けられなかった。それが、信長さまが、力でこじ開けられたのじゃ」

「上様にしか、できないことです。これで、ようやく戦乱の世がなくなります」

「そのようじゃ。ところで順慶殿は若くして僧形になられたが、訳でもおありか」

「はい。物心ついた時には、すでに戦いの渦の中でしか生きることができませんでした。家臣に見限られて各地を転々とする間にものの哀れを知るようになり、十八歳の時、筒井城を奪い返したのを機に得度を受けました」

「そうでありましたか。わしも順慶殿と同じような道を歩んできた。斎藤義龍に明智城を攻められ一族が離散する憂き目にも遭いました。十年程は浪々の身で、上様に出会わなかったら、今の明智はなかったであろう……」

「日向守さまがご苦労されたのは、よく分かります。それが人の応対に表れています。わしのような若輩者にも分け隔てなく接せられる。誰にでも、できることではありませぬ」

「いやいや、お恥ずかしい限りじゃ。これが、わしの徳のなさというか、人に誤解を招く所以じゃ。器の大きい人は、あれこれ斟酌しなくとも自然と人が寄り添ってくるものです」

「それはそうでありましょう。しかし、そのような人物は、余程の高僧か天真爛漫な童子ぐらいしかおりませぬ。凡人は損得を見極めておもねるのが、性《さが》です」

「話が禅問答になってきましたな。左近殿が笑っておられる」

話を持ちかけられた左近は、

「いえ、興味深く聞き入っておりました。卒爾ながら、日向守さまも仏僧がお似合いかと存じまする。もし、その道にお進みになっておられれば、名を残す高僧になられたに、間違いございませぬ」

「これ左近、日向守さまに、失礼ではないか」

「いや、左近殿の申される通りかもしれぬ。わしは武者には向いておらぬ。戦をするたびに、自責の念に駆られてばかりじゃ……」

「日向守さまのような方ばかりでしたら戦は起こりませぬ。だが、現《うつつ》の世はそうではありませぬ。隙を見せれば命を取られる世の中です。これは永久に続く人間の業といえます」

論じる左近も人間臭さが抜けきらない生臭坊主の類であった。

三人三様で性善説に立った世の中の招来を願って齷齪《あくせく》しているが、思うようにならない現実にもがいているのであった。

「順慶殿は、左近殿のような良い家臣をお持ちでうらやましゅうござる」

「何を仰せです。日向守さまこそ斎藤さまや左馬助さま、溝尾、藤田殿らの立派な家臣がおられるではありませぬか」

「違いない。が、内蔵助も左馬助も身内のようで、家来扱いにはできぬ。庄兵衛や伝五郎は美濃以来の家臣で武骨さだけが取柄でござる」

「それが日向守さまのお人柄です。その点、右府さまは親族や家臣のことなど斟酌《しんしゃく》されませせぬ。ご自身の心の内を決して家臣にはお見せになりませせぬ」

「確かに。わしは、そのような真似、できぬ」

本来が無口な左近が堪りかねたのか、

「日向守さま、人がお変わりにならぬようでは、天下は望めぬ、と存じますが」

「これ左近、口を慎まぬか。天下人は、右府さまに決まっておるではないか」

「違いありませぬ。わたしが申し上げたいのは、今のままの日向守さまでしたら、数ケ国の太守で終わってしまわれる。そうであってほしくない、という思いです」

「なるほど、そういう意味であるか。それなら左近の申すこと、分からぬでもない」

光秀は筒井主従を交互に見ながら、

(左近という男、言い難いことをはっきり言うが、的を射ている)

納得すると、胸のすくような爽やかさを感じていた。

「まあ……よいではないか順慶殿。わしも、もう五十を幾つも過ぎた。これからは順慶殿や左近殿の世となろう。わしのことより、お二人の働き場所を得るのが肝要でござるぞ」

「でも筒井は日向守さまの寄騎でございます。日向守さまが良き働き場所を与えられないと、望みも叶いませぬ」

「それもそうじゃ。わしもまだ老ける歳ではない。左近殿の言葉、胸に刻んでおこう」

「日向守さま、次の働きどころ如何で、お家の浮沈が決まる、とは思いませぬか」

「そのようだな。しかし、それも、上様の胸三寸じゃ。だが、都近くにいるのも、そう長くはあるまい」

「と、申されるには……何か心当たりでもおありで」

「愚痴と思われるかもしれぬが、丹波を平定してから一年が過ぎておる。が、未だに新しい働き場所が与えられぬ」

「それは、大和を始め畿内の整備が急務であったためではございませぬか」

「そうともいえる。だが、武者は武具を持ってこそ働き甲斐があるというもの。そうでなくては、気が滅入って仕方ない」

「言われること、分からぬでもありませぬが、戦は、しない方がよいに決まっております」

「その通りじゃ。自分でも矛盾していることは分かっている、のだが……」

口を挿むまいと我慢をしている左近であったが、

「日向守さま、前言の《戦をするたびに自責の念に駆られる》と矛盾しておられます。が、その相異なったお考えこそ、日向守さまそのものといえます」

「これ左近、分からぬこと、申すではない」

「いや順慶殿、左近殿の申される通りかもしれぬ。わしは、できることなら戦はやりたくないと思うておる。が、それ以上に、何かと戦い続けなければならない己が潜んでいるのも、どうすることもできないのじゃ」

「やはり日向守さまは仏僧がお似合いでございます。そのような思いで戦などできるものではございませぬ」

「左近殿の申される通りじゃ。逃れられるものなら、直ぐにも逃げ出したい……が……」

「が、逃げ出すことはできない。それが、日向守さまの定めなのでございます」

「……定めと言われるか」

「さようでございます。今回の据え置きは、上様の恩情かもしれませぬ」

「なんと、上様の恩情、と……」

「はい。しかと分かりませぬが、そのように捉えねば立つ瀬がありませぬ」

「……左近殿は心理眼をお持ちとお見受けした」

「失礼とは存じますが、単刀直入に申しますと、日向守さまは柴田さまや羽柴さまのご活躍を羨ましく思っておられるのです。しかしそれは、初めから意図されたものではなく、家中の序列と領地拡大に起因しているのではありませぬか」

「確かに」

「そうです。天正元年の秋、朝倉義景を滅ぼした後、北陸の仕置きは、誰が考えられました」

「それは……柴田さまし か、おられるまい」

「当然のことです。その上、譜代の不破さま、佐々さま、前田さまもつけられました。織田の主力を、向けられたのです。当時は、越前、加賀は最重要の地でした」

「確かに。背後には一向一揆や謙信が控えていた……」

「その時すでに、日向守さまは坂本城の主になっておられた」

「そうであった。そのように考えれば、わしが長篠の後、丹波、丹後に入り、筑前殿が播磨に入ったのも頷ける」

「と、考えていけば、上様は考えぬいて部署を決められておられます。しかも、日向守さまは朝廷や公卿の対応に欠かすことはできませぬ」

「左近殿の申されること、納得がいきます」

「日向守さま、左近のご無礼な言いよう、深くお詫び申し上げます。わしに意見を申すようで、冷や汗をかいております」

「いいや、左近殿のご明察の通りじゃ。わしが未熟ゆえ、つい人を妬んでしまうのじゃ」

「日向守さまだけではございませぬ。人は皆同じようなものです。自分のことは棚に上げ、人の後ろ姿ばかりを追うております」

「おかげで目が覚めました。これで、新しい年も気分よく迎えられよう。今宵は何もござらぬがごゆっくりとお過ごしくだされ」

宮津城

年が変わると一転して穏やかな日和が続いていた。

師走の寒波が嘘のような陽気である。

道行く民百姓も、

「今年は豊作に間違いねぇ。冬寒けりゃ、夏暑いと云うではないか」

「いや、日照りが続き水不足になりゃ、旱魃《かんばつ》が心配じゃ。それに、嵐が来ないとも限らん。大雨でも降りゃ、田畑など水浸しじゃぞ」

「そりゃそうだが、来るか来ないか分かりゃせんもの恐れとっては何もできんぞ」

「それもそうだ。明智の殿様に治水を頼めば、何とかしてくれるぞ」

周囲を山々に囲まれた近江の国はすべての雨水が琵琶の湖に注いでいる。

大雨が降り続くと湖岸に近い田畑は、決まって冠水を繰り返していた。

流れ出る個所は瀬田川しかなく、宇治川から淀川に通じる流域も氾濫が絶えなかった。

　そのため、民百姓は耕作を少しでも高い地を選んで開墾し、風水害に備えていた。

　例年になく多くの賓客が坂本城を訪れていた。

　細川藤孝、吉田兼見、蜂屋頼隆、里村紹巴、津田宗及、今井宗久、松井友閑ら日頃の茶会や連歌会で親交の深い人々が集っている。

　内蔵助や左馬助らの丹波の城主に、頼辰、庄兵衛、伝五郎ら主だった家臣も顔を揃えていた。

　光秀は、

「方々には、年明けにもかかわらずようこそお越しくだされた。厚く御礼申し上げます」

　慇懃に頭を下げあいさつした。

　更に、

「本日は無礼講でございます。心ゆくまでお楽しみくだされ」

　その場を和らげることに心を砕いていた。

　光秀の茶の師匠、津田宗及が、

「日向守さま、腕を上げられましたな。飾り気のない深い味わいでございます」

誉めると、

「ありがとうございます。が、心の有りようが表れ、宗及殿のように無心になれませぬ」

「いいではありませぬか日向守さま。御手前でその時々の心の動きを察することができます。私どもは、それも楽しみの一つでございます」

「日向殿は教養人でおられる。わしと違《ちご》うて戦も上手だが、茶や連歌はそれ以上の腕前でござる」当代一流の文化人で光秀も一目置いている藤孝が誉めると、

「何を言われる、わしは藤孝殿から手ほどきを受け申した」

持ち上げることを心がけている。

「日向守殿は、われら美濃衆の誇りです。すべての面で抜きんでておられる」

蜂屋頼隆が続くと、
信長の信任厚い祐筆の松井友閑が、

「その上、上様の覚えもめでたい。ますます力を発揮してもらわねばなりませぬ」

「有閑さまが言われる通りです。有職故実に秀でた日向守さまが最も頼りでございます」

吉田神社の神主で公卿の吉田兼見が応じた。

友閑は更に、

「日向守殿、上様は桜の花の咲く頃、帝を招いて馬揃えを行なわれます。その総奉行を日向守殿にお命じなさるはずです」

信長の近くに仕える者しか知らないことを告げた。

それを機に、座は一気に盛り上がっていった。

光秀が藤孝の側に行くと、

「日向殿、馬揃えはわしの代わりに忠興を参加させる。上様にはよしなにお伝えくだされ」

「何か差しさわりがありましたか」

不審そうに顔を向けた。

「いや、たいしたことではない。一色義定の残党が暴れておる」

「それは、見過ごすことはできませぬ」

「夏までに片付けないと上様からもお叱りを受けます。落ち着いたら、日向殿に宮津までお運びいただこうと思っております」

丹後の北半国を旧丹後守護の一色満信が領有し、南半国を藤孝が領有していた。

一色義定は一時、藤孝に反攻し弓木城に立て籠もったが、光秀の仲裁で藤孝の娘、伊也姫を娶り和議を結んでいた。

これに不満を持った一部の残党が細川領を暴れ回っていた。

馬揃えは、天正九年（一五八一年）二月二十八日、かつてない大がかりな規模で内裏の東、南北八町に馬場を新設して開催された。

正親町天皇・女官・殿上人が臨まれ、宣教師や町衆の観覧も許されていた。

馬揃えは一〇組に編成され、一番目の丹羽長秀と摂津、若狭の寄騎衆、二番目には蜂屋頼隆、三番目には明智光秀、筒井順慶ら畿内及び大和衆、四番目に村井貞勝、五番目以後に信忠ら息子の一団、続いて近衛前久ら公家衆、九番目には柴田勝家、前田利家ら越前衆が続き、最後に信長自身とその直臣衆が華やかないで立ちで進軍した。

信長が登場すると、数万を超える観衆からどよめきが沸き上がる盛観さであった。

まさに織田軍団の力を見せつけるのに十分であったが、朝廷の反信長派の公卿の中には眉をひそめる者もいた。

信長は、正親町天皇に対して天皇の第五皇子の誠仁《さねひと》親王への譲位を迫っており、朝廷はその対抗策として信長に左大臣に補任することを申し入れたが、

「誠仁親王に譲位された後に拝命したい」

と聞き入れなかった。

朝廷は再度、勅使を安土城に派遣し征夷大将軍、あるいは太政大臣をとの意向を伝えたが、信長はこれも断っていた。

それでも正親町天皇は、信長の示威に対して臆することなく振る舞っていたので、両者の間には肩透かしを食わされたような気まずさが漂い始めていた。

茶屋四郎次郎は、坂本の頼辰の屋敷を訪れていた。

二人は権大納言・山科言継を通じて五年前から親交があった。

「石谷さま、父から《珍しいものが手に入ったのでお届けせよ》と、託って参りました」

景徳鎮の陶磁器を取り出した。

「おお、これは以前からお頼みしていた品物です。手に入りましたか、ありがたい。お父上に喜んでおった、とお伝えください」

と、相好を崩した。

四郎次郎は深く触れず、

「言継卿がお亡くなりになり寂しくなりました。もうすぐ一年になります。来月には お世話になった方々をお招きして偲ぶ会を開こうと考えております。石谷さまも是非 お越しくださいませ」

「もう一年になりますか。わたしも大納言さまには大変お世話になりました。卿が内蔵頭の頃からお引き立てをいただきました」

「そうでしたか。それにしても、今の朝廷にあれだけのお方はおられませぬ」

「もちろんです。朝廷の財政立て直しの立役者です」

当時を懐かしむように空を見つめた。

「父からも聞きましたが、多くの大名にも人脈があったそうで、大名が上京すると必ず大納言さまの元を訪れておられたようです。右府さまも関白の近衛公よりも信頼されておられました」

「わたしもどれだけ世話になったか分かりませぬ。今日あるのも卿のおかげです。必ず偲ぶ会には寄せていただきます」

「石谷さま、四国のことも心配の種でございましょう」

頼辰の胸の内に迫ってきた。

「もう耳に入っていますか。秋に土佐へ行ってきましたが、元親殿は引き下がる気など毛頭ありませぬ。いずれ、戦は避けられない、と思うております」

「勝ち目のない戦でも、覚悟の上で」

「その、ようです」

「元親さまは勘違いされているのではありませぬか。土佐までは取られまいと……」

「おそらく……」

「そんな甘い考え、右府さまには通じませぬ。それをご存じない」

「口をすっぱくして説きましたが……殿からも再度、足を運べと言われております」

「茶屋は石谷さまや斎藤さまには恩義があります。どのような無理もお聞きする覚悟でございます」

「かたじけなく存じます。おそらく判断に迷う時が来ると思います。その節には、茶屋殿のお力が頼りです」


　福知山から宮津に通じる晋甲道は、河守の里を過ぎると由良川とも別れ伝説で名高い大江山への山道に入っていく。

　内宮の里から佛性寺まで来ると石畳の道が整備されていて、晋甲峠にかけての渓流沿いには藤の花が見頃を迎えていた。

光秀主従と里村紹巴は、源頼光が鬼退治の際に憩いを取ったと伝わる鬼ケ茶屋に立ち寄っていた。

室内には鬼退治の襖や酒呑童子が使用したという茶碗などが飾ってある。

同行した荒木行信と佐伯琉之介は我を忘れて見入っていた。

しばらくして、

「琉之介、頼光の鬼退治や俵藤太の三上山の百足退治など、昔から悪を裁く伝説が各地に残っている。わしは無論信じていないが、こうして襖絵を見ていると引き込まれてしまう。摩訶不思議と思わぬか」

「さようでございます。悪いことをすれば天罰が下るという戒めだと思いますが、どういう謂れで、誰がこのようなものを残していくのか不思議でございます」

「確かに」

宮津の城下町を見下ろすところまで下がってくると、改修中の城のはるか前方に、天橋立の長い松林が陽を受けて輝いている。

初めて目にする光秀一行は、その美しさに息を呑むばかりであった。

「琉之介、土佐の海とは逆だが、あの松林の先もどこまで続いているのか想像もつかぬ」

「行信さま、海は果てしなく広く際限がありませぬ。日の本に来ているバテレンは、何年もかけて天竺よりも更に遠いところから命がけでやってくるそうです」

「さようか……わしには分からぬ。何のために、命をかけてやってくるのか」

「聞き及ぶところでは、イエスさまという偉いお方の教えを広めるためだとか……」

「いいや、それだけではあるまい。人間の欲に限りはない。異人とて同じに違いない」

「それはそうです。戦と同じです。何のために戦をするかといえば、領地や富を得るために戦うのです」


宮津城は、北側の宮津湾に面して築かれた平城で、東西五〇〇メートル、南北二五〇メートルの規模で、三層の本丸を挟んで東、南に二の丸を、更にそれを囲うように東、南、西側に三の丸を配置し、二の丸と三の丸の境に内堀を、三の丸の外側は西側の大手川を利用して外堀を設けていた。

「ようこそお越しくだされた。《住めば都》とは、言い得て妙です。当初は都を離れて、慣れぬ地に戸惑いもありましたが、山海の珍味は都では味わえませぬ。それに天下の名所が心を癒してくれる。これほど優雅な暮らしは初めてでござる」

藤孝が満面の笑みであいさつした。

「そのようでございますな。お顔が輝いておられる」

応じる光秀は、藤孝の何の憂いもない態度が羨ましく思えてならなかった。

「藤孝さま、連歌の題材には事欠きませぬな」

紹巴が持ちかけると、

「さようでござる。紹巴殿に教えを乞うためわざわざお越し願った。お気に召されたようで、来ていただいた甲斐があるというものです」

「心躍る心境です。かような良きところでしたら、幾度、お招きいただいても喜んで参りまする」

紹巴は、早、明日の天橋立行を心待ちにしているようである。

「日向殿、昨年の暮れ忠興に嫡男が生まれまして、二児の爺になり申した」

「おお、それはめでたいことでございます。わしにとっても外孫ゆえ、嬉しく存じます」

三年前、光秀の三女珠子は、信長の仲介を受けて藤孝の嫡男忠興に嫁いでいた。

噂をしていると忠興と孫を抱いた珠子が書院を渡ってきた。

忠興は、

「義父上、ようこそお越しくださいました。馬揃えの折にはお世話になりありがとうございました。おかげで、上様からもお褒めの言葉を賜り面目を施すことができました」

丁重に頭を下げた。

「忠興殿の若武者ぶりは際立っておりましたぞ。それに上様が着用されていた《濁紅の錦の小袖》は忠興殿が献上されたとお聞きしましたが……」

「はい。まさか着用されるとは思っておりませんでした。都中を探し回った甲斐がありました」

「その上、ご嫡男を授かるとは、細川家も万々歳でございまする」

「ありがたく思っております。珠子の手柄でございます」

「珠子、幸せそうで何よりじゃ。忠興殿や義父上もお喜びで、わしも嬉しく思うぞ」

「ようこそお越しくださいました。お父上もご健勝で何よりでございます」

更に、

「熊千代という細川の由緒ある名前をつけていただきましてございます。一度、抱いてやってくださりませ」

珠子は光秀に手渡した。

「おお、藤孝殿に似て福福しい顔立ちじゃ。立派な武者になること間違いない」

光秀は、熙子に瓜二つの顔を見て、

「忠興殿、大事にしていただき、親としてこれほど嬉しいことはござらぬ。草葉の陰で熙子も喜んでいるだろう。御礼を申し上げる」

光秀は亡き妻の姿を思い浮かべながら、珠子に孫を返した。

「日向殿、亡き奥方に似て実に良き嫁御でござる。忠興とは歳も同じゆえ、仲の良いこと、見ておれぬ」

藤孝は満更でもなさそうに、忠興に代わって応じた。

珠子は熊千代を連れて退がっていった。

忠興は、

「わたしは、織田家当主の信忠さまの《忠》を諱にいただいております。父からも織田家あっての細川、ときつく申し渡されております。これからも、日向守さまに従い、織田家に忠勤を励んでまいります」

「忠興殿の覚悟、この光秀、肝に銘じてござる。明智とて同じ思いじゃ。共に力を合わせていきましょうぞ」

「与一郎、存じておろうが、こちらに居られるのがわれらの連歌の師匠、里村紹巴殿でござる」藤孝が頃合いを見て忠興に紹巴を引き合わせた。

「はい。お噂はかねてよりお聞きしておりますが、お目にかかるのは初めてでございます」

紹介された紹巴は、それまでのにこやかな顔を更に崩して、

「里村紹巴にございます。若殿には馬揃えを始め幾度か拝見しておりますが、言葉を交わすのは初めてでございます」

「そうでございましたか。それは失礼をいたしました」

丁寧に頭を下げ、あいさつした。

「与一郎、紹巴殿には、お主に連歌を教えていただくためお越し願ったのじゃ」

「それは願ってもないこと、よろしくお願い申し上げます」

「忠興さま、皆さまの命のやりとりと違うて連歌など、ただの言葉の遊びでございます」

「かも、しれぬが、奥が深くてわしらは何時も紹巴殿に手直しばかりじゃ」

そうでもなさそうな顔で藤孝が応じると、

「何を仰せです。日向守さまや藤孝さまは当代随一の腕前でございます」

と持ち上げた。

事実、多くの武将が茶や連歌に勤しんでいたが、二人は群を抜いて教養人であった。

「紹巴さま、連歌とは何か難しい取り決めなどがあるのですか」

「若殿、少しも難しくはありませぬ。自分の感じたことを素直に五七五と七七の音節で表せばよいのです。ただ、五七五の上の句と七七の下の句をそれぞれ別の人が詠むぐらいです」

紹巴が説明すると、藤孝が、

「そう言ってしまえば簡単だが、それを交互に百句続けて一作になるのじゃ。わしらにはそれが続かぬ」

「その通りでござる。藤孝殿と同様、わしもとてもではないが紹巴殿の足元にも及びませぬ」

光秀も応じた。

「連歌談義はこれぐらいにしておこう。明日、天橋立へ出向いて紹巴殿に教えを乞うのが楽しみでござる」

福知山から黒井へ廻る光秀主従と別れて、綾部から京を目指した行信と琉之介は、亀山城で城主、光慶と会っていた。

「若殿、大殿は内蔵助さまに会いに行かれました。帰り道にこちらへお寄りになられます」

「承知した。ところで行信と琉之介は同行しなかったのか」

「はい、昨年、石谷さまとお伺いしましたので今回は遠慮いたしました」

「内蔵助は息災なのか」

「はい、末の娘御もお生まれになり、若返られた感がありまする」

「それは重畳。話は変わるが、行信に尋ねたいことがある」

「何なりと」

「お亡くなりになられた、信康さまのことじゃ」

「若殿、ご存じでしたか」

「溝尾の爺が、信康さまの二の舞にならぬよう用心せよ、と申しておった」

「そうでしたか、でも、若君は素直で律儀でございます。信康さまとは性格が正反対でございます。御心配には及びませぬ」

「琉之介は伊賀の手練れと聞いておる。わしは父上から読み書きは習ったが、武芸は教わらなかった。一人前の武将になるには武芸も必要であろう。教えを請いたい、と思っておる」

「若殿、戦国の世から戦のない世に変わろう、としております。これからは、わしらのような武芸だけの者は必要ありますまい」

「かもしれぬが、琉之介に憧れるのじゃ」

あどけなさが残り屈託のない光慶は、琉之介の精悍で人を引きつける容姿に、眩しさを感じていた。


京へ戻った行信らは、四郎次郎に会い、半蔵から何の言付けもないと聞き、二人は急ぐともなく逢坂の関を目指していた。

琉之介は日によって行き来を替えていた。服装も武士姿から修験者、僧侶、商人、女装まであらゆる姿に変装し、顔面もそれに応じて変幻自在であった。

逢坂の関は東から京へ通じる唯一の幹道で、信長が安土に城を築いて以来、楽市楽座が各地で施行され関銭の撤廃等、経済の流通が活発になるにつれ、都と安土の行き来が増え、往来は賑やかであった。

また、治安も良くなり、大津港に荷揚げされた物資の運搬も盛んで、略奪横行も極端に少なくなっていた。

秋が深まりつつある。

峠に近づくにつれ紅葉した楓の色が増している。

琉之介は西日を浴びながら伏屋姫のことを考えていた。

師匠の保章に育てられ、伏屋と同じ屋根の下で寝起きしてきた。

歳は五つほど上であったが、弟のようにかわいがってくれた。

忍びの技も幼い頃は伏屋の真似をして学んでいた。

光秀の側室として伊賀を去るまでは実の姉であることに疑いもしなかった。

伏屋が去って、初めて姉弟ではなく従姉弟であることを知り、それ以来、淡い慕情を抱くようになっていた。

伏屋は光秀に嫁いで三年になるが、子どもには恵まれていなかった。

保章より子どもができた時は、引き取って服部半蔵に預けるようにも言われていた。

琉之介はそう命じられて、自分もそうして親から引き離されて育ってきたことを改めて知ったのであった。

峠を越えると、琵琶の湖が見えてきた。

夕日を浴びた湖面はいうに及ばず、大津の港に出入りする帆掛け船が光っている。

刈り入れを待つ稲穂も黄金のごとく輝いている。

伊賀では考えられない豊かな近江の国の情景が、琉之介を勇気づけていた。

淡路島

「琉之介、伊賀の国が壊滅したと」

「はい。無念でなりませぬ。かろうじて生き延びた者から知らせがありました」

「保章殿の安否は」

「行方が分かりませぬ。知らせの者も、我が身のことが精一杯で、最後の姿は誰も見ていなかったようでございます」

「それは、心配だ。保章殿のことだから生き長らえている、と思うが……」

　天正九年（一五八一年）九月三日、信長は安土城で軍議を開き、六日から一斉に柘植口から丹羽長秀、滝川一益ら一万二千人、玉滝口から蒲生氏郷、脇坂安治ら七千人、多羅尾口から堀秀政ら三千人、伊勢地口から北畠信雄本隊、織田信澄ら一万人、大和笠間口から筒井順慶、大和衆ら三千人、同じく長谷口から浅野長政ら七千人の計四万二千余が伊賀に侵攻していった。

迎える伊賀郷士は各地で果敢に抗戦したが、信長の《女子どもに至るまで、漏らさず抹殺せよ》との下知により、僧、稚児、下男に至るまで虐殺され、砦に籠もる伊賀侍ら男女数千人も斬殺または火中に身を投じていた。

更には、伊賀侍の中から寝返る者もあり、自ら伊賀掃滅の道案内に立ち間道、隠し砦、女子どもの隠れ場所まであばかれ壊滅していた。

まさに、伊賀全土が草木一本に至るまで焼きつくされる過酷さであった。

「この仇は必ず晴らさねばなりませぬ。でなければ、わしら伊賀を出た者が、皆に合わす顔がない……」

琉之介は東の空を睨みつけながら固く心に誓っていた。

「されど、早まってはならぬぞ。必ず、好機はあるはずじゃ」

「はい。分かっておりまする。私憤のみで済まされることではありませぬ」

「琉之介、わしは徐々に機が熟してきたと見ておる。四国のこと、毛利のこと、武田のこと、すべてが右府さまの思い通りに進んでいる。右府さまは必ず安土から出て隙を見せるはずだ。その時こそ、仇を討つ絶好の好機、と思っておる」

「行信さま、わたしが信長を狙っていることを、石谷さまに見抜かれました。が、茶屋さまや徳川が背景にあることはご存じありませぬ。いつ頃、どこまで本当のことを話してよいか、迷っております」

「話す必要はあるまい。某とて、琉之介の足手まといにならぬよう心がけておる」

二人は聞かれぬよう用心をしながら、自然と足は茶屋四郎次郎の方角に向かっていた。

四郎次郎は、斎藤兄弟が信長に叛く確率が高くなった、と確信を深めていた。

「過日、所要があって石谷さまとお会いした時、胸の内を探ってみましたが、四国征伐になった場合、元親さまに肩入れされると拝見しました」

「わたしも、そう見ています」

「いずれにしても、もう少し見定めましょう。わたしは、更に探りを入れておきます」

「お願いいたします。ところで茂林殿は」

「光幡殿は播磨へ出向いています」

「播磨へ」

「因幡の鳥取城を陥れた筑前殿が、淡路島に出陣するとの知らせが入りました」

「何、淡路島へ……また、大殿が歯ぎしりされまする」

「元親殿も黙ってはおられまい。これで、三好に代わって織田との全面戦争になります」

「雲斎さまから言伝はありましたか」

「特別変わったことはないが、早まるな、と」

「はい。心します」

「駿河も風雲急を告げているようです。武田が最後まで死守していた高天神城を徳川方が奪い返しました。勝頼は城主の岡部元信の要請に援軍を送れなかったらしい」

「信玄も落とせなかった城、と聞いていますが……」

「さよう、勝頼が力攻めで奪い取った堅城です。が、それが過信となって長篠の大敗に繋がった、いわくつきの城です」

「岡部元信といえば、今川の旧臣、それを見捨てたとなると、勝頼の威信も地に落ちましょう」

「確かに。かつての高天神城は、遠江や三河攻めの前線基地として価値がありましたが、ここ数年の間に、周りの支城を徳川に落とされ陸の孤島となった、今では……」

「犠牲を払ってまで援軍を送る価値はなかった、と……」

「これで武田は……崩壊するかもしれませぬ」

「大殿にも、淡路島と武田の件は伝えまする」

琵琶の湖は早くも雪が舞い散る季節を迎えていた。

漁にでる小舟も岸に繋がれたままで、姿は見られない。

天正七年に丹波を平定して以降、戦から遠ざかっている光秀は、明智を取り巻く環境が様変わりしていく状況に焦りを感じていた。

その上、輪をかけたような秀吉の淡路島侵攻であった。

従来、四国の取り次ぎは光秀の役目であった。

その努力が水の泡になろうとしている。

坂本城の一室で、内蔵助も交え対応策が話し合われていた。

「筑前殿の動きは目まぐるしい。十月末に鳥取城を攻め取ると、早、淡路島に侵攻しておる」

「阿波の篠原肥前守が羽柴殿に援軍を要請したとのことです。上様もお許しになり、池田元助（恒興の嫡男）と黒田官兵衛が先陣として淡路の岩屋に入ると、城兵は抵抗もせず降伏した由にござる」

頼辰は苦虫を嚙み潰したような顔で説明した。

「殿、これでは明智の面目、丸潰れです。いかがされます」

内蔵助も、悪化する四国対策に苛立ちを覚え始めていた。

「洲本城や由良城も降伏したらしい。これで淡路島も織田の勢力下になった。元親殿の怒りが目に浮かぶ」

光秀は自嘲気味に呟くしかなかった。

「夏には鳥取まで食糧を運び入れるなど赴援を受けているのに、筑前殿の恩義を忘れた行動は腑に落ちませぬ」

「いかにも、内蔵助の言う通りだ」

頼辰が怒りを顕《あらわ》にすると、湖を眺めていた溝尾庄兵衛が、

「筑前殿は帰潮を心得ておる。頼まれた手前、淡路島に兵を出したのではないか」

と水をさした。

藤田伝五郎も、

「そうかもしれぬ。四国の儀は明智であること承知しておるはずじゃ。中国の差配を捨ててまで深入りされることはなかろう」

「いや、抜け目のない筑前ゆえ、何を考えておるか分からぬ。明智など歯牙にもかけておらぬわ」日頃から武威自慢の安田作兵衛が吐き捨てた。

「いかにも。高慢ちきには腸が煮え返る」

可児才蔵が戦から遠ざかっている苛立ちを顕にして言い放った。

「皆の気持ちは痛いほど分かる。上様の裁量だとしても筑前殿も遠慮あってしかるべきだ。あまりに明智を無視した差配は、わしも納得しかねる」

光秀は頼辰や内蔵助の思い以上に、自分と秀吉の立場が逆転していくことに、憔悴した面持ちであった。

「頼辰、無理なことは承知で再度、元親殿を説得してくれ。手を尽くさねば、後日、必ず後悔する……」

「承知いたしました。早々に行信、琉之介と参りまする」

「それがよかろう。一刻を争う。わしも上様に四国征伐の先陣をお願いする」


師走も押し詰まった堺の町は、行き交う人々で賑わっていた。

信長に自治権を奪われ、奉行が差配する地になっていたが、依然として納谷衆の財力は莫大で、堀を囲み私兵を雇い自治都市の名残を保っていた。

また、国内外の拠点として商船の出入り、物流の集積、文化人の交流等、この時代の先端をいく開放感あふれる町であった。

頼辰らは土佐の浦戸へ行く船を待っていた。

　堺に到着した時は、運悪く出港した後でそれ以降、冬の名物木枯らしが吹き荒れ、時化のため足留めを食らっていた。

「行信、この分では年内に土佐へ渡れぬ」

「そのようでございます。急ぐ時ほど、焦らされまする」

「うむ、これも時の運だ。われらの力の及ばぬところで物事が定まっていく……」

　姿が見えなかった琉之介が戻ってくると、

「石谷さま、今井さまの宿舎でお待ちください。わたしは少し町衆の動向を探ってみます」

　と言い、二人を残して町の中に消えていった。

　頼辰は、

(殿は元親殿の翻意を促せと仰せだが、それは不可能に近い。とすれば、わしも進退を決めねばならぬ。わしは信長に義理や恩義はない。むしろ信長が亡くなった方が都合はよい。琉之介に力を貸してみよう。面白いことになるやもしれぬ)と、意を決した。

　琉之介は町衆に姿を変え、河岸で働く人々の輪の中で酒を振る舞っていた。

「さあさあ……飲んでくだされ。どうせこの気色じゃ、船は出ねえ。一人では面白くねえから、皆さんと気晴らしの酒盛りじゃ」

「おお……これはすまねえ。兄さん、若いのに気が利くじゃねえか……おらあ、これがないと力が入らねえ。喜んでいただくぜ」

いつの間にか、数人の河岸人が琉之介を輪の中にして飲み始めていた。

「若いの、どちらから来なすった」

「わしは生まれたとこが、どこか知らねえです。物心ついた時は、猿楽師の手伝いをさせられて諸国を廻っておりました」

「そうかい。そりゃ苦労しなすった。その割には、気前がいいではないか」

「うん。ちと、泡銭が入ったもので」

「そりゃ、羨ましい。まあ、そんなことどうでもいいや。酒が飲めりゃ、な」

最初から飲んでいる渡世人が、

「そうよ、そんなこと、詮索するんじゃねえ……どうせこんなとこで働く人間なんか、碌な生き方してねえ……よ」

「そりゃそうだ。ところで兄さん、どうして堺に来なさった」

琉之介が最初の河岸人に声をかけた。

「わしの生まれは播磨の三木でよ、親父は小作で食うや食わずの生活じゃった。わしは、そんな暮らしが嫌で家を飛び出してお武家の下男をしとった。二年前にお殿様が腹を切って滅ぼされてしまった。あの時の惨めさは、言うに忍びない有様での……食べるものが何もなくて、牛はおろか馬まで食うてしもうた。馬食ったら、戦に勝てる訳なかろう」

「そうでありましたか。あの戦は餓死する人がたくさん出た、と聞いておりますが……」

「ほんにその通りよ。わしの仲間も骨と皮だけになって死んでいった……」

「これは、嫌なことを思い出させてしまった。許してくだされ」

「いいのじゃ……もう、済んでしまったことだから」

「あの秀吉とかいう武将は、衆を頼んで碌な戦もせず、なぶり殺しが得意と聞いたが、ほんにそうであったか……」

黙って酒を飲んでいた髭もじゃの無頼人が口を挟んできた。

「わしは……」

「何でございます。言いたいことがあれば、口に出した方がすっきりしますよ」

琉之介が誘い水を向けると、

「信長めに……妻や子どもまで焼き殺されてしもうた。わしらはただ、寺の坊主が長島の願証寺に行って『なむあみだぶつ』を唱えるだけだからついてこいと言うので行っただけじゃ。それが、竹槍を持たされて戦えと……そんなもん、勝てる訳ないじゃろ。相手は鉄砲を持った侍じゃぞ。しまいには食らうものもなくなり餓死する者が仰山おった。最後は、信長めが寺や砦に火をかけて焼きつくしよった。地獄であった。今でも子どもの泣き叫ぶ声が、耳から離れぬ……」

「そ、それは……おぞましいことじゃ」

「それに、まだある。荒木とかいう殿様が信長から寝返って城から抜け出したら、残った女、子どもら数百人を切り殺した、というではないか」

「うむ……それは、わしも見た。まさに地獄であった。戦で死ぬのは侍の勝手だ。わしらは何とも思わん。そやけど、罪もない女や子どもまで殺すことないやろ」

「そういえば、ついこの間も、その荒木とかいう家来を匿ったとかで、高野山の偉い坊さんが数千人も殺されたというではないか」

「それは、本当か。そんな悪魔みたい奴が天下を取るとは、世も末じゃ。神も仏も、よもや黙っておられまい」

「そんなもん、ある訳ないじゃろ。坊主といえども、わしらを虚仮《こけ》にして、甘い汁を吸うておる」

「そんなら、わしらはどうすりゃいいのじゃ」

「うむ……わしらを思うてくださる殿様のところへ、移り住むしかなかろう」

「そんな殿様なんかいるものか。民百姓のことなんか、牛や馬ぐらいしか思うておらぬわ」

「いや、三木の奥の方から来た奴が言うておった。明智とかいう殿様は、今までの殿様と違うて税を低くしたり、田畑を洪水から守ったりして、わしらのことを思うてくださると……」

「ほう……そんな奇特な殿様がおられるのか。そんなら、わしも住んでみたいものじゃ……」


堺の港を出ると、陸に沿って進んでいた船が面舵を切って淡路島の洲本を目指して疾走し始めた。

甲板で冷たい風に身を晒していた琉之介は、帆を操っている舵手に、

「淡路島に寄るのか」

と尋ねた。

「うんだ。戦があるとかで、鉄砲や刀、食糧を洲本へ運ぶだ」

「へえ……また、戦となー……」

「らしい。河内の三好さまの依頼だとか聞いたが、詳しいことは知る訳ねえだろう」

「そりゃそうだ。どうでもいいことだもんな」

時化の治まった紀伊水道は、出港待ちしていた船で行き交っている。

行信たちの乗った船は、洲本の港を再び出港すると、北西の風を受け阿波の国を回り込むように、室戸岬を目指して航行していた。

「石谷さま、笑岩が物資を淡路に集結しています。戦の前触れです。どうしても元親さまが納得されない時は、どうされます」

「さようか。笑岩が先陣の用意となー……」

「洲本に寄ったのは、そのためです」

「……元親殿が退かない場合には……それを、坂本を出る時から考えておった」

「腹が、定まりましたか」

「わしは、右府に恩義はない。戦になれば、元親殿夫婦を助ける覚悟をした」

「さようでございますか。それがよろしゅうございます」

黙って二人の話を聞いていた行信は、

「琉之介、右府を殺める自信は」

「自信などありませぬ。が、やり抜かねば、身どもが生きている意味がありませぬ」

「相分かった。心に留めておこう。わしも、お主と同じ思いだ」

「それにしても海は広うございます。土佐からなら何処にでも行くことができます。首尾よく事が運べば、ルソンにでも渡ろうか、と思います」

「琉之介、若いということはよいのう。わしは、戦がつくづく嫌になってきた」


船は朝日を受けて浦戸湾をゆっくりと進んでいた。

前方には岡豊城の天守が輝いている。

畿内では考えられない暖かさである。

一昨日までの身を切るような風は止み、春を思わせる陽気が早、梅の便りをもたらせていた。

岡豊城内は新しい年を迎えた雰囲気はなく、重苦しさが充満していた。

昨年の羽柴軍の淡路島侵攻を巡って意見が分かれていた。

阿波の木津城主篠原肥前守、土佐泊城主森志摩守村春らが抵抗を続けており、三好笑岩の画策で、元親に屈した旧三好一党にも動揺が広がっていた。

家臣の中からも福留儀重らの保守派は、信長の要求を受け入れるべきと進言していたが、元親は聞き入れようとはしなかった。

　元親に会った頼辰は、

「元親さま、淡路島の侵攻で見られるように、右府さまは間違いなく四国征伐を決意された。すでに笑岩が淡路に武具を集結しております。今しかございませぬぞ、講和を申し出るのは。さもなくば、長宗我部は潰される」

「うむ……信長め。朱印状を反故にした挙句に、征伐とは……腹の虫が治まらぬ」

「お怒りはご尤もなれど、ここは冷静になって戦の勝ち負けを見極めねば、長宗我部はなくなりまする」

「……日向守殿は、いかが思し召しぞ」

「殿も、我慢が肝要、と」

「日向守殿を頼みにしておったが……あの猿冠者に取って代わられたか」

「それぱかりとは申せませぬ。元親さまが右府さまの性格と、よう似ておられる」

「わしが、信長と、似ておる……わしは……信長みたいに非情な男ではない。それが証拠に、人質を殺したりはせぬ」

「違いありませぬ。されど、戦に関しては、一歩も引かれぬ」

「当たり前だ。まして今回は、十年来の努力が水の泡になろうとしておる。承服できると思うてか」

「お気持ちは重々承知しております。が、引き下がらねば、妻子を始め親族に至るまで惨殺されます。多くの家臣やその家族の命も失われます。それでも構わぬと、言われますか」

「……負けるとは限らぬ」

「元親さまは織田の力を甘く見ておられる。今や二十万を下らぬ軍勢ですぞ。優に長宗我部の五倍は超えております。戦になれば、右府さまは容赦されませぬ。劣勢になってから降伏は許されませぬ。負ければ、草木一本に至るまで蹂躙されます」

「しれたこと。戦など人の数ではない。兵の強さだ。この四国の複雑な地形が味方してくれる。信長のまともな戦は、桶狭間で今川義元を奇襲した時ぐらいだ。意気地なしの証拠に、信玄や謙信を恐れておったではないか」

「四、五年前とは状況が違います。今や、右府さまに手向かえる者など、日の本にはおりませぬ」

「おる。このわしがおる。一矢報いで、何の土佐武士ぞ」

　頼辰は匙を投げかけていた。

押し問答である。

ああ言えばこう言う。話は堂々巡りで説得も何もあるものではなかった。

武田征伐

「殿、申し訳ありませぬ。元親殿は聞く耳、持ちませぬ」

頼辰はそれだけ言うのが精一杯で、うなだれたまま顔を上げることができなかった。

「やむを得ぬ。これも定めかもしれぬ」

光秀は腕を組み虚空を見つめたまま、無念の思いを噛みしめていた。

春の遅い琵琶の国にも梅の満開の季節を迎えている。

比叡比良から湖北の峰々は残雪が光り輝いている。

寒モロコの漁であろう、湖面を小舟が水澄ましのごとく忙しく動いている。

岸辺には帰り支度を終えたのか、丸々と肥えた鴨が浮いている。

坂本城内は重苦しい空気が漂っていた。

居並ぶ重臣も思案に尽きたのか口数も少なく、春を迎えた湖面を眺めるしか目のやり場がなかった。

「とりあえず、上様に報告せねばなるまい」

光秀は意固地な元親の顔を思い浮かべながら、成り行きに任せるしか道はない、と腹を括ることにした。

「頼辰、明日、安土へ行く。あれこれ議論しておっても始まらぬ。すべては上様のご裁断次第だ。明智としては従うしかあるまい」

結論を下すと、己の無力さを思い知らされていた。


「光秀、四国の取り仕切り、お前には任せられぬ」

「上様、そ、それは……余りにも非情な仰せかと……」

「ほざくな、光秀。元親ひとり口説けぬくせに。それ程申すなら、元親の首を取ってこい」

「そ、そればかりは……平伏はさせまする。が、何も命まで取らなくてもよろしいのでは……」

「手ぬるい。お前には、わしの大志が分かっておらぬわ」

「わ、分かっております。上様の大志が、戦国の世を静めてこられたことを……」

「バカモノ……小賢しいことを吐かすな。お前に、分かってたまるか……」

「…………」

光秀は首を垂れて無言で聞いていた。

「わしは、二度と戦国の世に戻してはならぬ、と思うておる。そのわしの気持ちが、お前に分かってたまるか」

「…………」

「元親は言うに及ばず、勝頼、景勝、氏政、輝元らは戦国の世を生きてきた。わしと同じ血を吸うてな。彼奴らも戦が身体に沁みついておる。もし生かしておいたなら、必ず、織田への恨みを晴らそうとする。さすれば、わしが死んだ後、大乱が起こるは必定。よって、生かしてはおけぬのじゃ」

「仰せ、ご尤もでございます。されど、生かす道も、あるのではございませぬか」

「まだ吐かすか。そんな甘い考えだから、元親一人口説けぬのだ。頭を冷やして、よう、考えろ」

信長は、一旦言い出したら、家臣の諫言を聞き入れることはなかった。

それを十分知りつくしている光秀であった。が長年、四国の取り次ぎを任じてきた光秀としても、簡単には引き下がれぬ事情を抱えていた。

光秀が必死に抗弁するが、信長はその態度が小癪で気に入らなかった。

頑固で分からず屋としか映っていなかった。

信長の怒りが頂点に達しようとしていた、その時、三層の居間に祐筆の武井夕庵と小姓の森蘭丸が渡ってきた。

蘭丸が両手をついて、

「申し上げます」

信長の鬼のような形相を見て言いよどむと、

「構わぬ、申せ」

怒りが炸裂しかねない厳しい言葉であった。

「美濃苗木城主、遠山友忠さまの使者がお見えになりました」

「そうか、とうとう参ったか。直ぐに、通せ」

信長は怒りを爆発させていたが、収める手立ても考えている、その矢先であった。

「ハハッ……」

返事をすると、蘭丸は退がっていった。

「夕庵、義昌が腹を決めたぞ。これで勝頼の命脈が尽きたわ」

「そのようでございます」

光秀は驚きの眼を信長に向けた。

信長が安土の城ですべての戦線の差配をしていることは光秀も承知していた。が、戦略の核心部に手を打っている、とは思ってもいなかった。

光秀は改めて信長の稀有な戦術眼に驚嘆した。

(わしは信長という男を、軽く見ていたかもしれぬ。家中で一番早く城持ちになったのを鼻にかけ、他の誰よりも秀でていると自惚れていたのだ。わしは信長の差配を受けることなく丹波を攻略したが、波多野兄弟の件が良い例だ。あの時も、兄弟に約束する前に、信長の意向を確認すればよかったのだ。その点、秀吉は心得ている。成果を自分の手柄とせず信長におもねている。それが、宇喜多や三好が秀吉を頼っていく要因になっている。武田のことも、信長がすべて裏で絵を描いている。わしなど、足元にも及ばぬ)

蘭丸の後に続いて部屋の隅に控えた使者が、婆沙羅髪から紙縒《こより》を取り出すと、

「遠山からの書状でございます」

恐る恐る蘭丸に手渡した。

信長は、

「夕庵、友忠の花押に相違ないか調べよ」

「ハハッ……」

と答え、蘭丸から書状を受け取りおもむろに開け、持参している花押の控えと照らし合わした。

「上様、遠山友忠殿の花押に相違ございませぬ」

「相分かった。読んでみよ」

夕庵は声を出して読み始めた。

「取急ぎお知らせ申し候《木曾義昌儀、弟、上松蔵人を人質として差出し、恭順いたし候。友忠》以上でございまする」

「蘭丸、使者に伝えよ。明後日、武田征伐に出陣する。友忠は義昌を案内役に木曾路を進め」

まさに、電光石火であった。

信長は軍議という悠長な手段を一切取らなかった。

各地からの情報を自身で分析し決断を下すと、相手の出方、考えを素早く察知し意表をつく戦法が信長の戦術であった。

「光秀、聞いたか。勝頼自ら墓穴を掘ったわ。義昌といえば、勝頼の義弟ぞ。それが寝返るとは、考えもしておるまい。勝頼の傲慢さが招いた結果だ。大軍で押し入れば、雲散霧消する」

「仰せの通りと存じます」

光秀は、意見を述べる気力を失っていた。

「これが、信長の戦ぞ。戦わずにして勝つ。天下取りの戦じゃ」

言い放つと、更に、

「夕庵、用意した書状、手筈通り配るのだ。総大将を信忠に命じる。総勢十万を超える軍勢だ。勝頼などひと溜りもないわ」

「委細、承知つかまつりました」

「光秀、お前にも命じる。直ちに坂本へ立ち帰り甲州征伐の用意をいたせ。順慶、忠興も同道せよ。但し、人数は少なくてよい。安土を出立するのは、三月五日とする」

光秀は四国征伐の議論は、すでに遅きに失していることを改めて思い知らされた。


信長は永禄三年（一五六〇年）五月、桶狭間で今川義元を破って以来、武田信玄の武威を恐れ徹底して懐柔策を取ってきた。

尾張の津島に集積される豊富な海産物や京から取り寄せた屏風などを贈り物にして、信玄の機嫌を取り結んできた。

永禄八年（一五六五年）には、信長の養女を信玄の四男勝頼へ嫁がせもした。

永禄十年八月、斎藤龍興を滅ぼし美濃平定、翌十一年足利義昭を奉じて上洛後も、信玄が上洛の構えを見せると、元亀三年（一五七二年）十一月、上杉謙信と軍事同盟を結び、信玄の封じ込めに心血を注いできた。

同年十二月、信玄が西上を開始すると一転して交戦状態に入り、三方ケ原の戦いでは佐久間親子や平手汎秀らを家康の赴援に派遣した。

翌年、三河の野田城交戦中に信玄が急死すると、織田と武田の立場は逆転していった。

実に二十数年に及ぶ攻防の決戦が、信長の圧倒的に有利な状況下で行なわれようとしていた。

二月中旬、総大将信忠を先陣に信州へ一気になだれ込んでいった。

十六日には武田の先鋒、諏訪郡代今福昌和が木曾谷の鳥居峠で織田の先鋒、木曾義昌、遠山友忠らと遭遇、今福は惨敗を喫して後退。

信忠本隊の先鋒、森長可、団忠正らが美濃と信州の国境、岩村城を落とすと、伊那口から一気に侵入し、伊那城、松尾城も簡単に落とし、飯田城の保科正直は戦わずして逃亡してしまった。また、大島城を守る信玄の弟武田逍遙軒も、一戦も交えず城を空けて出奔する有様であった。

一方、駿河口は早くから家康に帰順を表していた駿河江尻城主穴山梅雪、田中城主（藤枝市）依田信蕃が降伏し、家康は難なく駿河の国を占領した。

勝頼も諏訪本家の居城、上原城まで出張っていたが、各地の敗戦を聞き及ぶに至って、新築なった新府城まで退却を余儀なくされていた。

唯一の抵抗は、勝頼の異母弟、仁科盛信が高遠城に立て籠もっていたが、信忠の降伏勧告にも応じず、勝頼からつけられた副将、小山田昌成以下三千の兵で五万の大軍を迎え討ち、華々しく戦って全員討死を遂げていた。

三月五日、信長が安土を出発した時には、武田軍の動向はすでに報告されており、戦後処理の機運が高まっていた。

岩村城は、天涯の要塞であった。

七一七メートルの城山山頂にあり、岐阜城から信濃の国伊那谷へ通じる最短の地に築かれていた。

信長が岩村城に到着した三月十一日、勝頼は譜代家老衆の小山田信茂に裏切られたことも知らず、信茂在城の岩殿山城（大月郊外）を目指していた。

その間にも離反する兵士が続出し、譜代の重臣、長坂釣閑斎とその息子長坂筑後守も逐電する有様であった。

笹子峠の近く鶴瀬まで来ると、信茂に騙されたことに気づき、当初の方針通り、真田昌幸が待つ上野岩櫃城に行き先を変えようとしたが、すでに従う兵士は四十余名にまで激減していた。

勝頼は織田勢の先手、滝川一益の追撃を凌ぐのは無理と判断すると、武田ゆかりの地、天目山で最後の一戦を交える覚悟を定めた。

長坂釣閑斎の諫言で、勝頼に蟄居を命じられていた小宮山内膳友晴も駆けつけ、最後までつき従う跡部大炊助、土屋昌恒、勝頼の嫡男信勝らが奮闘するも多勢に無勢、勝頼、妻の由布の方を始め全員が花と散っていった。

伊那谷は桜が満開であった。

飯田城で勝頼の最期を知った信長は、満面の笑みを浮かべ馬の背に揺られていた。

畿内や尾張に比べ遅い春であるが、待ち侘びていたかのように一斉に花々が咲き乱れ、春霞から浮き出た景色は目を見張るばかりである。

両脇の高嶺の峰々は、春未だ遠からずで降り積もった雪が白く輝き、初めて目にする多くの兵士は言葉もなく見とれていた。

信長とは裏腹に、光秀の心は揺れ動いていた。

（初めから結果が分かっている戦に、何故、わしを同行させたのか。上様が無駄なことをするはずはない。それを探らなければ、わしの前途は開けない。順慶や忠興を同道しての物見遊山は、謎が隠されている）

三月十九日、信長は激戦のあった高遠城に立ち寄った後、上諏訪の法華寺に本陣を置いた。

三月二十九日には切腹した勝頼の首も届けられ、元関白の近衛前久や公家衆、総大将の信忠、各地で戦っていた徳川家康、滝川一益、森長可、河尻秀隆ら織田の諸将に加え、帰順した穴山梅雪、木曾義昌らも駆けつけ論功行賞が行なわれようとしていた。

「皆の者、大儀であった。こたびの戦、祝着至極である。積年の恨みが晴れ、これほどめでたいことはない」

信長が居並ぶ諸将にねぎらいの言葉をかけると、

家康が代表して、

「ご戦勝、誠におめでたく存じます。上様のご威光が、かの信玄の地にも及びましてございます。この上は、一刻も早く天下をお治めいただきますよう、われらもいっそう精進いたしまする」

「うむ……浜松殿、よく言われた。わしの大儀を承知しておられる」

同席している光秀は、信長の言葉が自分に対する当てこすりのように思えて、二人を直視することができなかった。

信長は更に言葉を重ねて、

「長年に亘る武田との争い、浜松殿の働き見事であった。よって、駿河一国を授ける。三河、遠江と合わせて領国とされよ」

家康に異論のあるはずはなかった。

三年前、嫡男信康を切腹させて以来、信長の難題に耐えてきたが少しでもその労苦が報われた思いであった。

(信康、お前の手柄だ。堪忍したおかげで、今川領がすべて徳川のものになった)

家康は、心の中で手を合わせていた。

信長は、滝川一益に上野一国と信濃の佐久・小県《ちいさがた》の二郡を、河尻秀隆には甲斐一国と信濃の諏訪郡を、森長可には信濃の高井・水内・更科・埴科の四郡を、毛利秀頼には伊那郡をそれぞれ与え、団忠正には河尻秀隆の後釜として岩村城を与えた。

帰順した穴山梅雪には所領を安堵し、木曾義昌には信濃の安曇・筑摩の二郡を加えた。

論功行賞が終わると信長は家康に向かって、

「浜松殿、造作をかけるが日の本一の富士の山を見て帰ろうと思う。甲府から富士のすそ野を通って駿河に出る。後は浜松殿の領地を通る。よしなに取り計ろうてくれぬか」

信長は、家康の本心を探ろうとしていた。

（家康は、わしを恨んでおるはずだ。それを確かめたい。重臣や家臣がどんな行動に出るか、駿河一国を与えたことで気は変わっているはずだが……）

家康に否応は言えなかった。

「承知いたしました。それでは、某は準備のためこれにて失礼いたしまする」

と言い、帰途についた。

光秀だけが蚊帳の外に置かれていた。

すべての差配が終わるまで朴念と構えていた。

（武田の処理はすべて済んだ。これも当初から描かれていたのだ。上様の富士山見物は思いつきではない。最初から徳川領を視察する意図があったのではないか。とすると……わしの役目は……わしに何をさせようとしているのだ……）

とその時、いきなり信長の叱責の声が飛んできた。

「光秀、先程から何を腑抜けのような顔をしておる。他の者が輝いているこの場で、お前一人が浮かぬ顔をして、心ここにあらずの体だ。この間抜け者めが……」

織田軍団の主だった武将が居並ぶ中での叱責であった。

驚愕した光秀は、

「いえ、あの……別に……取りたててのことはありませぬ」

何を言っているのか分からないほど、気が動転していた。

「耄碌したか光秀。お前の美徳であった謙虚さが失せておる。なぜ、他人の活躍を素直に喜んでやれぬ」

信長の理にかなった言葉であった。

「申し訳ありませぬ」

光秀は深々と頭を下げるしか、仕方がなかった。


信長に先立って出発した信忠、光秀らが甲州台ケ原の茶屋で休憩を取っていた。

論功行賞の席で叱責を受けた光秀は、疑念を深めていた。

（一益は上野の国を領国にした。越後や東国を攻めるためだ。わしが東国へ出張ることは、これでなくなった。とすると……わしの役目は……やはり徳川領の視察。バ、バカな……そのようなことが、ある訳がない）

光秀は、己の考えが悪いことしか考えられない悪循環に苛まれていた。

ひとたび疑念を抱くと、己の卑劣な考えを打ち消そうとすればするほど泥沼にはまり込んでいった。

「殿、お顔の色が優れませぬが……」

内蔵助の言葉で我に返ったが、額には脂汗をにじませていた。

「いや、何でもない。少し、解せぬことを考えておった」

内蔵助は光秀の心中を察したのか、かける言葉が出てこなかった。

行信が近づいてくると、

「内蔵助さま、琉之介がお目にかかりたい、と申しております」

「なに、琉之介が。姿を見かけなかったが……これへと申せ」

琉之介は光秀らが上諏訪に入った翌日から姿を消していた。

秋葉衆の案内で、服部半蔵と茂林光幡に会っていた。

ほどなく、内蔵助の前に現れた琉之介は、

「内蔵助さま、塩山の恵林寺《えりんじ》に武田の残党が数多く逃げ込んでおります。三位中将さまが探索中です。いずれ、発覚いたしましょう」

「なに……恵林寺といえば、あの快川和尚の、寺にか」

「さようでございます。残党に加え、かの六角義弼も匿ったとかで、中将さまの乱波も嗅ぎつけた由にございます」

琉之介の報告を聞いていた光秀は、

「内蔵助、和尚のことだ、引き渡しを拒むに違いない」

「殿、一足先に行って和尚に会いましょうぞ。でなければ、命が危ぶまれまする」

「琉之介、案内せよ。急いで和尚に会わねばならぬ」

恵林寺の快川和尚は、美濃の出身で岐阜長良の崇福寺の住職をしていたが、美濃に攻め入った信長とそりが合わず、永禄七年（一五六四年）信玄に招かれて臨済宗恵林寺に入山していた。

恵林寺は三百年の伝統ある古刹で、信玄が深く帰依した武田家の菩提寺であった。明王堂には武田不動尊が安置されており、快川和尚は朝廷から国師の称号を贈られた程の傑僧として広く世に知られていた。

光秀と内蔵助は美濃在中、共に教えを乞うており、旧知の間柄であった。

門前はすでに探索の兵士で騒然としていた。

和尚に会うと、

「尊師、お元気で何よりです。が、論をしている間はありませぬ。すでに中将殿の兵が周りを固めております。尊師の申し開きなど聞き入れるお方ではありませぬ。楯突かれず従ってくだされ」

「ほう、これは明智殿のお言葉とは思えませぬ。わしの教えをお忘れになられたか……」

光秀の申し入れを断れば、身がどうなるか覚悟の上の応対であった。

「承知しております。承知しておりますが、尊師には民百姓のため命を永らえていただきとうございます。朝廷の思し召しもあり、もはや、一武田のみならず国の宝でございます。われらの願いは、その一点のみでございまする」

「ハハハハッ……十兵衛殿も、内蔵助殿も無理を申される。坊主の本分を捨てよ、と」

「では、どうあっても……」

「当たり前じゃ。寺を頼ってきた者に、御仏の御加護を授けるのがわしの勤めじゃ」

「そうでは、ありましょうが……」

「美濃を出て二十年近くになる。信玄公には、言葉で言い尽くせぬ高誼を賜った。勝頼殿も亡くなり武田が滅んだ今、わしが命を永らえて何とする。わしにできることは、頼ってきた者たちの命を助け、己がその責を一身に負うことじゃ」

「尊師、それでは……余りにも虚しゅうございます。わしに力がないばかりに……申し訳ありませぬ」

光秀は、頭を下げるしか、なすすべがなかった。

「よい、よい。これがわしの生き様じゃ。死を恐れておっては、仏の道は説けぬ。信長に楯突こうとは思わぬが、身を以て理を悟らすことに、意義があるというものじゃ」

「されど……されど……」

光秀と内蔵助は快川和尚を助ける術がなく、無能さに耐えねばならなかった。

信忠の配下が寺内の本堂、庫裏、明王堂、納屋などをくまなく調べていったが、六角や武田の残党は和尚の機転ですでに逃げていて、一人として見つけることはできなかった。

織田方の詰問にも、快川和尚は匿った人物や逃した場所を明かすことはなかった。業を煮やした信忠は、快川和尚を始め恵林寺の高僧、稚児、使用人らを三門の二階に押しこめると火を放ってしまった。

喚き叫ぶ者、三門から落下する者、灼熱地獄の有様であったが、快川和尚はただ一人合掌し続け、三門が焼け崩れようとする時、

「心頭を滅却すれば、火もまた涼し」

と唱え、壮絶な死を遂げた。

光秀は、和尚の惨劇が目に焼きつき無力感に襲われ、信長に従って甲州まで足を運んできた己が惨めでならなかった。

「うむ……十年前とは明らかに状況が違うておる。恵林寺の焼討ちは、ただの腹いせに過ぎぬ。覇王になる方のやるべきことではない」

内蔵助も憤慨に堪えない様子で、おののく織田兵士を睨みつけながら、

「上様は比叡山や長島、高野山の愚を、何時まで繰り返すつもりだ。許せぬ……」

案内してきた琉之介は、残酷な仕打ちを目の当たりにして伊賀での惨状が目に浮かび、拳を固く握りしめていた。

行信は波多野の残虐さを再び目の前にして、怒りで身体の震えが止まらなかった。

（信長め、許さぬぞ。罪もない人を、しかも多くの人から慕われている高僧を、残酷非道に扱うなど……わし一人でも信長を罰してやる）

躑躅ケ崎の信玄の旧館は朝廷の勅使や戦勝を祝う大勢の武将でごった返していた。

申し訳程度に甲州に兵を入れた北条氏政も、信長の強大な軍事力を目の当たりにして祝いの品々を贈っていた。

精彩を欠いた光秀は、誰にも口をきくことなく考え込んでいた。

（わしは信長の手の内でしか生きることができない情けない人間なのか。新しい世を作る大儀とは、罪もない人たちを大量に殺戮することなのか。分からぬ。わしには分からぬ。和尚、許してくだされ。諭してくだされ……）

内蔵助と行信は明かりも点けず、それぞれの思いにふけっていた。

行信は琉之介が半蔵と会ったことを話すべきか迷っていた。

（半蔵殿が内蔵助さまと話がしたい、と云っている。内蔵助さまは承諾されるだろうか。されなければ……わしは明智に居ることができない……）

意を決したのか、重い口を開いた。

「殿……」

内蔵助も消沈している光秀や明智を取り巻く様々な難題に、考えを巡らしている矢先であった。

「行信……何か言いたいことがあるのか」

「はい。さる方に、会っていただけませぬか」

「なに……誰に会えと言うのだ」

「今は言えませぬ。某が、思いついたままでにございます。が、もし会っていただければ、すべてのことが解決するのではないか、と思われまする……」

「うむ……察しはついておる……会うことで、活路が開けるかもしれぬ……」

内蔵助は明智に覆っている暗雲を払拭するためには、藁にもすがりたい心境であった。

家康の接待は涙ぐましいものがあった。

信長が本栖湖から駿河の国に足を踏み入れると、道は拡幅され橋は補修されている。宿泊する陣屋には趣を施した茶屋まで造作をする力の入れようである。

更に天竜川や大井川らの大河は船を幾重にも繋ぎ止めて固定し、その上に板をひきしめ船の橋としたのには、さすがに信長の警戒心も薄れ、嫡男の信康に切腹を命じた気まずさを忘れ去っていた。

岡崎城内は騒然としていた。

信康の仇、信長が岡崎城で昼食を取るとあって、大久保彦左衛門を中心に信康の近臣たちが密かに信長の命を狙う計画を練っていた。

「このような機会は二度とあるまい。信長を亡き者にしなければ、若殿に合わす顔がないぞ。城に入ったところを襲えば容易く討ち取れる」

「いや、城内はまずい。峠道に潜んで飛び道具での闇討ちが確実だ」

「やはり、闇討ちは三河武士の恥だ。作佐殿を大将に一戦を交えよう」

「それは無理だ。信長の陣屋は大殿の近臣が警護に当たっておる。襲うとすれば家中同士の争いになるぞ。それでも立ち向かうのか」

意気は盛んであったが、所詮、烏合の衆であった。

家康や城代の石川数正の意向を無視して行動はできなかった。

数正は、信長と接触する機会がある作左衛門を城内の一室に押しとどめ、彦左衛門には大久保忠世の命を受けた忠隣が一時も離れず行動を監視していた。


行信と琉之介は内蔵助を伴って浜名湖畔の堀江城を目指していた。

浜松から西北二里半のところにあり、小高い丘に築かれた堀江城は眼下に浜名湖を見下ろす堅城であった。

三年前、信康が監禁された際、数日間であったが蟄居させられたところでもあった。

月明かりもないどんよりとした空で、湖岸に打ち寄せる波の音以外聞こえるものはない。

半蔵の手の者が幾重にも警護しているが、姿も見えない。

吹く風は冷たいが、急ぎ足の内蔵助らには心地良いものに感じられた。

突然、琉之介が、

「内蔵助さま、昨年の暮れに伏屋の方に男子が生まれましたが、わたしが服部さまにお預けしました」

「なんと……殿にお子ができた、と……」

「はい。殿は誰にも話されておられませぬが、名張の保章さまの、たっての願いでした」

「そうであったか。不憫であるが……致し方あるまい」

「名を、内治麻呂と申します」

「内治麻呂君とは、良い名だ」

内蔵助は光秀に子どもができたと聞いて、黒井の城ですくすくと育っている末娘、福の利発で愛くるしい姿を思い出していた。

内治麻呂は服部半蔵に育てられ、長じて喜多村保之と名乗り、江戸町年寄りとなって、外から草創期の徳川幕府を支えた、と云われている。

堀江城内は静まり返っていた。

開け放たれた書院は、警護が厳重で何人も近寄ることはできない。

書院には半蔵が下座に座っていた。

内蔵助が上座に、行信が控えの間に座ると、

「斎藤さまには遠いところまでお運びいただき恐悦至極に存じます。某、家康が家臣、服部半蔵正成でございます」

「ご丁寧なあいさつ痛み入ります。斎藤内蔵助利三でございます。服部殿のお噂は聞き及んでおります」

「斎藤さまこそ知らぬ者はおりませぬ。内蔵助利三さまあっての明智と、もっぱらの評判でございます」

「いや、お恥ずかしい限りです。それより、殿のお子を預かっていただき厚くお礼申します」

「なに、礼を言われる程のことではありませぬ。伊賀の男は他家で修行するのが習慣になっております。琉之介もそうして育ってきました」

「そうでありましたか。琉之介も……」

「今宵、お越しいただいたのはすでにお気づきのことと存じますが、わしの手の者が右府さまのお命を弑するため働いております」

半蔵は単刀直入に本題に入ってきた。

内蔵助もさして驚く風でもなく、

「やはりのう。琉之介の言動からそうではないか、と思うておりました」

「徳川の家臣の多くは、右府さまに恨みを抱いておりまする」

「で、ありましょう。徳川さまはよく耐えられた。戦国の真っ只中であれば、戦になっていても不思議ではありませぬ」

「確かに。徳川の出方次第では、大戦になっておりました」

「では、何としても、恨みを晴らす、と言われるか」

「それです問題は……。が、間違っても家臣が事を起すことはできませぬ」

「違いない。それで、琉之介が……」

「その通りです。茶屋殿を中心に、手の者が琉之介の手足となって動いております」

「なんと、言われる。茶屋といえば、あの四郎次郎殿の、ことか」

「はい。四郎次郎殿は、かつて徳川の家臣でした」

「そうでしたか。なら、頷けます」

「斎藤さま、徳川の内情をすべてお話しいたしました。このようなこと、到底考えられないことです。と言うも、斎藤さまも同じことを、考えておられるのではないか、と推察しております」

「……服部殿に、見通されましたか……」

「斎藤さま、これからは、某を半蔵とお呼びくだされ。その方が気安く感じられまする」

「確かに。では、某のことも内蔵助、と呼んでいただきますか」

半蔵と内蔵助はお互いの腹の内を探り合いながら核心に入っていった。

行信は二人の会話を聞きながら、

(内蔵助さまが腹を固められれば、大殿も動かれるのではないか)

琉之介も控えの間で小耳に挟みながら、これからの行動を考え始めていた。

「徳川としては、表立って動けませぬ。せいぜい情報を集め、しかるべき時に、琉之介が行動を起こす。それしか、策がありませぬ」

「で、あろう……な」

「そこで、内蔵助さまのお考えをお聞きいたしたい、と存じますが……」

「……今、明智が置かれている立場は八方ふさがりの状態です。殿も甲州まで来て惨めな思いをされた、と見ております。わしは……明智は、じり貧の道を歩むような気がしてなりませぬ。その原因が上様である以上、取り除けるものならば、それに越したことはない。しかし、半蔵殿のように、策を講じてはいない。唯一、荒木山城守行信ら元波多野家臣が上様の命を狙っておることは、承知しております」

行信は驚きもせず内蔵助と半蔵を見たが、二人とも見つめ合ったまま微動だにしない。

「行信殿の思いは、こちらに見えた折から存じております」

「いっそのこと……兵を動かして討ち取ることができれば……」

半蔵は、何気ない内蔵助の言葉に驚いた。

明智の兵を以てすれば不可能ではない。

が、兵を動かすことは謀反である。

密かに弑するのとは、訳が違う。

信長に反旗を翻すことは至難の業であり、やはり無理だと即座に打ち消した。

「徳川さまは、いかが思し召しで」

内蔵助は、何気なく口から出た言葉が《可能なのではないか》と、思い始めていた。

半蔵は、

「殿の内意は受けています。で、なければ、迂闊には動けませぬ。しかし、これはあくまで裏の仕事です。徳川が兵を動かして、事を成すことはありませぬ」

「当然でしょう。できぬ話です。だが、明智なら動かせると……」

「それも、無理です。明智さまは謀反されるような、野心はお持ちでない」

「いかにも。誠実一筋に生きてこられた方です。が、大望も持っておられる……」

「では、先程の話はまったく思いつきではない、と……」

内蔵助は巡らし始めた可能性を半蔵に打ち明けることで暗雲を払いのけられないか、と思った。

「殿には無理です。が、わしが身を捨てる覚悟で叛く、とすれば……」

「叛く、と……」

半蔵は内蔵助の表情を見逃すまいと瞬きもせず見つめた。

「殿の惨めな姿が、見るに忍びない……さりとて、叛くとなると……やはり、夢の夢に過ぎぬ……か……」

内蔵助は心の中で葛藤していた。

（そうだ。わしが明智を出奔すればよい。行信ら命を捨てる覚悟を持った者で……）

半蔵はありえない話だと思い直すと、話題を元に戻した。

「わたしは、明智さまが征伐に加わった真意が解せませぬ」

「さもありなん。上様の腹の内は誰も読めぬ。が、腹を探れ、と言われている気がしてならぬ」

「思い当たるとすれば、徳川潰しの伏線としか、考えられませせぬ」

半蔵は、三年前から持ち続けている疑心を口にした。

「徳川潰し……と言われるか」

「そうではありませぬか。若殿の件が一例です。右府さまは、徳川の存在が、後に憂いの種を残す、とお考えです」

「なるほど。そこまで深く考えていなかったが、考えられる話です。しかし、親類の徳川殿を」

「が、そのまさかが曲者です。右府さまは用済みの者には容赦されませぬ。それに、若殿の件で、親類ではなくなっています」

「では……半蔵殿は明智に何を求めておられる」

「お力を貸していただきたい」

「なるほど。明智も置かれている立場は、同じと……」

「右府さまは並の人間の情や物差しで測れるお方ではおわせぬ。用済みの者には容赦されぬ」

「明智も憂き目を味わっている……」

「明智さまは、徳川とは違います。用済みとは思いませぬが、主流から外れておられる……」

「確かに……」

「明智さまは四国の仕置きから遠ざけられた。東国も滝川殿が差配されることになり、このままでは、筑前殿や将監さまの後塵を拝すしか道がなくなった……」

「半蔵殿も、そう見るか……」

「内蔵助さまと某が、裏で手を握ることができれば……」

「……協力して葬る……考えてみましょう。これは、半蔵殿とわしにしかできぬことじゃ」

内蔵助は半蔵の真意を確認すると、覆いかぶさっていた重石が取れていくように感じられたが、明智の取るべき道が限られてきたことも確かだった。

家康上洛

信長が安土に凱旋したのは天正十年（一五八二年）四月二十一日であった。

徳川領最後の地、池鯉鮒の陣屋では、各地から取り寄せた珍味で舌鼓を打ち、堺から茶人の千宗易を招いて茶会を催して歓待された。

尾張に戻り清洲城でくつろぐ頃には、家康の心尽くしの歓待に満悦したのとは裏腹に、従順過ぎる態度と度をこした警戒に疑心をつのらせ始めていた。

（信康の時は抵抗すると思った、が堪忍した。今回の領国視察は非の打ちどころがなく、あそこまで痒いところに手が届くと、素直に喜べぬ気がしてきた。実に恐ろしい男だ。難癖がつけられぬ。光秀や秀吉には真似できぬ感性と忍耐力を持っておる。いくら難題を押しつけても、それに耐える芯の強さは、並の人間ではない。わしが亡くなれば……天下を取るのは家康ではないか……）

（思っていた以上に東海三国は肥沃な地だ。やはり、わしの息のかかった家臣に治め

させないと、家康の懐は豊かになるばかりだ。が、精彩を欠いた光秀は、わしの意図に気がついておらぬ）

信長は疑心を強めると、それを放置する性格ではなかった。

家康の扱いが頭から離れず、考えを巡らしていた。

安土に帰着するまで考え続けていた信長は、考えが纏まったのか、

「法印をこれへ」

小姓に命じた。

松井友閑が急いで信長の前にひざまずくと、

「浜松に書状を。内容は《先の造作をかけた礼がしたい。よって、都合つき次第、安土へ伺候せよ。その後は、京、堺へ回り羽を伸ばせ》とな」

信長は魔王に徹することで、憂いを除こうと決心した。

（家康を京、堺へ案内する道中で、不慮の災難で亡き者にできないか。わしがあずかり知らぬ形が最もよいが……）

（それができるのは、光秀しかおらぬ。ただ、命に従うかだ……四国征伐に出せぬ以上、これしか仕事が見当たらぬ。もし、事が成就すれば、東海三国を与えてもよい。失敗すれば、それはそれで、光秀を追放する口実になる）

実に妥協を許さない魔王であった。

役に立つ者は鞭を打って酷使するが、一旦用済みとなれば、容赦なく切り捨てていく様は、魔王以外の何物でもなかった。


坂本に戻った光秀は、心労のため英気を失っていた。

帰りの道中も信長とともに歓待を受けていたが、本来の光秀らしさが見られず、居城の坂本でも精彩を欠いた姿は周囲を心配させていた。

内蔵助もそんな光秀を見るに見かねて善後策を頼辰と話し合っていた。

「兄者、殿は上様の不興を買って落ち込んでおられる。その上、快川和尚の憤死も大きな衝撃を受けられたようだ」

「さもありなん。あのような扱いは、露骨な明智外しに違いない」

頼辰はすでに信長に従う気持ちはなかった。

「兄者、行信の勧めで服部半蔵に会った。徳川は陰で信長を弑する動きを探っておる。茶屋殿が、京での頭とのことだ」

「茶屋殿が……そうであったか。先日、訪ねてきた時、何か言いたそうな風であったが……それにしても、内蔵助に内情を打ち明けるとは、裏で徳川と明智が手を握ろう、と云っているのではないか」

「わしも、そう思った。殿には話しておらぬが、兄者の考えを聞きたい」

「わしは……明智の存亡の瀬戸際と思っておる」

「存亡の瀬戸際とな」

「そうではないか、よく考えても見よ。信長が朱印状を反故にして長宗我部を征伐する方向に舵を切った時から、明智に対する風向きは変わった。ありていに言えば、もう用済みということだ」

「明智がいなくても、天下は取れると確信したか……」

「そういうことだ。謙信公が亡くなる前までは、柴田、佐久間、羽柴、明智、滝川らの師団級を欠かすことはできなかった。が、今は違う。信長の息子たちも成人し、それなりに大将として一軍の指揮を執れるようになった。それに信長の近臣も育ってきている」

「確かに。それに版図が広がるにつれ、それまで敵対していた多くの武将が配下になり手柄を立てようと必死になっている。年老いてきた旧臣は嵩が高いだけだ」

「で、いかがする。このままじり貧になって明智の面子を潰すか、それとも……」

「それとも、なんじゃ。何が言いたいのじゃ、兄者」

「わしは土佐へ行って元親殿夫婦と会い、腹は固まった」

「いかに……」

「わしは、信長は好かぬ。元親殿を征伐する側には立たぬ」

「殿が参陣されてもか」

「言うに及ばず。すでに笑岩が阿波で画策しておる。四国征伐の沙汰が下りたのと同じじゃ。今更、明智の出番などあるものか」

頼辰は明快であった。

光秀に恩義を感じていたが、信長は自分が仕えた足利義栄を将軍職から追い払った張本人と、憎しみを感じていた。

そのためには、明智を去り土佐へ下向する腹積もりを固めていた。

頼辰は、元親とも相談していたことを打ち明けることにした。

「はっきり言おう。明智の総力を結集して、信長を討てばよい」

「そのような大事は、殿が判断されることじゃ」

「もちろんじゃ。われら家臣が決断するは己の意地を張るだけだが、殿は違う。殿が反旗を翻すのは、明智に寄り添うすべての者の行く末に関わる。簡単に決断できるものではない」

「兄者の考えは分かった。殿がどう考えておられるかだが……」

「それでは甘い。わしと二人で殿を説得しなければ、明智はなくなる」

「……明智がなくなる、とな……」

「いかにも」

「手をこまねいていても八方ふさがりなら、やはり、行動に出るしか道はない……」

「わしの考えは兄者とは違う。わしは殿を謀反人にしたくはない。どのようなことになっても、殿と行動を共にする。ただ……」

「なんじゃ、内蔵助」

「殿が……気概をなくされたら……明智を去る」

「…………本心か……」

「行信も、察しておる」

「信長と戦う、気か……」

「わしは信長に殺された。が、殿が命がけで救ってくだされた。こたびは、わしが命をかけて殿をお救いする」

「……よかろう、それでこそ、斎藤内蔵助利三、だ」

羽柴秀吉は、信長が武田征伐に出発した同じ日の三月五日、一万七千の兵を率いて備前の岡山城を目指し姫路城を出発した。

岡山城主宇喜多直家は一月に病死しており、後を継いだ秀家は十歳であった。

四月四日、秀吉は秀家の代理として出陣した叔父の宇喜多忠家の兵一万と合流し、清水宗治が立て籠もる備中高松城へ向け侵攻を開始した。

道中、高松城の支城、宮地山城、冠山城を落として高松城を孤立させていた。

高松城主清水宗治は、毛利の中でも剛毅、知略に優れた武将であったが、守兵五千で二万七千の羽柴軍との戦いの勝敗は明らかであった。

備中高松城は吉備平野の中央部にあり平城ではあるが、南側を足守川に沿って築かれ、東西と北の三方は池と沼地に囲まれた堅城である。

力攻めをするには相当の犠牲を覚悟しなければならなかった。

四月二十七日、羽柴軍は三方から総攻撃を開始したが、城へ通じる道は一本しかなく沼地や田から進撃した兵の多くは、泥に足を取られ城兵の攻撃の的になって撤退を余儀なくされた。

そのため、力攻めによる攻撃は無理と判断した秀吉と軍師の黒田官兵衛は、足守川を堰き止め水攻めで城を水没させる作戦に変更した。

工事は十二日間に及んだが、折しも梅雨期に入り高松城は石垣が水没し始めると、蓄えてあった食糧、水も泥水に浸かり用をなさなくなっていた。

しかし、宗治はそれでも降伏しなかった。

が、兵の中には餓死する者、悪病で命を落とす者が後を絶たなかった。

応援に駆けつけた毛利輝元、吉川元春、小早川隆景ら一万の兵も羽柴軍と対峙したが、決戦を避けるかのように見守るだけで、城内に食糧等を運び入れることもできなかった。

高松城の水攻めが始まった五月七日、信長の三男信孝を大将とする四国征伐の命が下った。

丹羽長秀を副将に蜂屋頼隆、織田信澄らの諸将、約一万の兵で、六月二日に四国へ渡海せよとの指示が出ていた。

一方、北陸路においても柴田勝家、佐々成政、前田利家らが越中の松倉城や魚津城で上杉軍と激しく戦っていた。

魚津城が劣勢になり、籠城の守将中条景泰から救援の依頼を受けた上杉景勝が居城の春日山城を出て救援に向かうと、上野国厩橋城主滝川一益や信濃国海津城主森長可が越後の国へ進撃を開始し、春日山城を攻撃する態勢に入った。

　このように、時を同じくして、各方面で織田軍が攻撃を開始または開始しようとしていた。

　光秀一人が、まさに蚊帳の外であった。


　信長から書状を受け取った家康は、本多正信、服部半蔵を奥の書院に呼び対応を協議していた。

「正信、右府さまの心の内を探らねばならぬ」

「さようでございます。ただの物見遊山ではございませぬ。右府さまは若殿の時と今回、二度も肩透かしを食わされて臍を噛んでおられる」

「うむ……このたびは、しくじりはされぬか」

「殿、謀略と分かっていても、安土へ行かれますか」

「行きたいものか。が、行かぬ訳にはまいらぬ」

　家康は信長の性格を知り抜いていた。

　永禄五年（一五六二年）一月に同盟を結んで以来、どちらかといえば、徳川が信長に尽くしてきた方が多く、難敵に対しても臣従する形で多大の犠牲を払ってきた、と自負している。

特に浅井長政の寝返りで窮地に陥った金ケ崎の撤退戦、浅井・朝倉と生き残りを懸けた姉川の戦い等、一歩間違えば、お家の存亡を左右する大戦であった。

端的に言って、最大の強敵、信玄の弾除けの役割を担ってきたのであった。

しかし、信長のおかげで戦国の世を生き残ってきたのも事実で、心底、今回の陰謀には戸惑いを覚えていた。

正信は、信長に謀られたことを承知の上で、知らぬふりをして、いかにして危機を脱していくか思案を重ねていた。

半蔵の方に顔を向けると、

「半蔵殿、斎藤内蔵助殿と会った、と申しておったのう」

「はい。明智さまもさることながら、斎藤さまの腹の内を確かめたく存じまして」

「脈はどうであった」

「事と次第によっては……」

「……脈はありそう、か……」

家康も黙って聞いている訳にはいかなかった。

半蔵が徳川に迷惑をかけることなく、信康の仇を討つことに依存はない。

それは、あくまで裏の仕事として信長を亡き者にすることであって、半蔵以外の者が関与することはない、と見ぬふりをしていた。

だが、安土へ呼び出して、命を狙われることが明らかになってくると、半蔵らの策略を活用しなければならない、と思い始めていた。

「半蔵、斎藤殿との話、詳しく説明してくれぬか」

家康に問われた半蔵は、堀江の城で内蔵助と話しあったことを伝えた。

話を聞いた家康は、

「さようか……出奔して斎藤の兵を以て動くも、やぶさかでない、とな……」

思案を重ねていた正信も、

「動かすように仕向けねばなりますまい。ただ、日向守さまのお考えを、確かめねばなりませぬ」

「半蔵、可能性はどうであった。どんな些細なことでもよい。感じたことがあれば申してみよ」

「さすれば、日向守さまは家臣を大事にされる情の厚いお方でございます。かつて、斎藤さまが稲葉様に愛想を尽かして明智を頼った際、快く家臣にされました。後日、稲葉さまが右府さまに斎藤さまを戻すよう嘆願され、右府さまも明智さまに返すよう命じられましたが、頑として断り、今日に至っております。そういう意味においても、明智さまを口説くは、斎藤さまの他をおいておられませぬ」

「日向守さまの命運を斎藤殿が握っているのは明白じゃ」

正信も光秀を動かすことができるのは斎藤利三しかない、と確信を持ち始めていた。

「半蔵、事態は動いた。再度、斎藤殿に会い、わしが安土に入った際の、お膳立てを考えよ」

「殿、これは狸と狐の騙し合いでございます。騙された振りをしても、見抜かれれば、袋の鼠になりまする」

「違いない。何か良い思案があると申すか」

「確たることとは言えませぬが、穴山梅雪殿を連れていかれてはいかがです。梅雪殿を伴ってあれば、右府さまに気づいたとは思われますまい」

「それは妙案だ。正信、梅雪殿の返事を待って、安土に行く日を決めて構わぬ」

「そのように取り計らいまする。が、梅雪殿には明智との接触を知られてはなりませぬ。くれぐれもご用心されますように」

高松城の水攻めが功を奏し始めた頃、光秀は信長から呼び出しの書状を受け取った。

四国征伐から外され失意のどん底にある光秀は、呼び出しが不吉なものとしか思えなかった。

(上様はわしに何を命じるつもりだ。中国は羽柴、四国は信孝と丹羽、北陸は柴田、東国は滝川が当たっている。わしの働き場所は何処だというのだ。もしかして、追放の沙汰ではないか……)

光秀の胸中は不安が渦巻いていた。

呼び出しの真意を探らなければ、迂闊に動けない気がしてならなかった。

荒木村重の幻影が光秀の脳裏を駆け巡っていた。

(日向殿、何故、わしが信長に反旗を翻したか、分かってくれたか。信長は人間ではない。人の面をかぶった悪魔だ。いつまでも信長にしがみついていると、末路は哀れなものになるぞ。お主には大望があるはずじゃ。理想の国造りが、夢ではないのか。民百姓が活き活きとして働き、天子さまを頂にした、本来あるべき姿の、国造りが……)

幻影は振り払っても、払っても、光秀の前に現れてはささやいていた。

坂本城内は主君の憔悴した空気が家臣にも影響し始めていた。

事態を重く見た内蔵助は、石谷頼辰、溝尾庄兵衛と相談して主だった重臣に明智の置かれている現状を説明することにした。

内蔵助は武田征伐以後のいきさつを話した後、

「呼び出しの内容が分からぬでは、迂闊に安土へ行けぬ」

家老の庄兵衛が、

「かと、言うて、行かぬ訳にはまいらぬのでは……」

「そうであるが、追放の沙汰であれば、いかがいたす」

内蔵助が恐れていることを口にすると、

「まさか……そのようなことはありえぬ、と存じますが……」

庄兵衛は、当初の勢いも失い、初めて事態が深刻であることを知った。

「明智が置かれている状況は、二年前の佐久間さまの時と、変わらぬぞ」

内蔵助が説明すると、それまで口を閉ざしていた左馬助秀満が、

「分からぬ。上様は何をお考えか、さっぱり分からぬ」

憎しみを込めた声で呻いた。

左馬助は甲州には赴かず留守の明智家を預かっていた。

温厚で物静かな性格のうえ、軍事にも長けていて家中の信頼は厚かった。

「今日まで身を粉にして働いてこられた殿を、ないがしろにされる上様の気持ちが分

からぬ」

八上城主の明智治右衛門光忠が憤慨をこめて述べると、

「右府とは、そういう人だ。こき使うのは上手だが、情や優しさは微塵も持ち合わせておらぬわ」頼辰は吐き捨てるように呟いた。

それまで唇を噛みしめ宙をにらみつけていた光秀が、重い口を開いた。

「内蔵助、琉之介を呼んでくれぬか」

「行信と琉之介は、安土へ行っております」

「そうか。手配してくれたか」

「真意が分からねば、動けませぬ」

「返事を、待つとしよう」

坂本城の内蔵助の居室で行信、琉之介が話し合っていた。

「徳川殿の接待とは思いもよらなかった。まずは一安心だが……」

「内蔵助さま、右府さまは何を考えているか分かりませぬ。接待という名目で呼び出して、後の始末はどうにでもなる、とは思われませぬか」

「それも考えられるが、疑えばきりがない」

　無口になっている琉之介が、

「内蔵助さま、服部さまが安土に着くまでに、お会いできないかと申されております」

「なに、半蔵殿が……」

「はい。ただの物見遊山とは思っておられませぬ。呼び出しの根底にあるものを、探っておられます」

「裏があることを承知で、安土へ出てくる、と……」

「そのようでございます」

「まさか……」

　行信は、考えていたことを、口にした。

「内蔵助さま、徳川さまを安土へ呼んでおいて、接待を大殿にとは、裏があると思われませぬか」

「……確かに。筋書きが出来すぎておる」

「右府さまは、大殿を利用するつもりなのです」

「な、なんと……そんな馬鹿なことが……あって、よいものか……」

　内蔵助の驚きは尋常ではなかった。

琉之介も、信長が家康を弑するならば、その役目は光秀しかないと確信していた。

「内蔵助さま、他に考えられますか」

「うむ……分からぬ。分からぬが……」

内蔵助は、行信の話から改めて信長の真意や明智、徳川の置かれている状況を分析した。

やはり謀殺しなければ、明智が潰されることを確信した。

「行信の推察、よく分かった。殿にとりあえず安土へ行っていただこう。右府さまが何を命じるかだが、その如何によっては……わしが矢面に立つ」

更に、

「琉之介、半蔵殿に京でお会いする、と伝えてくれ」

「はい。安土に着かれる前日に案内してまいります。茶屋殿の屋敷でいかがですか」

「それで構わぬ。それまで、再度、右府さまの意向を確かめてくれぬか」

「はい。それも承知しております。明智、徳川の存亡に関わりますゆえ」

内蔵助は光秀に家康の接待の役目であることを告げ、安土へ伺候するよう進言した。

信長は上機嫌であった。

各地から毎日のごとく知らせが届くが、すべて信長の思惑通りに進んでいた。

安土に呼び寄せた家康も穴山梅雪を伴って、五月十五日に到着すると伝えてきていた。

北陸においても、魚津城の落城が近いと報告があった。

備中高松城の水攻めも功を奏し始め、毛利の動向を探っている乱波から、輝元が救援に駆けつけたがなすすべもなく、ただ見守るだけと知らせが届いていた。

信濃四郡を与えた森長可からは郷士の反乱を鎮め、越後に侵入し、春日山城の攻撃も近いと連絡があった。

一益も箕輪城から厩橋城に移り、北条を抑え込んでいて越後の侵入も整った、と報告してきていた。

三好笑岩からも息子の康俊が岩倉城で長宗我部に反旗を翻して抵抗を始めた、と報告があった。

呼びつけた光秀も十三日、安土に伺候すると連絡してきていた。

まさにすべてが順風満帆であった。

後は、光秀が信長の命に従えば杞憂することはすべてなくなる、と自信を深めていた。

だが、信長は光秀の意向よりも切腹を命じたことのある斎藤利三が、明智を左右する存在であることに気づいていなかった。

信長から家康一行の接待役を命じられた光秀は、釈然としない気持ちのまま、宿舎の調度品や京、堺から珍味を取り寄せるなど多忙をきわめていた。

安土城内は家康を迎えるとあって、近衛前久ら公家衆を始め、四国征伐を命じられた神戸信孝、丹羽長秀、堀久太郎ら多くの武将が参集し活気に溢れていた。

光秀は自尊心を傷つけられた思いであった。

（家康の接待ぐらい、わしでなくてもよいはずだ。堀久太郎、長谷川秀一ら信長の側近で十分ではないか。わしはいつの間に、茶坊主風情になり下がってしまったのだ）

家康一行は十四日、近江米原の番場城に到着した。

従う者は石川伯耆守数正、酒井左衛門尉忠次、鳥居彦右衛門元忠、本多平八郎忠勝、榊原小平太康政、大久保忠佐、大久保忠隣、服部半蔵正成、長坂信政ら大名格の二十数名、小姓は井伊万千代ら十数名で穴山入道梅雪も随行していた。

琉之介から連絡を受けた半蔵は、番場に着く前に一行と別れて京の茶屋の屋敷へ急いでいた。

安土の城下は各地から集まった商人の市が所狭しと立ち並び、賑わいは堺を凌ぐ盛況さである。

信長の楽市楽座の制度が、今まで考えられなかった物資の交流や経済の発展をもたらしていた。

茂林の手の者が安土に出入りする旅の者や敵の乱波を監視しているが、畿内、東海、北陸から敵対する勢力が消え去った今、半蔵の目には不審な動きは感じられなかった。

茶屋の屋敷に内蔵助が待っていた。

半蔵は道中着のまま、

「内蔵助さま、ご無理ばかりで申し訳ございませぬ。早速ですが、徳川の結論は、右府さまが殿を弑する、と見ております」

「それを承知で、安土へ出てこられた、か……」

「いかにも。出てこぬ訳にはいきませぬ。ゆえ、謀られたことを承知で参りました」

「されど、手立てでもあると申されるか」

「いえ、ございませぬ。明智さまが、頼りでございます」

「な、なんと……徳川の命運を、明智に懸ける、と……」

「その通りでございます」

内蔵助も明智が置かれている立場を変えるには、徳川と手を握った方が良策と理解している。が、実行に移すとなると具体的な策が思いつかず決断できなかった。

「半蔵殿、御存じと思うが、わしと兄、頼辰は元親殿と義兄弟でござる。こたびの四国征伐、上様のなさりようは明智にとって不本意極まりない。殿も困り果てておられる。事態を打開するためには、斎藤の兵を動かすこともやぶさかではない。ただ、失敗は許されぬ。決心がつかぬは、その一点のみでござる」

「仰せの通りでござる。容易いことではありませぬ。まして用心深い右府さま、軍を動かすとしても、機会があるとは限りませぬ」

「仮に、斎藤が動かぬ時は、どうされる」

「後のことは考えておりませぬ。が、右府さま自らが手を下すことはありますまい。必ず、指図を受ける方がおられる」

「それが、明智と……」

「他に、考えられますか」

「……半蔵殿、殿に話しておらぬが、某も、そのように見ております……」

内蔵助は腹をくくる決意をした。

「相分かった。徳川殿を必ずお守りいたそう。まして、弑することなど、絶対にありませぬ。たとえそれが上様の命令であっても、殿は承諾なさるまい」

「かたじけなく存じます。これでわしらは少し気が楽になりました。しかし、畿内に滞在する間は、決して油断できませぬ。諜報は万全を期します。お互いの動きは、琉之介でお願いします」

「承知いたしました。上様にわれらの動きを悟られては水の泡です。半蔵殿のことゆえ手抜かりはないと存じますが、くれぐれも慎重にお頼み申しまする」

茶屋の屋敷を後にした内蔵助は、大きく息を吸いながら空を見上げた。

厚い雲に覆われた夜の京は、漆黒に包まれ蒸し暑さで気が滅入っていた。

内蔵助は稲葉を去った時と同じ憤懣やるかたない思いで、信長の命令に違背した明智を守るために出奔する手筈を模索しながら、門の外で待つ行信を呼ぶと粟田口へ消えていった。


光秀の心内とは逆に信長は狂喜していた。

家康と梅雪の安土訪問は、言葉では言い表せない喜びようで、

「日向、役目、苦労である。金に糸目をつけるな。元親のことは忘れろ。大儀の前に私情は禁物だ。いつまでもこだわっていると、お前の身を滅ぼすことになるぞ」

信長が滅多に口にしない甘言であり、最高の恩情にも光秀の心を動かすまでには至らなかった。

傷心の光秀であったが、京、堺や各地から山海の珍物を取り寄せ歓待した。

また、幸若舞や梅若の能楽一派を招き催しも行ないもてなした。

安土城内の狂喜ぶりが嘘のように家康の宿舎の大法院は静まり返っていた。

半蔵から斎藤利三との密約を知らされた家康と正信は安堵していたが、石川数正を始め他の家臣は、緊張の面持ちで頬が強張っている。

光秀は大法院の長い石畳を歩みながら家康を迎えた昨日を振り返っていた。

家康一行は寡黙で質素であった。

東海三国の領主の羽振りは、家臣に至るまで見られず礼儀正しかった。

取り寄せた調度品が空々しく映り、光秀の心を暗くしていた。

(わしは家康を見誤っていたかもしれぬ。上様を持てなした道中の接待は豪奢な作りや贅沢な食事であった、がこの出立ちは簡素で、とても東海の太守の身なりではない。安土の城に劣らぬ華美なもてなしは恥じ入るばかりだ。人を見る目が、狂ってきている)

今朝の光秀は、家康と対面するのが憚られてならなかった。

「日向守殿、造作をおかけいたします。さぞ、気苦労の多いことと存じますが、我々に気を使ってくださるな。田舎者ゆえ華美なもてなしは、却って痛み入りまする」

光秀は返す言葉がなかった。

信長の本心を読むことはできなかったが、家康に対しては親類、浜松殿と呼んで直臣の光秀らと明らかに区別した扱いである。

その家康が驕ることなく下手に出る態度は、光秀が今日まで接してきたどの人物とも比較できないほど、器の大きさを感じていた。

「恐れ入ります。徳川さまの人を思いやる心に感服いたしました。この光秀も、かくありたいと念じております」

光秀の偽らざる心境であった。

「日向守殿、四国の儀はお気の毒に存じます。が、駆け引きは戦の常、相手を全面的に信ずるは命取りにもなりかねませぬ。元親殿にも時勢を見る目を説いてくだされ」

光秀の心を揺るがす一言であった。

「かたじけなく存じます。早速、書状を認めます」

光秀は、家康の前では己のすべてをさらけ出して、肝胆相照らすことのできる親近感を抱いていた。

（家康と接していると心が和む。信長にない温かさだ。手を携えるなら、家康の方が……）


「日向守殿、内密でござるが、服部半蔵と申す者が、斎藤利三殿にお会いいたした」

「内蔵助に……やはり、そうでありましたか。名張の保章殿から琉之介なる者を預かりましたが、徳川殿と関わりがあるのでは、と思うておりました」

「わたしはあずかり知らぬことです。が、他意はございませぬ。まして、日向守殿にご迷惑をおかけするなど、決してさせませぬ」

「承知しております。琉之介は尽くしています」

「それを伺って安堵しました。半蔵と密にし、日向守殿にお役に立つよう申しておきます」


二日間は何事もなく過ぎ去った。

光秀の境遇を一変する出来事が、三日目の十七日、早朝に起こった。

危急を知らせる早馬から飛び降りた使者は、大声で叫びながら大手門をくぐっていった。

「筑前よりの使者でござる。上様への火急の書状、お届けに参る」

急な坂道、石段を走り抜けていく。

門番は唖然として見過ごし、騒々しさは、城内の武将の屋敷内まで聞こえる有様である。

朝の早い信長は七層の天守で、朝日が比良比叡の山並みから琵琶の湖に移りゆく壮観な眺望に見入りながら、光秀に命じる密命の筋書きを考えていた。

階段を急いで上がってくる足音が聞こえてきた。

「上様、筑前さまから火急の知らせでございます。使者が三層で控えておりまする」

小姓の声も上ずっている。

信長は秀吉の性格を知り抜いていた。

(秀吉め、毎度のことながら仰々しい奴だ。書状の中味が分からぬ、とでも、思っておるのか)

信長は、いつもながら苦々しく思う反面、手柄を決して自分の功績にしない秀吉の可愛さに笑みを浮かべていた。

「早朝より騒々しいぞ。大手門から聞こえておる。時間をわきまえろ」

秀吉から城内に入れば仰々しく振る舞えと教えられている使者も、毎度の叱責には慣れていた。

　臆することなく、

「早々のご出馬を、とのことでござりまする」

　と述べ、書状を取り出した。

　信長は一読すると、

「筑前に伝えよ。《余自ら、近々、備中へ出陣する。構えて油断いたすな》と」

　使者が退がっていくと、少し間をおいて、

「日向を呼べ」

　信長は、何もかも一気に片をつける時機がきたと判断した。

　光秀は心労と多忙が重なり、目覚めの悪い朝を迎えていた。

　心の奥に潜む悪魔が牙をむいて、のた打ち回っている光秀に襲いかかってくる。

　逃げ回れば、どこまでも追いかけてくる悪魔が、いつの間にか信長に変わっていた。

　起き上がると、寝汗で寝具や寝衣がべっとりと濡れている。

（これはいかぬ。身体に力が入らず気力が湧いてこない。饗応は数日で終わる）

　昨日まで頭から離れなかった四国征伐や明智の行く末がどうなるかなど、考えられない光秀であった。

　平静を取り戻すと、昨日の家康の言葉を思い返していた。

溝尾庄兵衛が小走りで縁を渡ってきた。

「殿、上様からの使いで《至急、登城せよ》とのことでございます」

「なに、登城せよ、と……」

光秀に思い当たることはなかった。

家康の対応は宿舎の大法院が常で、城内に赴くのは正式な面会が行なわれて以来である。

信長は天守の七層で小姓も退かせて琵琶の湖を睨みつけていた。

光秀は階段を上る足音が不気味に感じられ、背筋が凍りつくような恐怖を感じ始めていた。

「お召しにより、参上つかまつりました」

「うむ……」

唸ったきり、信長は背を向けて立ちつくしていた。

(上様は何を考えているのだろう。まさか、わしの命を……)

「日向、家康を葬れ」

それは、あまりにも唐突であった。

光秀は耳を疑った。

「な、何と……仰せでございます。家康殿を……」

「葬れと、申したのじゃ」

光秀は驚愕して信長を見た。

信長は依然、背を向けたまま無言で立っていた。

同盟以来、幾多の戦いを共にしてきた。

親類と言って可愛がってきた弟でもある。

その家康を弑するとは、何と恐ろしいお方だ。

魔王以外の何物でもなかった。

「上様、それはなりませぬ。この光秀、他のことは何でも従いまする。が、家康殿を謀ることは納得いきませぬ」

依然として背を向けた信長の表情は窺い知れない。

それだけに、自分の存念を述べて諌言しなければ取り返しのつかない事態を招く、と思うと、己の身も顧みず必死に述べ始めた。

「上様、思い止まりくだされ。上様はすでに天下人であらせられます。何人も楯突くものはおりませぬ。家康殿を弑するは、上様の折角の業績に泥を塗るものでございます。また、帰順した多くの武将にも疑心暗鬼をもたらします。決して、益はありませぬ」

　諫言された信長が向き直ると、

「だまれ、だまれ光秀。己は誰に向かってものを言っておるのか……知っての上か……」

　それはかつてない剣幕であった。

　だが、光秀も怯んではいなかった。

　積もり積もった鬱憤が、堰を切ったように吐き出されていた。

「いいえ、黙りませぬ。上様の身を思うての諫言でございます。この上、人を誅するはお止めくだされませ。天下人のされることではありませぬ。何も為さらなくても、皆、上様にひれ伏しておりまする」

「まだ、ほざくか、この金柑頭」

　言うやいなり、光秀の肩を蹴り倒していた。

　光秀は直ぐに起き上がることはできなかった。

　ゆるりと起き上がり身を正すと、

「上様、私の身は上様に捧げておりまする。いかようにされても、文句はつけられませぬ。が、家康殿を弑することはできませぬ」

「うぬは、まだ言い張るか……」

言い終わるが早いか、信長は再度、渾身の力で光秀を蹴り倒していた。

光秀はしばらく倒されたまま、起き上がる気力が失せていた。

無言で起き上がり見繕いをすると、信長の前に平伏していった。

諫言しても無意味である、という思いが光秀を空しくさせていた。

(このお方には説法など通じぬ。希代の英雄だが、世を治める術は、持ち合わせておられぬ)

信長の憤慨は収まらなかった。

「光秀、とっとと退がれ。退がって、次の沙汰を待て」

光秀は惨めさしか感じられなかった。

(所詮、わしと信長は水と油だ。今まで、無理に合してきたのだ。切腹の沙汰がくだれば……潔く、腹を掻っ捌いてやる)

「殿、お顔の色が……」

庄兵衛はそれ以上の言葉が出てこなかった。

屋敷に戻ってきた光秀は無言で居間に腰を下ろした。

追いかけてきた庄兵衛に、

「坂本に戻る。早々に支度せよ」

「何が……何が、ございました」

「仔細は、坂本に戻ってからじゃ」

光秀の思いつめた表情は強張り、人を寄せつけようとはしなかった。

庄兵衛は光秀と共にしてきた二十数年、これほど悲しい顔をした光秀を見るのは初めてであった。

（上様といさかいになった。殿は切腹も辞さぬ顔つきだ。家臣を動揺させてはならぬ。わしの勤めだ）

「行信を、これへ」

光秀は平静を装おうとしていた。

怒りが腹の底から込み上げてきて、信長の顔が、鬼の顔に重なり睨み合っていた。

「行信、服部殿に《明智はお役御免になった。気を抜かれるな》と、伝えよ」

行信は事態を呑み込んでいた。

信長から呼び出しがあった、と聞いて、胸騒ぎでじっとしていられなかった。

ついに来るべきものがきた、という思いで血が騒いでならなかった。

「殿、城より使者でございます」

知らせに来た伝五郎の声も震えていた。

詳しい事情を聞くまでもなく、主の身に変事が起こったことは、家中の者は察していた。

悪くすれば、切腹も避けられない事態に、身が凍る思いであった。

使者は、

「上様よりの命を申し渡す《直ちに坂本へ戻り、中国出陣の用意をいたせ》以上でございます」

光秀は、信長の真意を測りかねていた。

（家康を謀殺せよ、とわしに命じた。わしが断ると出陣を命じてきた。わしに、何を求めているのだ。それとも、わしを計略にかけるため試した、とでもいうのか。中国へ行くことは、秀吉の傘下に入れということだ）

光秀の心は揺れ動いていた。

（信長の命に従えば、道が開けるのか。家康を討つことは、信長の走狗になり下がってしまう。それが大儀なのか。秀吉の傘下で納得できるのか。わしの、わしの誇りを捨てよ、というのか……）

本能寺

行信と琉之介は安土からの帰りに京へ回り、茶屋の屋敷で茂林光幡と会っていた。

茶屋四郎次郎は早、安土城内の経緯を知っていた。

が、行信の心を静めるためか、本題には触れず、

「光幡殿、このたびはお家の大事ゆえ、もてなしは控えますが、存分にお使いくださされ」

「お世話になります。早速ですが、お頭が、殿は安土の後、京へ向かわれる。茶屋殿の屋敷をお借りしたい、とのことでございます」

「承知いたしました」

「行信殿、右府さまと日向守さまの諍い、内容までは存じませぬが、徳川が絡んでの口論と推察いたしておりまする」

「某にも、仔細は分かりませせぬ。ただ、接待の役を解かれて、羽柴の赴援の準備をせ

よ、としか知らされておりませぬ」

「光幡殿、お願いがござる。某は、備中へ参りまする。畿内には明智の軍勢がいなくなります。琉之介も同道するゆえ、畿内の情勢を逐一、報告いただけないか」

「はい、そのつもりでおりまする。畿内から明智勢がいなくなれば、徳川も手勢はわずかで安泰とは申せませぬ。万が一の場合、殿を助けていただきとうございます」

「当然のことでござる。右府さまが、徳川殿を窮地に追い込むような仕草を見せれば、直ちに駆けつけますする」

光幡は、

「茶屋殿、申し遅れましたが、手の者を多数連れてまいりました。何なりと指図してくだされ」

「それは、ありがたい。殿が京に入られるまで、各地の情報を集めねばなりませぬ。まず、織田軍団の動きを、早急に集めていただきたい」

「承知いたしました。直ぐに手配いたしまする」

「光幡殿、殿は、何か言っておられなかったか」

「皆に《何事もなかったように振る舞え》と」

「日向守さまの後は、どなたに」

「丹羽長秀さまと堀久太郎さまがお見えになりました」

「そうですか、丹羽さまと堀さまに……丹羽さまは四国征伐の準備で大坂へ行かれたはずだが」

「一時、殿が上洛するということで、信孝さま共々お帰りでした」

「そうでしたか」

「茶屋殿、大坂、堺にも手配を抜かりなく、と仰せです」

「承知しております。それに、堺に船の用意も必要かと……」

「なるほど。熊野灘は九鬼殿がおられる、が、四国へなら渡れる……」

「阿波の南部は元親殿の支配されるところ、渡りさえすれば、道は開けまする」


光秀の突然の失脚に家臣の多くが浮足立ち、城内は沈痛な空気に包まれていた。

知らせは、その日の内に各地の城主に早馬が走った。

二の丸の書院には、溝尾庄兵衛、藤田伝五郎、石谷頼辰、妻木広忠らの面々が苦り切った顔で控えている。

光秀の姿はないが、多くの家臣がそこに詰めていないと不安でじっとしていられない面持ちである。

「上様の為さりようは納得いかぬ。今まで身を粉にして尽くしてきた明智を、ないがしろにされるとは……」

帰ってきた庄兵衛が重い口を開くと、

「殿のお考えをお聞きしたのであろうな、庄兵衛殿」

信長の仕置きに憤懣やる方ない頼辰が、腹立ち紛れで詰め寄った。

「殿は……《坂本に帰ってから話す》と仰せられた。内蔵助さまや左馬助さまらの帰りを待っておられるのだろう。わしにも、事のいきさつは分からぬ」

「内蔵助さまは先日までおられたではないか」

「殿が安土へ行かれた後、京から丹波へ戻られたそうだ」

「そうか、戦支度に戻られたか」

「庄兵衛殿、中国へ出陣と聞いたが……」

「その沙汰は、安土の屋敷に使者が参った」

「筑前の傘下に入れ、と仰せか……」

「……使者の伝言だ。が仔細は、後日、沙汰をするとのことだ」

「重臣として、考えをまとめねばなりますまい」

伝五郎が述べると、

「それもそうだが、わしは、覚悟を求められていると思う」

光秀の妻、煕子の実父で、長老の妻木広忠が落ち着き払って口を開いた。

「いかにも。事と次第によっては、戦も辞さぬ覚悟が必要じゃ」

頼辰は、広忠に同調して言い放った。

「戦、と申すか……誰に矢を向けるのじゃ」

「……上様しかあるまい」

「バカも、程々にいたせ。頼辰殿は、殿に謀反を勧める気でおるのか……」

「なら、他に良い手立てがある、と申されるか……」

逆に頼辰に詰め寄られ、庄兵衛も返す言葉がなかった。

大広間でも安田作兵衛、可児才蔵、猪飼甚助らの侍大将が、喧々囂々と論じ合い、収拾がつかない有様である。

「わしは、あの猿が気に入らぬ。あいつの下で働くなど、ご免こうむる」

作兵衛が吠えるように叫ぶと、才蔵も、

「わしもじゃ。殿がおとなしく備中へ行かれるなら、四国の長宗我部を頼った方がましじゃ」

「おそらく援軍の依頼は、猿の芝居に決まっておる。右府さまの出馬を仰ぐは形だけのこと、勝ち戦をことさら、誇示してみたいだけじゃ」

「そうであれば、明智の出陣など、必要ないではないか」

「そうとも、明智を畿内から追い出す、口実かもしれぬ」

「うむ……命令に従わねば、領地を取り上げる。右府さまの考えそうなことだ」

「確かに。一度、怒りをかったら、お許しになる右府さまではない」

「行信殿が見当たらぬが」

作兵衛が甚助に尋ねると、

「黒井へ走られた。一時も早く内蔵助さまに知らせねば、と言うて……」

光秀は一人で考え込んでいた。

(所詮、わしと信長は歩み方が異なっていたのだ。わしの道を求め続ければ、溝が深まるばかりだ。これまで耐えてきたが、限界かもしれぬ。袂を分かつとすれば……反旗を翻すしか道はないのか。それは……わしには、できぬ)

もがけばもがくほど泥沼に落ち込んでいく己を、どうすることもできない光秀であった。

「殿、若殿がお見えになりました」

庄兵衛の後に続いて、亀山城主の嫡男、十五郎光慶が傅役の隠岐五郎兵衛を伴って奥書院へ渡ってきた。

「父上、お召しによりまかり越しました。右府さまの勘気を蒙られた、とお聞きしましたが……」

「庄兵衛、五郎兵衛、済まぬが席を外してくれ。皆には内蔵助、左馬助らが戻り次第、話をする」

二人が退がっていくと、光秀は幼さが抜けきらない十五郎を食い入るように見つめた。

妻、熙子に似た優美な顔立ちが青ざめている。

「上様といさかいを起こし、お役御免になった」

「はい、五郎兵衛から伺いました。が、何があったかは、話してくれませぬ」

「……そちはまだ若年ゆえわしの気持ちなど量りがたいとは存ずるが……わしは……己の節を折ることはできぬ」

「未熟者ですが、城を預かる身です。父上の志を、尊敬しております」

「十五郎、父を恨むでないぞ」

「父上、何を言われます。父上を恨むなど、あるはずがございませぬ」

「わしは……《徳川さまの命を絶て》と言う命には、従えぬ」

「な、なんと……徳川さまを弑せよ、と……」

「長年、手を携えてきた方を、謀殺されようとする上様に、納得いかぬ」

「わたしも、そのように存じます」

「上様は、わしを、お許しになるまい……切腹もまぬがれぬ」

「でも、中国へ出陣、と聞きましたが」

「徳川さまのおられる安土で、腹を切らせる訳にはいかぬ。沙汰は後日だ」

「父上の覚悟をお聞かせくだされ。十五郎は、どこまでも、父上についてまいります」

光秀は迷っていた。

光慶に覚悟を問われても、答えようがなかった。

「十五郎、父は、次の沙汰を待ってみよう、と思うておる。これも定めじゃ。それによって、道がおのずと決まってくるのではないか……」

「もし、もし、切腹の沙汰であれば……何とされます」

光慶はそれを恐れていた。

切腹であればお家取り潰し、一家は離散の憂き目に遭う。

丹波の国に愛着を感じ始めていた。

父に倣い、民百姓に善政を施し慕われていた。

身体が頑健ではなく、乗馬や武芸より領内を廻って治世に心を注ぐのが楽しみでならなかった。

できることなら、今の暮らしを壊したくない、と願っていた。

「十五郎、この話は誰にも明かしてはならぬ。知っておるのは、上様とそちだけだ。漏れることは、天下の大乱に繋がる。構えて心せよ」

「承知いたしました。五郎兵衛にも話しませぬ」

「そちは直ちに亀山へ帰り出陣の用意をいたせ。家中や領民に動揺を与えてはならぬ。全軍の集結を亀山といたす」

「はい。城内はもとより在所に至るまで手配いたしまする」

光秀は、仔細を光慶に話したことで、少しは気が楽になっていた。

「内蔵助さまがお戻りになりました」

下士の大声で、大広間の作兵衛らが、一斉に顔を見つめ合った。

来る道中、行信からいきさつを聞いた内蔵助は、意を決していた。

腹を据えると、妙に落ち着きが出てきて、光秀の家臣となった定めを噛みしめていた。

（やはり、わしと信長は戦う運命にあったのだ。稲葉の元を去った時から覚悟をしていたが、このような形で対峙するとは思ってもいなかった。殿は悩まれているだろうが、もう後には引けぬ。逡巡するは、命取りになる。殿が決断されなければ、わしが身を捨てる）

内蔵助は慌てるでもなく侍大将の控え間に入ると、

「作兵衛殿、目が血走っておるぞ。落ち着かれよ」

「内蔵助さま、お待ちしておりました。殿に言うてくだされ、一戦あるのみと……」

「……戦とな。皆様方の気概は承りました。殿に伝えよう。が、戦とは勇ましい限りじゃ」言い残して、奥書院へ向かった。

光秀は光慶が去った後も、心の深淵は深まるばかりで、苦しみもがいていた。

内蔵助が部屋に入ってくるのも気がついていなかった。

「殿……」

「おおう……内蔵助か。待っておった」

内蔵助は、疲れ切った表情の光秀が、気の毒でならなかった。

（この方は、武将に向いていないのではないか。物事を考え過ぎて、いつも重荷を背負っておられる。そしていつまでも過去の悔いを忘れようとはされない。坊主ならいざ知らず、武将としては、優しすぎる）

「行信より聞きました。よく耐えてくだされました。殿のお考えは、間違うてはおりませぬ」

「……内蔵助も、そう思うか」

「言うまでもないこと。右府さまの驕りでございまする」

「それを、聞いて、少しは肩の荷が下りた」

「殿、悩みが過ぎますとお体に障ります。いくらあがいても、大きな流れには勝てませぬ。右府さまとのいさかいも、初めから見えておりました。これからは、開き直って、流れに身を任せるがよいかと存じます」

「……そうなのじゃ。わしの悪いところは、成りもせぬことをあれこれ思い悩むことじゃ。内蔵助のように、割り切って考えられぬ」

「殿、潮時かもしれませぬ」

「な、なんと申した……何が、潮時なのじゃ」

「上様と殿では、あまりにも性格が違いすぎまする」

「確かに」

「武田征伐の前と後では……殿の存在はなくなりました」

「……わしも、そう思うておる」

「今後は、殿が差配される戦など、ありませぬ」

「……そうかも、知れぬ」

「用済みとすれば、殿、これからは、何を望まれます」

「望み、それは……直ぐには、思いつかぬ」

「で、ありましょう。上様は、今、あらゆることを考えておられる」

「で、あろうな……」

「仮に、殿が上様としたら、明智を、何とされます」

自分が何を望んでいるか、内蔵助に問われるまで考えもしなかった。

大望はあったが、土岐や明智の再興といった漠然としたもので、具体的に何かと問われたら、即座に返答はできなかった。

戦略家の光秀であったが、今日までは、信長の命令を忠実に実行し、期待される成果を上げるため邁進してきた。

実績においては誰にも引けを取らない、と自負してきた。

だが、信長の心の奥を覗くことは、恐ろしくて避けてきていた。

その頑《かたく》なな態度が今、窮地に追い込まれているのでは、と気づき始めていた。

「もし、わしが上様としたら……明智は、西国の一、二ケ国というところか……」

「で、ございましょう。上様も恐らく同じことを考えておられる。更に、明智や羽柴を軸に唐、天竺まで手を広げられるかも、知れませぬ」

「な、なんと……唐、天竺じゃと」

「上様なら考えそうなことです。生きておられる限り、戦はなくなりますまい」

「……そうなっては、一大事じゃ」

「兄、頼辰は、四国征伐が始まれば、四国へ渡ると申しております」

「真か……」

「はい。間違いありませぬ」

「……内蔵助、叛くしか、道はないのか……」

「私の腹は決まっております。殿が決断されなければ、殿の元を去ります」

「……内蔵助の決意、ありがたく思う。されど、されど……それしか道はないのか……」

「悩まれて当たり前です。事は、簡単ではありませぬ」

「……うむ……内蔵助一人に……汚名は着せられぬ……」

「殿、皆の者が案じております。仔細を話されてはいかがです」

「そうであった。家中に動揺を与えてはならぬ」

「徳川さまと、その件だけは、お触れにならないようお願いします」

「それは、心得ておる」

「備中への出陣は納得いかぬ、とでも仰せあればよろしいかと」

「相分かった。左馬助や治右衛門らが揃い次第、皆に話す。今しばらく待つよう伝えてくれぬか」


高松城は湖に浮かぶ孤島になっていた。

降り続く雨で水嵩を増していく。

城内の連絡も小舟が必要で、物資の補給路を断たれた城は餓死する者も出始め、士気は日増しに萎えていった。

救援に駆けつけた毛利軍もなすすべもなく、秀吉との講和を模索するしか策がなくなっていた。

安土への使者の報告も秀吉が目論んだ通りで、すべてが順調に運んでいた。

「官兵衛、上様が承知された。先陣は軍監として堀久太郎がやってくる。後は日向守以下、細川忠興、池田恒興、高山右近、中川清秀、筒井順慶らじゃ」

「それまでに、打てる手は打っておかねばなりませぬ」

「そのことよ。安国寺恵瓊が和議の文を寄こしておるそうだが、上様が承知なさるまい」

「武田の例もあれば、なかなか難しゅうございます。《五ケ国割譲と城兵の生命の保障》を提示しておりますが、それぐらいでは、妥協できませぬ」

「当たり前だ。武田の二の舞にならぬよう知恵を出すのだ、官兵衛」

「上様の意向を探らねば……」

「もちろんじゃ。恵瓊には、宗治の切腹と、三ケ国で承諾しろ、とでも言うておけ」

「それでは到底、納得いたしますまい」

「納得されて困るのは、わしの方じゃ。上様は毛利を征伐する、腹積もりよ」

「後は殿のものになる、とお考えでも……」

「こら、官兵衛。余計なことを吐くものではない。わしはそんな小さなことを欲しておらぬわ。わしの夢は唐、天竺まで突き進むことじゃ」

光秀とは比較にならないほど陽気で闊達な秀吉であった。

正に破竹の勢いで恐れるものは何もない、といってもよかった。

ただ、信長だけには滑稽すぎるほど気を遣い顔色を窺っている様は、誰も真似ができなかった。

「浜松殿、お主は良い家来を持たれて果報者じゃ」

「いえ、上様のご家来衆に比べれば、とても及びませぬ。一軍の将などおりませぬ」

「そうであろうか。が、生まれながらの大将の器など、滅多におるものではない」

「上様のご家中には、柴田殿、明智殿、羽柴殿、滝川殿を始め将といえる方が数多くおられます」

「いや、まだ、未熟な者ばかりだ。が、彼奴等も戦の積み重ねで、今日に及んでおる」

「皆、上様の戦を見習って、大将になられました」

「そうであろうか……」

「上様ほどの戦上手は、信玄公、謙信公も足元には及びますまい」

「さにあらず。わしは戦の駆け引きは、信玄や謙信に劣ると思うておる。されど、人の定めとは不思議なものだ。生まれ落ちた時、場所が運命を左右する、とは思わぬか」

「それは、そうでもありましょうが、そればかりではありませぬ」

「何が言いたいのじゃ、浜松殿」

「仮に、上様が信玄公としたら、同じ道を歩まれますか」

「それは……考えられない」

「そうです。信玄公は旧習に固持しすぎ、上様のごとき兵農分離まで、考えつきませぬ」

「確かに」

「上様なら、山ほどの金銀と天下無敵の軍勢があれば、回り道をせず、都を目指されたのではありませぬか」

「信濃においても、北に向かわず南を目指す、というか」

「信玄公は、信濃北部の村上一族や謙信公と無駄な戦を長く続けられました」

「分かった、浜松殿の言いたいことは。わしなら、どこに生まれ育っても、天下を席巻する、と言いたいのじゃな」

　お世辞ではなかった。

　家康の本音であった。

いつの世でも、人の心を魅了するのは財宝の力である。

人はそのため争い生死をかけてきた。

歴史は、それを繰り返しているのである。

家康は、信長が己を弑する魂胆を知っていながら安土に出てきた。

それは、信長への挑戦でもあった。

太平の世を築くために、嫡男信康を切腹に追いやった信長を、許すことはできない、という思いを忘れ去ろうと努めてきた。

そしてまた、家康までも弑しようとする暴挙を、思い直してくれることを念じていた。

「上様、上様はすでに天下人で在られます。何を為さらなくても、上様に楯突く者などおりませぬ。朝廷からも、関白、太政大臣、征夷大将軍、いずれの官職もお望みの通り、と申しております」

信長は家康を見つめた。

目が光っている。

（こやつ、わしの腹の内を、読んでおる）

「……浜松殿の申すこと、しかと腹に収めた。思うところもあるが、今一度、考えてみよう」

「ハハハア……上様に対して失礼な申し立て、お許しくだされませ」

「よいのじゃ。浜松殿と心おきなく話しするのは久方ぶりじゃ。お主が今川の人質として駿河に赴く途中、わが父が拉致して織田に囚われの身となったことを覚えておるか」

「はい。決して、忘れはいたしませぬ。わたしが物心ついた頃でした。寂しい思いをしている時、吉法師さまは必ず私の前に姿を見せてくださいました。あの頃の吉法師さまは、うつけ、うつけと言われておられたが、目がきらきらと輝いていて、子ども心に人並み外れたお方ではないか、と思うておりました」

「……そうであったの。あの頃が懐かしいわ……」

信長は光秀に命じたことを振り返りながら、家康の述懐をしみじみと聞いていた。

(家康は、わしが思っているほど憎んでおらぬ。戦国の世を一時も早く終わらすために生きよう、としておる。わしも我を捨て、王道を進むべきか……)

信長は家康と語り合っているうちに、家康を謀殺することにためらいを感じ始めていた。

(光秀は命令を断って坂本に帰っていった。煩悶しているに違いない。否かは光秀に

任そう。家康の命は光秀が握っている)

「上様、羽柴殿の救援に備中へ出陣、と伺いましたが」

「さよう……筑前は何かと頼ってまいる。毛利も打つ手がなさそうだ。わしが出向いて一気に中国を席巻しては、と思うておる」

「上様、中国も四国も年内には収まりまする」

「で、あろうか……」

「はい。必ずや」

「浜松殿、明後日にでも京から大坂、堺へ向かわれよ。法印や秀一を案内につけ申そう。当座の賄いとして、お主からの献上金の内、一千両をお返しいたす」

家康は内心、驚いた。

信長の真意を読み取ろうと、顔を凝視し続けた。

(三千両の手土産が多すぎて気に入らなかったのか。堺への道中で葬ろうというのか。それとも、心底、見物を楽しめ、と言っているのか。腹を読まねばならぬ。が、断れば機嫌を損ねる)

家康は信長の厚意を受けることにした。

「恐れ入ります。お言葉に甘えて、上方見物をさせていただきます」

「殿、安土から猪子兵助殿がお見えになりました」

「兵助殿とな。相分かった。直ぐに参る」

光秀は使者が兵助と聞いて、信長の意図を察していた。

兵助は光秀と同じ美濃の出身で、斎藤道三に仕えていた旧知の間柄であった。

光秀ら軍団長格の連絡役として猪子兵助、青山新七らがいたが、兵助が使者の折は総じて悪い知らせは少なかった。

「兵助殿、お待たせいたした。蒸し暑い中をご苦労でござる」

丁重にあいさつした。

「日向殿、ご心労のことと存ずる。わしが見るところ、上様は日向殿を高く買っておられる。ただ、孤高なお方ゆえ、素直になれぬ寂しさがおありなのだろう。日向殿が何事も生真面目でそつなく処理されるのが、気に召さぬ時があるのじゃ。おそらく、後で後悔されておられる。あまり気になさらぬ方がよかろうと存ずる」

「兵助殿、ご忠告ありがたく存ずる。わしも分かってはいるが、いつも最後は、気まずい思いしか残らぬ」

「今、少しの辛抱でござる。短気はいけませぬぞ」

「心、いたします」

「ところで上様のご命令だが《来月早々に備中に出陣し、羽柴の参謀として補佐せよ》との仰せにござる」

「ありがたき仰せ、謹んで承ります。して、上様はいかがされる」

「上様は朝廷からの申し出もあり、来月の四日頃出立されると存ずるが、四国のこともあり、両にらみで指揮に当たられるのではなかろうか」

「なるほど……兵助殿、上様は他には、何も仰せにならなかったか」

「日向殿は、中国より長宗我部のことが、気がかりなのでござろう」

光秀は、家康に対して何らかの指示があると思っていた。

兵助は何も聞かされてはいないようであった。

「その通りじゃ。家臣にも元親殿に肩入れする者が多く、備中の出陣に難色をしめしておる」

「日向殿、ところでまた、難題じゃ」

「何か、起こりましたか」

「稲葉一鉄殿が、こりもせず、斎藤殿と那波直治殿の帰参を申し出ておる」

「な、なんと申される……あの件は、一度、ご裁断があったではないか」

「そうではあるが、再度願い出るとは、稲葉殿もよほど腹の虫が治まらぬ、と見える」

「うむ……直治はともかく、内蔵助は命に係わる。承服できぬ」

「分かっておる。わしも上様にお願いしておる。斎藤殿に腹を切らせるのはお許しくだされ、と……さもなくば、明智殿が離反される、と言うてな」

「兵助殿、かたじけなく存ずる。よしなにお願い申し上げまする」


五月二十一日、家康一行は京へ向け出立した。

案内は松井友閑、長谷川秀一らで公の行事もなく京見物であった。

家康を警護する半蔵は、手の者を先行させ不測の事態に備えていた。

一行は近江の名所旧跡に見向きもせず、京を目指した。

無事、茶屋の屋敷に到着すると、

「茶屋殿、道中は何事もなかったが、油断はなりませぬ」

「いかにも。右府さまの御膝元を離れてからが危うい。護衛に手抜かりがあってはなりませぬ」

「これからの手筈が肝要と存ずる。右府さま、日向守さまの動きが主になろうが、他に誰が密命を受けているか分からぬ。長谷川殿や松井殿と接触する者も、厳しく見張らねばなりませぬ」

「その通りでござる。光幡殿に申し付けて徹底していただこう。で、半蔵殿は」

「わしは、殿のお側を離れませぬ」

「分かり申した。半蔵殿にも逐一報告いたします」


光秀の悩みは増していた。

兵助は中国の出陣の詳細を伝えただけで、家康の件については一言も触れなかった。それが、光秀の悩みを一層深くさせ、思考も迷路に迷い込んだような複雑さを帯び始めていた。

（信長は密命について何も指示していない。ということは、命令はそのままになっているというのか。わしが家康を弑するかどうか、試しているとでもいうのか。従わなければ……切腹か追放でも考えているに違いない）

（わしの大望とは一体何なのだ。明智の再興は成しえたが、土岐氏の再興はまだ道半ばだ。これは、わしが天下に覇を唱えなければ成就しない）

（やはり叛くしか道は残されていないのか……）

（内蔵助が話していたではないか、《殿の望みは何かと……天下を望んでいるのではないかと……》わしの決断を待っている、さもなければ、出奔するとも言っておった。今、畿内に軍勢を持っているのはわしだけだ。信孝や丹羽らは堺や住吉に集まっている。久太郎も中国へ先陣として行った。信忠も供廻りの直臣しか連れていない。信雄は伊賀を守る程度しか兵を持っていない。叛くなら、今だ。今を置いて機会は二度とない）

（信長は残忍な性質である。わしが弑すれば、公卿始め、帝も喜ばれるのではないか）

（わしも天下を望んでいたのだ。信長を倒せば、わしが天下人になれる。わしが天下を望んで何が悪い。わしなら、信長より慈愛に満ちた世の中を創ってみせる。その自信はある）

（いや、信長を討つことは容易いかもしれぬ。だが、勝家や秀吉らもいるではないか。彼らを相手に戦わなければならない。勝つことは至難の業ではないか）

（いや、彼らは今、上杉や毛利と戦っている。理由もなく撤退することは容易ではない。とすれば、直ぐにわしに向かってくることはできない。その間に、わしの立場を確立すればよいのだ。相まみえるのは早くても一、二ケ月先ではないか）

（ひと月、ひと月持ち堪えれば、娘婿の忠興や順慶も赴援してくれる。四国から元親殿が、浜松から徳川殿も後押ししてくれる……）

（そうだ。織田と敵対している毛利や上杉と手を結べばよいのだ。さすれば、勝家や秀吉も容易に軍を向けることはできない）

（失敗に終わればどうする。妻子は言うに及ばず、一族郎党まで皆殺しにされる。荒木一族の悲惨な姿を見てきたではないか）

（用心深い信長のことだ。手勢が少ないと見せて伏兵を隠しているのでは……わしが、罠にはまっているのではないか）

十人の光秀がいるようであった。

十人が十人とも好き放題に言い、本来の光秀を見失っていた。

（本当の光秀は誰だ……）

五月二十六日、光秀は坂本城を出て亀山に向かっていた。

悩みは深まるばかりで、泥沼の底を這っているようであった。

従っている兵士も敗残兵のようで見る影もない。

「行信殿、殿の煩悶は、備中への出陣だけではあるまい」

「かもしれませぬ。が、四国のことが頭から離れぬのではありませぬか」

「右府さまとのいさかいの話、知らぬか」

「わしは、徳川さまに関わりがあるのでは……思えてならぬ」

「何…………」

「……知ったところで、どうにもなりませぬ、が某も、案じておりまする」

「この先が危ぶまれる。行信殿、頼みがある」

「何なりと」

しばらくして、猪飼甚助は、若者を連れてきた。

「嫡子の半左衛門秀貞だ。殿の姫を妻に娶り、明智の性も賜っておる」

と言い、引き合わせた。

「それは、おめでたいことでございます」

「まだ、未熟者だ。戦には向いておらぬ。行信殿に鍛えてもらえないか」

初めて会った秀貞は、

「お噂は父から聞き及んでおります。多くの苦難を切り抜けてこられた誠の武士、と常々申しております」

「それは、買い被りでござる」

「行信殿、秀貞は武芸に向いておらぬ。お主の元で鍛えてもらえぬか」

「よろしゅうございます。必ず、一廉の武将になられるようお手伝いいたします」

「お頼みします」

亀山城は各地から集まった兵士で溢れていた。

入りきれない部隊は、近在の郷士の屋敷や農家に分宿しなければならなかった。

光秀の悩みは深刻で、幻想が、脳裏を駆け巡っていた。

《般若面の光秀が、信長に刀を振り上げている。

信長は逃げ回りながら、馬鹿なまねはよせ。わしはお前を後継者と見て取りたててきた。

丹波攻め以降、お前には戦にも出さず内政的な勤めを求めてきた。

四国征伐は信孝がわしに直訴してきたからだ。

家康のことはお前を信頼してのことだ。

秀吉の救援は、あ奴を増長させぬための策略だ。

短気を起こさなくても、お前を見捨てたりはせぬ》

亀山城に帰着した翌二十七日、光秀は光慶、東六郎兵衛らを従えて自らの運命を神に託すため、愛宕山に詣でていた。

祈願のおみくじは『凶』であった。

再度引くも『凶』であった。

(神も、謀反は無理だ、成功は覚束ないとお諫めだ。が、神よ、何もしなくても道が開けるとでも言われるか……あなたはわしにどうせよと、仰せなのだ……)

愛宕山の山中は暗闇に包まれていた。

寝つかれない光秀が庭に出ると、梅雨時の蒸し暑さはなく、心の中を爽やかな風が吹き抜けていった。

(神はお諫めだが、神が道を切り開いてくれない。道を切り開くのは、己の力を信じるしかあるまい。誰も助けてはくれない。明日の連歌は、心情を素直に表すしかあるまい)

　愛宕神社の西の坊威徳院には住職の行祐、上之坊大善院住職宥源、光秀、光慶、東六郎兵衛、里村紹巴らが集まっていた。

日頃から光秀と親交の深い人々で、連歌会の常連である。

光秀は発句を、

『ときは今　あめが下しる　五月哉』

思い切って読んだ。

紹巴は、一瞬、光秀の顔を覗き見た。

思いつめた表情が厳しい。

(日向守さまは、昨日も言葉少なく思い悩んでいる風であったが……発句の意味するところは《あめが下しる》とは、天下を治めると取れるではないか……《ときは今》は、土岐氏が今こそ、と表しているのでは……)

行祐が続いた。

『水上まさる　庭の夏山』(まさる、とは勝るではないか。行祐も日向守さまの心を読み解いている)

紹巴は、

『花落つる　池の流れを　せきとめて』

と詠み、光秀を見た。

相変わらず表情は硬いままである。

が、室内の空気が少し和んだように感じられた。

信長は僅かな供廻りを連れて安土から京の本能寺へ入った。

その知らせを琉之介から受けた行信は、亀山へ急いでいた。

行信が半蔵と会ってから四年目を迎えようとしていた。

短い期間であったが、丹波では経験したことのない天下を左右する出来事に翻弄されていた。密かに波多野の恨みを晴らす大望は持っていたが、成就は夢物語であった。が、ゆっくりと歯車が回り始めたことが信じられなかった。

家康が京から大坂へ向かい、信長が僅かな供廻りだけを連れて京に入ることも信じられなかった。

光秀や家康に挑戦状を叩きつけているようで《倒せるものなら倒してみよ》。

高笑いする信長が、目に浮かんでは消えていった。

光秀が信長を討つことは、世の中が様変わりするように思われた。

喜ぶ者が多いことも事実である。

人にはそれぞれ役目があって、信長の役目は済んだのではないか。

大ナタを振るって世の中を大掃除した信長は、自ら引き継ぐ好機を与えようとしているのだ。

行信が亀山城に着いた時、内蔵助は六郎兵衛から愛宕山での連歌会のあらましを聞いていた。

（殿が決心された。信長は備中へ出陣するため必ず京に出てくる、その時が好機だ）

「内蔵助さま、山城守さまがお待ちです」

「直ぐに通せ」

声が上ずっている。

「内蔵助さま、右府さまは本日夕刻、近習三十名ほどで本能寺に入りました。明日一日は、近衛前久卿ら公家衆、数人の僧、商人らと茶会を催行されます。四日には京を出立とのことです」

「出てきたか。四国のことは分からぬか」

「信孝さま、丹羽さまは住吉から明日にでも岸和田へ着陣し、二日には渡海とのことです」

「相分かった。殿に伝えよう。行信は、信長の動きを見張ってくれ」

内蔵助から報告を受けた光秀は、左馬助、治右衛門、庄兵衛、伝五郎を集めていた。

「わしの真意を述べる。申すことがあれば、存分に言うてほしい」

「…………」

皆、頷くだけで無言である。

「わしは……上様に反旗を翻す」

光秀の声は震えていた。

内蔵助を除いた左馬助らの驚きは、尋常ではなかった。

声もなく、目の玉が飛び出るような形相である。

「浪々の身より、ここまで取りたてていただいた上様に恩義を感じている。が、上様は変わられた。もはや、わしの意見などお聞きにならぬ。わしの役目は、済んだような気がする。この先、わしの理想を求めようとすればするほど、上様といさかいを起こすことになる。さすれば、佐久間のごとくなるのが、我が行く末である。皆も知っての通り、徳川さまの饗応のことで怒りをかい、備中へ出陣を命じられた。屈辱的なことであるが、辛抱できぬことはない。が、四国のことも、わしは義を、大事にしたいのじゃ。義を忘れて何の国造りぞ。残るは、恨みしかない」

光秀は、言いたいことが他にもある気がしてならなかった。

何を言っても口実に過ぎぬと思うと、

「本心は……わしも天下がほしいのじゃ……」

口に出して大言したのは、初めてであった。

左馬助が静寂を破った。

光秀に命を差し出しているものの、必ずしも成功するとは限らない。

謀反となれば妻子、家来、一族に至るまで累が及ぶ。

不安が脳裏をかすめた。

「殿、早まって身を滅ぼすとは、思われませぬか……」

「……分からぬ。が、事を起こす以上、修羅の道を進む、は必定じゃ」

温厚な治右衛門が口を開いた。

「万が一、万が一ということがあります。右府さまを取り逃がしたら、何とされます」

「失敗は許されぬ。必ず、右府さまの御首を、召さねばならぬ」

それまで口を閉ざしていた内蔵助が、覚悟を求めるように、

「わしは、後戻りはできぬと思う。躊躇するは悔いを残すだけで、いずれ、明智はなくなる。わしは……殿のお考えを是とする」

内蔵助の一言で、四人の腹は決まった。

明日の備中への出陣を控え、準備は調っていた。

強くはないが雨が間断なく降り続き、兵士の士気が上がるはずはなかった。

一万三千の軍が老ノ坂を越え、沓掛で休憩を取った。

昨日から降り続く雨が兵士を悩ませていた。

樫原《かたぎはら》から物集女《もずめ》街道を西に取らず、京を目指したことに不信を持った兵士が騒ぎ始めた。

光秀が、

「上様に中国出陣の陣容をご覧いただくため、京へ向かう」

光秀の一言で、軍勢は粛々と本能寺を目指していった。

光幡らは樫原から本能寺に至る街道を固めていた。

失敗は許されなかった。

信康の仇を討つため、あらゆる手筈を弄してきた。

半蔵が目論んだ通りに運んでいた。

雨が敵の姿を捉えにくくしているが、この後のしくじりは許されない。

光秀に命じられた安田作兵衛が先駆けしていったが、察知されることはなかった。

桂川を渡る頃、夜が白々としてきた。

七条口から洛中に入ると、軍勢を三手に分け斎藤利三、三千の兵が本能寺の襲撃に向かっていった。

後を左馬助が続いた。

本能寺は、まだ眠りについていた。

本堂を改築し、堀、土居、石垣を新設し、城塞として改造されていた。

明智勢が四方を取り巻いても反攻の様子はない。

南門を固めた内蔵助は、安田作兵衛と荒木行信に必ず信長を襲撃し御首を召し取るよう命じていた。

行信は意気に感じていた。

これまで数えきれないほど合戦に出てきたが、血が騒ぐことがあっても身が震えることはなかった。

今は違っていた。

身が凍るような緊張感を味わっていた。

ただ、信長を討つ、一番槍をつけること、に執念を燃やしていた。

馬の嘶きや兵士のざわめきで目覚めた本能寺は、ようやく異変に気づいた。

「何の騒ぎか」

信長の甲高い声が響いた。

更に喧騒が鬨の声に変わり、鉄砲を撃ちかける音や矢が降り注ぐと、

「これは謀反か、いかなる者の企てぞ」

傍にいた蘭丸に叫んでいた。

物見に立った蘭丸は、旗指物の紋が桔梗（明智光秀の家紋）であることを認めると、

「上様、日向守の心変わりでございます」

「なに……日向、と……わしは……自ら死を招いたか」

呟くと、弓を取って表御殿へ飛び出していった。

境内は押し寄せる明智勢で充満していた。

本能寺を守る兵士は百にも満たない少人数である。

信長は数回弓を引いたが弦が切れると槍を取って戦った。

行信は作兵衛から離れず信長に迫っていった。

広縁で槍を振るう信長は、まさしく鬼の形相である。

古川九兵衛、箕浦大蔵丞らも駆け寄り信長と対峙するが、護ろうとする蘭丸らも必死で、信長の肘に槍をつけるのが精一杯であった。

もはやこれまでと覚悟した信長は、蘭丸ら近習にその場を食い止めるよう命じると奥御殿へ退いていった。

琉之介も行信について後を追いかけたが敵も必死で向かってきた。

戦っている間に、信長が姿を消した奥御殿から火の手が上がった。

行信は琉之介と火元を目指し更に進んでいった。

が、燃え盛る火の中へ進んでいくことは無理だった。

「琉之介、わしはこれ以上進めぬ。お主、右府の御首、召してくれ」

琉之介は行信の言葉よりも早く行動していた。

火の燃え盛る中、信長を追っていくと、信長は火焔に包まれながら刀を腹に突き刺していた。

琉之介を見つけると、

「誰……ぞ……」

信長の呻きに、一瞬たじろいだ。

臆せず、

「佐伯琉之介、信康さまのご無念を晴らしに、参上」

「な、なんと……信康の手の者……」

「いかにも。これは明智の謀叛にあらず、信康さまの遺恨を晴らすためでござる」

「うむ……信康は……信康は、わしの性に似ておった。生きておれば、間違いなく、天下を取る。その証が……ここまで、わしを追いつめた。信康の執念だ。因果応報と申すが、まさしく、余の命は信康に召された……」

信長最後の言葉であった。

琉之介は言葉もなかった。

火焔は室内を覆い尽くしていた。

さしもの琉之介も近寄ることは叶わない。

御首は無理であった。

琉之介は信長の最期を見届けようと、迫りくる火焔をものともせず見つめ続けた。

稀代の英傑であった。

信長が存命しなければ、戦国の世が定まっていたかは分からなかった。

四十九年の短い人生で世の中を様変わりさせた英傑も、信頼して止まなかった光秀の手にかかり、墓穴を掘って倒れた。

琉之介は、それがあまりにもあっけなく儚いものに思われてならなかった。

門外の屋敷にいた京都奉行の村井貞勝は、本能寺に駆けつけたが敵に阻まれ中に入ることができなかった。

信忠が宿舎としている妙覚寺に行き、防御しやすい二条御所で光秀の兵を迎え討つことを進言した。

信忠は、二条御所にいた誠仁親王一家を禁裏へ避難させた後、陣頭に立って抗戦した。

明智勢も治右衛門が負傷、兵百余人が討死するなど多数の犠牲者を出す激戦になったが、兵五百では多勢に無勢、信忠の兵もほとんどが討死し、これまでと覚悟した信忠は自害して果てた。

享年二十六歳の若さであった。

孤城落日

本能寺と茶屋四郎次郎の屋敷は、三町と離れていなかった。

変の結末を見届けた光幡は、四郎次郎に報告するため屋敷へ駆けつけていた。

四郎次郎は家康に同行して堺へ下っていたが、一日、知らせを受け京へ戻っていた。

「茶屋さま、若殿のご無念、果たされました」

「そうか……本懐なったか……」

四郎次郎は万感の思いであった。

信康の顔が、瞼の奥に浮かんできた。

が、感傷にひたっている間はなかった。

「一刻も早く、殿にお知らせせねばならぬ。堺へ急行する」

言い残すと、馬に飛び乗り駆け出していた。

信長の茶会に呼ばれていた家康は、京に向かうため早朝に堺を発っていた。

臆病すぎるほど慎重な家康は、本多平八郎を先行させていた。

平八郎は四条畷付近で駆けつけた四郎次郎と行き会い、少し引き返した飯盛山で家康一行と合流、変事を報告すると、

「真か……日向守殿がご謀叛とな……信じられぬ。右府さまが寝首を掻かれるとは……」

言ったきり、家康は宙を仰ぎ北の方角に向かって手を合わせていた。

(日向守殿が饗応役を外されたのは、やはり、わしを弑するよう命じられたからに違いない。日向守殿は断られた。が、上様は日向守殿を信じておられたのだ。で、なければ、無防備で本能寺に入るはずはない)

信長は信康を死に追いやった仇であることに違いなかった。

数日前、尾張での人質時代の話をすることで、お互いのわだかまりが解けていく思いであった。が、油断はできなかった。

信長の人並み外れた凄さは、魔王になり切れることであった。

(これも定めである。わしも憎しみのあまり離叛も考えたが、成り行きに任せた。世の中とは不思議なものだ。忘れようとした後に、思いが成就するとは……)

いつまでも感傷にひたっている間はなかった。

　これからの行動が問題であった。

　光秀が家康を襲うことはないが、実情を知らない武将や勢いづいた兵まで目が届くはずはなく、事件に巻き込まれないとも限らない。

　四郎次郎や家臣の進言を取り入れ、一刻も早く領国へ帰り兵を繰り出すことに衆議一決した。

　明智勢が進入している京、近江の中央部を避け、木津川を渡り近江南部の信楽、多羅尾を越え、伊賀を目指すことにした。


　光秀は、信長という巨大な重石があっけなく取れると、気分が高揚して平常心を失っていた。直ぐに対処しなければならないことが余りにも多くて、何から手をつけてよいかの判断が、つかなかった。

　内蔵助は見るに見かねて、

「殿、手を打たねば成らぬことが多すぎまする。が、急を要します。西の備えは溝尾庄兵衛に勝竜寺城を守るよう手配いたしました」

「……そうか。が、安土と長浜を抑えねばならぬ。左馬助と近江に行ってくれぬか。わしは都に潜む織田勢を征伐し、都の動揺を抑えねばならぬ」

「某は、殿の側にいて武将に下知しなければなりませぬ、が仕方ありませぬ。代わりに行信を置いていきまする。存分にお使いくだされ」

「頼むぞ。時間がない」

「細川さまや筒井さまらに仔細を……」

光秀は、多方面で戦を展開することは初めてであった。

変事を織田方の武将に察知される前に、織田勢と戦っている毛利、上杉、北条、長宗我部らに書状を出すのが精一杯であった。

「行信、本来なら、わしが殿の側にいて下知すべきだが、人がおらぬ。わしと左馬助殿は近江の平定に行く。お主は殿の手足になってくれぬか。決して、殿の側を離れるでないぞ」

「承知いたしました。片時とも、離れませぬ」

「琉之介が見えぬが、共に殿をお守りしてくれい」

「おっつけ帰ってまいりましょう。急な話は、秋葉衆に頼みまする」

午後になり、都に潜んでいた残党を一掃すると、光秀は安土城を目指して大津へ向かった。

粟田口でかねてより懇意の吉田兼見卿と会い、天下人としてのあいさつを受けたが、儀礼的なものに過ぎず、前途の多難さを思い知らされていた。

膳所、石山を過ぎ瀬田川で、対岸の近江勢多城主、山岡景隆、景佐兄弟に味方するよう説得したが断られたうえ瀬田橋を焼かれ、その日に安土城へは行くことができなかった。

「行信、安易な橋でよい。明日までに渡れるようしてくれ」

やむなく坂本城へ退いた光秀は、己を奮い起こそうと躍起になっていた。

が、常に不安が胸をよぎり、悪いことばかりしか考えられなかった。

（信長を亡き者にした。これから真価が問われる。信長以上の政《まつりごと》を行なわなければ、ただの主殺しだ。わしは、私利私欲のために信長を弑したのではない。思い描いてきた夢や理想を実現するため、民百姓が安心して暮らせる世の中を造り上げなければならぬ。わしにはその力がある）

（勢多の山岡兄弟が合力を断って瀬田橋を焼き落とした。わしが信長を弑したことを非難している。やはり、間違っていたのか。己を買いかぶり過ぎていたのか。いや、そんなことはない。信長は魔王であった。罪もない多くの人々を惨殺し、悪逆非道の限りを行なってきた。わしが弑しなくても他の誰かが信長を亡き者にしたはずだ。多くの人が光秀、よくやったと喝采を上げているはずだ）

光秀は天下を取った実感が湧いてこなかった。

心が休まらず虚しさが全身に広がっていった。

改めて、信長の偉大さを認識しない訳にはいかなかった。


安土城に凶報が届いたのは、その日の巳の刻（午前十時頃）であった。

上下大騒ぎとなり、城下に移り住んでいた美濃、尾張の人々は、蓄えた財宝には目もくれず、家を捨て妻子を連れて避難していった。

守将の蒲生賢秀は安土城で明智軍と戦うのは無理と判断し、普請奉行であった木村次郎左衛門に城を預けて、翌三日、信長の妻子・一族を伴って日野城へ退去した。

内蔵助は、近江・美濃の諸将の合力に全力を傾け、京極高次を大将に、京極旧家臣、阿閉貞征及び光秀の近習山田八右衛門らに、秀吉の本拠長浜城を攻めさせて占領し内蔵助が入った。

また、前の若狭守護の武田元明らに丹羽長秀の本拠佐和山城を攻めさせてこれを奪い、安土を退去して明智に味方した山崎片家を置いて守らせた。

これらにより、四日中に近江は平定された。

光秀は翌五日、修復なった瀬田橋を渡り、安土城を木村次郎左衛門から受け取り入城した。

光秀は、細川藤孝と筒井順慶の合力を頼みとして、藤孝へは家臣の沼田光友を、順慶には重臣の藤田伝五郎を使者として差し向けた。

順慶は二日、中国へ出陣すべき大和郡山城を発っていたが、途中で本能寺の変事を知り居城へ帰っていた。

光秀から合力を要請された順慶の驚きは尋常ではなかった。

大和平定に助力を負い、また光秀の寄騎として恩義を感じていたが、思いもかけなかった光秀の心変わりに、軽々しく態度を鮮明にできなかった。

対処を誤れば、筒井の存続が危ぶまれる。

光秀の突発的な単独行動であるのか、綿密な計画で共謀者がいるのかさえ分からない状況では、全面的に協力することは躊躇された。

再三の要求に、僅かな家臣を近江の平定に送ったが、順慶自ら出陣することはなかった。

また、信孝や丹羽長秀から誘いもあったが、島左近ら家老は大勢を見極めて判断することを進言し、中立的な立場を保っていた。

藤田伝五郎は郡山城に赴いて説得したが、順慶の快諾は得られなかった。

細川藤孝は上洛中の家臣、米田求政の早飛脚で、光秀の使者よりも早く変事を知っていた。

「日向殿は早まったことをされた。上様を弑して、己が天下さまにでもなろうと思うてか」

吐き捨てるように言うと、書状を忠興の方に放り投げた。

手にした忠興は、

「父上が案じておられたことが起こりました。義父とは申せ、上様に刃を向けるは、言語道断でございます」

書状を持つ手を震わしながら、怒りよりも悲しみを隠しきれなかった。

藤孝は光秀の寄騎であったが、光秀とは同朋以上の気位で接しており、順慶ほどの恩情は感じていなかった。

また再三、秀吉からも懐柔の書状を受け取っていた。

秀吉に対しては当初から歯牙にもかけていなかったが、都から遠く離れて信長の政策や諸将の動きを冷静に分析すると、秀吉の活躍は群を抜いており無視はできなかった。

（秀吉は卑賤の出ながら、わしらには及びもつかない人間味がある。心憎いばかりだ。上様亡き後、誰が後を継ぐかが問われる。気の毒だが、上様に刃を向けた日向殿がこのまま納まることは難しい……細川の行く末を考えると、旗色を鮮明にすべきでない）

「忠興、わしは上様に恩義を感じておる。日向殿と共に苦節を乗り切ってきたが、上様がおられてのわれ等であった。日向殿に何があったか知らぬ訳でもないが、わしは情よりも義を重んじる。よって、髪を下ろし隠居する。去就は、お主の判断に任す」

言い切ると、元結を切って信長に弔意を表していた。

「父上のお考えは間違うてはおりませぬ。わたしも妻、珠を離縁いたし、義父と袂を分かちます」

忠興も元結を切っていた。

そして、妻、珠を丹後の三戸野に幽閉した。

飯盛山を発った家康一行は、南山城の草内から木津川を渡り、郷之口の山口城で宿泊。

翌日は近江の信楽小川城で宿泊し、四日には神山の里を経て桜峠から伊賀の国へ入った。

途中、土豪や農民の落ち武者狩りに出遭ったが、四郎次郎の財力、半蔵の息がかかった伊賀者の協力もあり危難を切り抜けていた。

加太越えから伊勢の国に入った一行は、四日市近くの長太湊から船に乗り、五日未明、三河の大浜にたどり着いた。

「殿、寝ている場合ではござりませぬぞ」

四日、丑の刻（午前二時頃）であった。

官兵衛の興奮しただみ声で、秀吉は安眠を破られた。

高松城の攻防は水攻めが功を奏していた。

水位が増し本丸を残すのみとなっていた。

和議の交渉も官兵衛と恵瓊が行なっていたが、城主の清水宗治の切腹が鍵を握っていた。

城兵の士気は極端に衰え、宗治の決断が求められていた。

信長から四日に京を出発して備中に向かう連絡を受けていた秀吉は、信長の承諾を得ないで和議を結ぶことはできなかった。

「騒々しいぞ、官兵衛。何が起こったのじゃ」

「天が、天がひっくり返りましたぞ……」

「バカ言え。天が、ひっくり返るか……」

「上様が、信長さまが弑され申した……」

「な、なんと……今、なんと言うた。うえ……上様が殺されたと……バカも休み休みに言え、官兵衛」

「日向守から毛利への使者が迷い込んできました。その者がこの書状を持参しておりました」

「な、なに……日向守が毛利に書状、と……」

官兵衛からひったくるように取って目を通した秀吉は、しばらくして、目から大粒の涙を零しながら、

「バカな……信じられぬ。官兵衛、策略では、ないか」

「分かりませぬ。が、まんざら、偽りとも申せぬ……」

「真ならば、大変じゃ。確かめよ。それと、このこと毛利に知られてはならぬ。西国への道をすべて封鎖し、何人たりとも通してはならぬ」

命じると、秀吉はあたりかまわず大声で泣き出していた。

泣きながら秀吉の頭の中は目まぐるしく動いていた。

(光秀がやってくれた。悲観するか、好機と、とらえるか、で対処が変わってくる)

「殿、悲観にくれている場合ではありませぬ。天下への道が開けましたぞ」

官兵衛の鋭い指摘であった。

もとより、秀吉も声を出して泣きながら、可能性を考えていた。

「官兵衛、間違いあるまい。恵瓊の策ではない」

「わしも、そう見ました。使者の話しぶりは、美濃訛でございまする」

更に夜明け前には、秀吉の放っておいた間者を通じて変事がもたらされた。

信長が光秀に弑されたことは、見紛うことのない事実と確信した。

「和議を急げ。宗治の切腹は譲るな。領地割譲は毛利の言い分でよい」

決断は早かった。

「官兵衛、和議がなり次第、全軍を上方に集結させる。上様の弔い合戦じゃ、佐吉に命じて用意をさせろ」

二日早朝の変事が二日後の四日未明には、秀吉の方針は決まっていた。

使者が迷い込むという幸運はあったにせよ、光秀の必死の暴挙が、秀吉に願ってもない好機を与えた。

秀吉は信長を極端に恐れていた。

背伸びをしても信長を超えることはできなかった。

（上様が生きている限り、わしは、西国はおろか高麗、唐土まで走り続けなければならない。わしも上様が亡くなってくれたら、と考えないでもなかった。その叶いもしない夢が、正夢に変わった。上様に変わって天下に覇を唱える夢が……）

四日、巳の刻（午前十時頃）高松城主清水宗治は、毛利家当主輝元の反対を押して城兵の命を助けることを条件に城を明け渡し切腹した。

和議を急ぐ秀吉はその日の午後、領地割譲を毛利の当初の申し出より大幅に譲歩して合意した。

毛利は和議が成立した後、変事を知ったが、羽柴軍を攻撃することはなかった。

秀吉の行動は素早かった。

陣中にあって織田家の各武将に書状を送り続けていた。

光秀の寄騎である細川藤孝、筒井順慶はもとより摂津衆といわれる池田恒興、中川清秀、高山右近、更には、四国渡海を目前にしていた信孝、丹羽長秀らに、近々中に京を目指し弔い合戦を行なう旨、情報を発信していた。

六日になって毛利は軍を退き始めた。

それを見届けた秀吉は姫路へ退却を開始した。

雨は風を伴って激しくなっていた。

世にいう秀吉の『中国大返し』である。


同じ日、安土城を占拠した光秀は、美濃・尾張の平定に全力を注いでいた。

だが、光秀に対する抵抗は強かった。

内蔵助の元主君、稲葉一徹・貞通父子は、時期を同じくして秀吉の調略で斎藤義龍を寝返った美濃三人衆の一人、安藤元就父子が光秀に加担し挙兵したが、打ち破っていた。

このように、美濃・尾張における勢力の拡大は、光秀の目論見通りには進まなかった。

光秀は焦りを感じ始めていた。

心の奥で主君に刃を向けた後ろめたさが、本来の策略家としての光秀を見失っていた。

光秀の寄騎として京の近く摂津には高槻城に高山右近、茨木城に中川清秀、伊丹城には池田恒興がいたが、積極的に働きかけるでもなく日和見にさせたことが、自滅に繋がるとは思いもしなかった。

織田諸将の間に広がりつつあったのが『信長が生き延びている』という秀吉が流した、にせ情報であった。

事実、信長の御首はおろか遺体も見つかっていなかった。

光秀も変の後、本能寺の焼け跡をくまなく調べさせたが、信長の亡きがらを見つけることができなかった。

七日に朝廷の使者、吉田兼見が安土へ下向してきた。

兼見は誠仁親王の親書を携えてきたが特段のものではなく、以前よりもよそよそしい態度が光秀の心を晴らそうとはしなかった。

好転しない情勢に光秀の焦燥感は増していた。

（朝廷や兼見卿も、わしの心を鼓舞するような態度ではない。あくまで儀礼的なものであって大歓迎ではない。順慶も日和見を決め込んでいる。すでに五日が経つが、近江を平定しただけで展望が大きく開けた訳ではない。好意的であった武将も冷ややかな態度だ。藤孝殿の加勢がなければ、わしは孤立してしまう。安土に留まっているだけでは何事も打開できない。明日は上洛して、摂津や河内に進出し勢力を拡大しなければ変事が無になる。畿内を勢力下におけば、順慶も加担するはずだ）

光秀は、秀吉が毛利と和議を結び、七日の深夜には居城の姫路城まで進軍してきているることを知る由もなかった。

「茶屋殿、大変じゃ。筑前が毛利と和議を結び、京を目指しておる。信長の弔い合戦というて、大層な前ぶれを吹かしておるそうだ……」

「なに、それは真か……」

「手の者から連絡が入った。間違いない」

「して、動静はつかめておるのか」

「六日の午後、高松城を退いて七日の遅くには姫路城に入ったというではないか」

「な、なんと……信じられぬ。あの風雨の中を、一日半で二十里以上も駆けたと……」

「わしも何回も念を押した。事実でござる」

「……殿も、無事岡崎まで戻られて間がない。軍勢の用意もできぬ」

「いかが、される」

「至急、岡崎へ仔細を」

光幡から話を聞いた四郎次郎は、直ぐに信じることはできなかった。

四国渡海を変事の日に予定していた神戸信孝、丹羽長秀の兵一万数千は、信長の横死を知ると脱走する兵が相次ぎ四千ほどに激減していた。

信孝は大坂城に入り池田、中川、高山の各将と呼応していたが、それらだけでは光秀と対峙できる軍勢とはいえなかった。

秀吉が上洛することは、反光秀派の各将にとって願ってもないことである。

また、秀吉は進軍の途中から『信長生存説』などの書状を諸将に送り、勢力の拡大を画策していた。

「行信さま、羽柴が姫路城を出立したとのことでございます」

琉之介の神妙な話しぶりには、危機感というものは感じられなかった。

いずれ信長の弔い合戦を避けることはできない。

柴田か羽柴か、それとも密約を交わした徳川が天下取りに立ち上がらないとも限らなかった。それに勝利するしか道は開けなかった。

琉之介はいずれの場合にでも光秀に与し、迎え撃つ敵に全力で戦う気持ちを心に誓っていた。

それまでにどれだけの軍勢を味方につけ勢力を拡大するかが問われていたが、思っていた以上に光秀に対する反発が大きすぎた。

「琉之介、内蔵助さまにお知らせしてくれぬか。殿には某から伝える」

連絡を受けた内蔵助は、闘志を奮い起こそうと己に言い聞かせていた。

「そうか、噂は真であったか……」

信長を倒した感激は薄れていた。

変事の後、全力で戦ってきたが、戦う相手は信長の生存中は皆、味方ばかりであった。

一夜にして敵に変わったことに戸惑いを感じていた。

「殿は、朝廷や寺院に金銀を献上したそうだが、天下が固まってからの話ではないか。今は、見るべき相手が違うておられる」

「一刻も早く摂津、河内に兵を出さなければなりませぬ」

「わしも、そう思うておる。明日にでも出陣していただこう。琉之介は羽柴の動きから目を離すではないぞ」

内蔵助は信長を倒した後まで考えが及ばなかったことが、悔やまれてならなかった。

光秀は九日、細川父子には書状を、順慶には伝五郎を遣わして再度の協力を依頼した。

特に、順慶には明日十日、洞ケ峠まで進出する旨、申し送っていた。

「筒井の軍はまだ見えぬか」

洞ケ峠で待つ光秀は気が気でなかった。

秀吉が昨日、明石まで進軍していた。

一両日には目の前に現れるのは確実の情勢である。

「伝五郎、順慶殿の様子は、いかがであった」

「順慶殿は城に軍俵などを運び入れ籠城の構えでございました。本日の出陣は一応、承諾されましたが……」

「殿、時間を無駄にはできませぬ。ここで躊躇するは後塵を拝しまする。大坂まで進出して信孝らを攻めるべきです」

内蔵助は硬直した事態を打開するため、また、兵士の士気を高めるため交戦論を進言していた。

が、光秀は順慶の参陣を諦めきれず、終日待ち続けた。

順慶は光秀が洞ケ峠に布陣した十日に、秀吉より申し出のあった誘いを受け入れ、加担をする誓書を送っていたのであった。

秀吉は十一日午前、尼崎に着陣した。

羽柴軍は備中高松からの強行軍についてこられない兵士が続出し、数は一万に半減していた。

到着すると、畿内に散らばっている各将に書状を送り、味方する諸将の参陣を待つことにした。

摂津三人衆の池田恒興、中川清秀、高山右近が参陣してきた。

少し遅れて丹羽長秀軍三千も大坂から駆けつけてきた。

それらの兵を合わせて二万の軍勢になっていた。

翌十二日、尼崎を発った秀吉は、夜には摂津の富田に陣を進めた。

遅れていた信孝は十三日の昼頃、兵四千を連れて秀吉と合流した。

神戸家へ養子に出ているとはいえ、信長の実子である。

信孝を名目上主将に迎えることで、秀吉は弔い合戦という大義を前面に押し出すことになった。

光秀の対応は遅れていた。

予期もしない秀吉の進軍に、慌てて淀城や勝竜寺城の修築に取りかかる有様であった。

十二日夕刻から両軍は円明寺川を挟んで対陣した。

光秀は勝竜寺城と円明寺川との中間あたりに本陣を構え、その前面に斎藤利三、阿閉貞征、伊勢貞興ら旧幕府衆が東西に布陣し、秀吉軍を迎え撃つような形で陣形を構えた。

兵は秀吉の半分ほどの一万七千で、兵力差の劣勢は余儀ないものであった。

一方、秀吉軍は摂津衆の中川、高山両軍が山崎の集落を占拠し最前線に着陣、池田恒興らが右翼を固め、官兵衛、秀吉の弟秀長、神子田正治らが天王山山裾の街道に沿って布陣していた。

秀吉は更に後方の宝積寺に本陣を置いた。

山崎の戦いは十三日午後四時頃、雨が降りしきるなか始まった。

天王山の山裾を横切って高山軍の横に陣を移動しようとした中川軍に、斎藤軍の横にいた伊勢貞興が襲いかかっていった。

それに呼応するように斎藤軍が高山軍に攻撃を開始し戦端が開かれた。

斎藤・伊勢軍の猛攻を受けた中川・高山の両軍は窮地に陥るが、秀吉本隊から堀秀政の手勢が後詰に回ったことで何とか持ち堪えていた。

天王山山麓に布陣していた官兵衛・秀長・神子田軍らは前に出ると、中川・高山軍の側面を攻撃すべく進撃してきた松田政近・並河易家両軍と交戦、一進一退の攻防が続いた。

戦局が大きく動いたのは戦端が開かれてから一刻後、淀川沿いに北上してきた池田恒興らの手勢が、密かに円明寺川を渡河して津田信春軍を奇襲。津田軍は三方から攻められる形になり総崩れになった。

池田軍に続いて丹羽・信孝軍も右翼から一斉に押し寄せ、光秀本陣の側面をつき、これを受けて苦戦していた中川・高山軍も斎藤・伊勢軍を押し返し、動揺が全軍に広がった明智軍は態勢を立て直すことが無理になっていった。

行信は光秀から離れず猪飼秀貞を庇いながら戦っていた。

甚助から頼まれた秀貞の命を落とす訳にはいかなかった。

「秀貞殿、わしの側から離れてはならぬ。形勢は不利になってきた。わしは大殿とお主を守らねばならぬ」

「行信さま、殿は勝竜寺城に退かれます」

「相分かった。殿のお側を離れる訳にはいかぬ。しんがりは、作兵衛殿や才蔵殿、それに父上の甚助殿にお願いしよう。いずれ城を出て坂本へ行かねばなるまい」

「分かりました。殿の後を追いまする」

羽柴軍の攻勢をくいとめることはできなかった。

主力の斎藤軍が壊滅状態になると、官兵衛らと交戦していた松田政近、伊勢貞興らが乱戦の中で討死していた。

羽柴軍の前線部隊も消耗が激しく、また日没が迫ってきて追撃は散発的なものになったが、それ以上に明智軍は士気の低下が甚だしく兵士の脱走、離散が相次いだ。

勝敗は決したのである。

光秀の落胆は目を覆うばかりであった。

「なぜ、なぜ秀吉ふぜいに不覚を取ったのだ。わしの、わしの何処が、足りぬというのだ……」

光秀は、憔悴した面持ちで天王山をにらみながら呻き声を発していた。

城に逃げ込んできた兵は一千たらずで、城外は敵の兵が満ちてきている。

闇が迫っており、松明を持った新手が天王山の裾から城を目指して駆けてくる。

勝ち誇った敵の怒号が、信長の呻き声と重なり光秀を苦しめていた。

「殿、ここでは持ち堪えられませぬ。坂本へ戻れば、必ず再起はできます。坂本へお逃げくだされ」

庄兵衛の必死の説得であった。

急ごしらえの勝竜寺城で二万を超える敵勢を相手に戦うことは無理であった。

光秀は庄兵衛の意見を取り入れ、城を抜け出し坂本を目指すことにした。

行信は冷静に分析していた。

「大殿、伏見街道は最も危険でございます。道幅も狭くうっそうとしていて落人狩りが潜んでいないとも限りませぬ。某が、大殿に代わって参りますゆえ、内蔵助さまと重心の方々は、鞍馬街道から仰木へ出て、坂本を目指してくだされ」

行信、渾身の建言だった。

光秀は無言で、行信の必死の進言が耳に入っているのかも分からない状態であった。

形相が一変している庄兵衛が、

「行信、一刻を争う。危険など、と悠長なことは言っておれぬ」

「大殿、坂本とて安泰とは申せませぬ。それに、某は、大殿のおかげで波多野や信康さまの恨みを晴らすことができました。これ以上の望みはございませぬ。されど、大殿には天子さまを中心とした、万民が幸せに暮らせる世を作ってもらわねばなりませぬ。でなければ、我らとて成仏できませせぬ。大望を、大望を果たしてくださりませ。

生き延びていただかなければ、我々は納得できませぬ。今日までの努力が無になりまする」

「…………」

城内は重苦しい雰囲気で、嗚咽のみが漏れている。

内蔵助は光秀を逃がすことで、すべての責任をとる意を決していた。

「殿、行信の申す通りでございます。京からの進入は困難でございます。仰木から堅田へ出て、船で城へ入るしかありませぬ」

「…………」

光秀は、ようやく置かれている立場が分かるようになってきた。

坂本に居る妻子や家臣の姿が目に浮かんできた。

城に入ることで勢いを取り戻し形勢が逆転するかもしれない、と僅かな希望を持ち始めていた。

行信の決死の言上の意味も分かってきたが、判断に迷っていた。

「相分かった。内蔵助の差配に任せる」

内蔵助の腹は決まっていた。

「では、行信の進言を取り入れる。が、主だったものばかり殿の側では目につきやすい。各々方は行信と城を目指してくれぬか。わしと殿は琉之介の案内で鞍馬を目指す。猪飼秀貞と可児才蔵は同道してくれ」

　行信は光秀の具足を身に着けると、

「琉之介、茂林殿に連絡をつけてくれ。わしの元には三人ほど、茂林殿は大殿をお連れして万が一、城へ入れぬ時は美濃へお連れしていただくよう、お頼みしてくれ」

「承知いたしました。直ぐに茂林殿と後を追いまする。一刻も早く出発してくだされ」


　敗戦の一報が入った坂本城は騒然としていた。

　亀山から坂本に入って城の守備をしていた光慶は、

「父上はどうされた。安否は分からぬか……」

「殿は、勝竜寺の城に引き上げられてございます。戦いの始めは内蔵助さまらの奮闘もあり互角の戦いでしたが、池田恒興らに東から本陣の側面を突かれ、全軍が総崩れになってしまいました」

「あの城では防ぎきれまい。この坂本でなら、まだまだ戦うことはできる。早くお連れできないか」

「庄兵衛殿や作兵衛ら強者がついております。必ずや、お帰りになります」

「相分かった。城の守りを固めよ。明日になれば敵が攻めてくる。それと、安土の左馬助さまにお知らせせねばならぬ」

琉之介は光幡ら秋葉衆と光秀、内蔵助、秀貞を警護しながら西国街道から鞍馬を目指していた。

従う家臣は十数人で、樫原まで来ると内蔵助は兵の一人に、

「亀山と黒井に至急、知らせねばならぬ」

命じられた兵は老ノ坂を目指して去っていった。

琉之介は咄嗟に内蔵助の末娘、福の愛くるしい顔が思い出されてきた。

(あの子の命を守らねばならぬ)

決心すると、茂林の手の者に、

「すまぬが、使者の後を追ってくれぬか。亀山に寄ったあと黒井へ行き、内蔵助さまの妻子を安全なところへ隠してほしい。後日、必ずわしが助けに行く、と伝えてくれ」

秋葉衆の影が緩やかな坂に消えていく。

　内蔵助は琉之介の心遣いがこの上もなく嬉しかった。

　闇に消えていく使者を見送りながら神に祈る思いで、

（福、死ぬでないぞ。父は謀反人になった。生き抜くことは叶わぬ。二度とお前を、この胸に抱きしめることはできぬ。それが心残りだ。必ず生きて、父の遺志を継いでくれ）

　悲壮な願いであった。

　武者の哀れを感じずにはいられなかった。

（男は武具を持って戦うのが定めじゃ。だが、女の戦い方は別にあるのではないか。戦国の世から太平の世に変わろうとしている。必ず、女が天下を左右する時がくる。あの利発で聡い福なら、世の中で役に立つ時が必ずあるはずじゃ。それは夢ではない）

　内蔵助たちは都には入らず、更に北の道を辿っていった。

　鞍馬の奥を廻って坂本を目指した。

「若殿、庄兵衛殿がお戻りになりました」

　東六郎兵衛のうわずった声が響きわたった。

「なに、庄兵衛一人か。父上と一緒ではないのか」

「はい。いいえ……数人の家臣は戻られましたが……」

　庄兵衛の泥まみれの顔は無念さにゆがみ相が変わっていた。

「若殿、申し訳ありませぬ。殿は……殿は万が一のことを考えられ堅田から船でお戻りになりまする。が、行信が殿の身代わりになり命を落としました……」

「な、なんと……行信が身代わりに……」

「はい。遺骸は土中に葬ってまいりました。御首はわしの背に……」

　それだけ言うのが精一杯であった。

「して、何か、申されていたか……」

「殿は、悔いてはおられなかった。武運なく敗れはしたが明智の意地は貫き通した。十五郎も胸を張って戦え、と……必ず、助けに参るゆえ、それまで持ちこたえてくれ、とも……」

　光慶は握りしめた拳を震わしながら、涙が溢れ出るのをどうすることもできなかった。

　陽が昇る頃には、坂本城は取り巻く敵兵で埋め尽くされていた。

光慶は城に籠もった僅かな手勢で寄せての中川清秀、高山右近らの軍勢と対峙していた。

戦は初めての経験である。

武芸の苦手な光慶は城を取り巻く敵兵を見ただけで身体の震えが止まらなかった。

父の安否が心配だったが、城へ戻るより生き延びてほしい、と願い始めていた。

作兵衛ら重臣も三々五々戻ってきていたが、安土の左馬助秀満が駆けつけてくれることを頼りにしていた。

恐怖を忘れようと父や母との思い出を手繰っていた。

物心ついた頃は、天守から湖を眺めるのが楽しみであった。

いつも母と一緒だった。

母の煕子は優しく、叱られたことは一度もなかった。

幼くして母を亡くした光慶の忘れられない思い出の場所でもあった。

父は無口であったが、東の方を見つめながら人の上に立つ心構えを教えてくれた。

(わしも大きくなったら父に負けない武将になろう) と努力してきた。

亀山城を預かって成果が出始めていた。

水面が輝く湖上は行き交う船もなく静まり返っている。

この美しい景色も見納めと思うと、光慶は涙がとめどもなく流れて父母の姿が消えていく悲しみと戦っていた。

十四日未明、安土を発った左馬助は打出ケ浜で堀秀政の兵に行く手を阻まれていた。光秀の横死を知った左馬助は、坂本城を守っている光慶や光秀の妻子の安否が気がかりで、一時も早く坂本へ帰らねばと焦りを感じていた。

「権兵衛、済まぬが坂本へ先行し仔細を話してくれぬか。わしは今宵、闇に乗じて抜け出し、明け方までには城に戻ると伝えてくれ」

坂本城の攻撃は昼過ぎから始まった。

中川、高山両軍の攻撃は陽が暮れるまで続いた。

城内の明智軍も必死に攻防したが多勢に無勢、二の丸と三の丸を占拠され、残るは本丸のみとなっていた。

「義母上、この様子では左馬助さまも到底たどり着けますまい。明日はこの城を枕に討死いたします。弟、十次郎が哀れでございますが、父上の子として恥ずかしい真似だけはさせぬようお願いいたします」

「光慶さま、ご心配には及びませぬ。わたくしも武者の娘、覚悟はできております。十次郎さまには、立派な最期を飾っていただきます」

伏屋姫は気丈な女子であった。

忍びの技も習得しているが、光秀の側室になってからはすべて封印し、正室、熙子亡き後、幼い子どもを育て留守がちな光秀を補佐し城を守ってきた。

（父が生きていたら、光慶さまや十次郎さまを落ち延びさすことができるのだが……琉之介に内治麻呂を預けておいてよかった。確か、服部半蔵さまにお預けした、と申していたが元気でいるだろうか……琉之介はどうしているのだろう。殿と内蔵助さまを守って坂本城を目指しているに違いない。間にあってくれればよいのだが……）

伏屋姫は暗闇の中で琉之介の影を追っていた。

早暁を迎えようとしていた。

運命を暗示するかのような荘厳な朝焼けであった。

青白く光った薄雲が鈴鹿の峰にかかっている。

昨日までの雨が嘘みたいで、梅雨時にしては珍しく美しい朝であった。

まんじりともせず一夜を明かした光慶、十次郎、伏屋姫ら明智一族は天守の三層で別れの盃を交わしていた。

皆、無言である。

それぞれの思いが脳裏に去来していた。

光慶は、父との最後の別れとなった愛宕山詣でを思い出していた。

（あの時、父上は主君に弓引く苦しみと闘っておられたのだ。想像を絶する思いであったに違いない。成功するとは限らぬ。確率は低かったに違いない。が、挙に出るには、余程の理由があったのだ。妻子や一族郎党を犠牲にしてでも、為さねばならぬことが……）

「若殿、藤木権兵衛殿がお戻りです」

甲高い妻木広忠の声であった。

「若殿、さぞ、ご無念でございましょう」

「いかがいたした、権兵衛」

「左馬助さまは膳所で堀の兵と小競り合いになり、行く手を遮られておられます。が、夜陰に乗じて抜け出し、必ず城に入ると申されておられます」

「そうか、左馬助さまが戻られるか……」

湖岸沿いに左馬助が城に入った時は、既に先手の中川、高山軍の総攻撃が開始されていた。

光慶は、命を惜しむ兵には退去するよう申し渡していた。

無駄死は避け、城とともに殉じる者だけで戦う決意を固めていた。

が、戦いの始めこそ奮闘したものの次第に味方の兵は激減し、本丸を守る兵は五十人にも満たなくなっていた。

左馬助は、

「若殿、明智の意地は十分しめしてございます。これ以上の戦いは無駄死です。矛を収めましょう」

光慶を諭すと、寄せての大将、堀秀政に降伏を申し出た。

「堀殿にお伝え願いたい。城内には多くの財物、貴重な品物もござれば、ぜひ、それらをお受け取りいただきたい。その上、われら明智一族は妻子もろとも切腹して果てる。よって、それ以外の家士は城外へ逃がしていただきたい」

左馬助の申し出を聞いた秀政は、

「さすがは明智家中に左馬助秀満あり、と言われるはずじゃ。引き際が見事としかいえぬ」

承諾すると、財物を引き取り最後まで残った兵たちを退去させた。

「広忠殿、無理をお願いできませぬか」

「……左馬助殿の頼み、聞かぬ訳にはいかぬが、よもや年寄りだけ生きよとは、申されまい」

「われら、切腹いたす。不服であることは承知の上でお頼みいたしまする。介錯の上、亡骸を奥方が眠っておられる西教寺に葬ってくださるまいか」

「うむ……年寄りの仕事だ。承知いたした」

左馬助に思い残すことはなかった。

すべての始末が終わると、光慶を始め、光秀の妻子、一族共々切腹して果てた。亡骸は妻木広忠が西教寺に葬り、墓を建立した後、広忠も西教寺で切腹して果てた。光秀が築き城主となった坂本城で、明智一族は壮絶な最期を遂げたのであった。


人目を避け、樫原から周山へ廻り花背峠を越えての逃避行は内蔵助の心身を苛んでいた。

鞍馬から大原に出て山道を辿り仰木峠を右に取り横川まで来た時であった。

「内蔵助さま、城が……城が炎上しております」

琉之介の絶叫に内蔵助は我に返った。

「な、なんと……城が燃えておると……」

後の言葉は出てこなかった。

驚きで背筋が凍りついていた。

光秀は炎上する坂本城を目の当たりにして、身体の力が抜けていくのをどうすることもできず、ただ凝視するのみだった。

内蔵助は城を見つめながら、主君光秀に謀反を強要し追い込んでいった責任を、身が裂けんばかりの辛さで攻め続けていた。

(殿、申し訳ありませぬ。わしは殿をお諫めする立場にありながら、わしのわがままを通してしまいました。その結果が、この有様であります。お詫びのしようもございませぬ。ご苦労されて築いてこられた織田家筆頭の武将といわれるお方を謀叛人に仕立てたのは、この利三です。後世、明智光秀は稀代の謀叛人の汚名を着せられるのは、利三、悔やんでも悔やみきれませぬ。《斎藤内蔵助利三が真の謀反人である》と公言してくだされば、せめてもの救いであります)

内蔵助は坂本へ戻れば再起は可能であるという一心のみで、ここまでたどり着くことができた。

(あともう一歩のところまで来て間に合わなかった。またしても、不覚を取ってしまった)

内蔵助は、自責の念に駆られながら呆然と見下ろすしかなかった。

「殿、申し訳ありませぬ。内蔵助、一代の不覚でございまする。この上は、行信が申していた通り美濃へお逃げくだされ。明智日向守光秀は坂本城で自害、ということになっておりまする。追手は某の探索は続けましょう。わしは秀貞の案内で堅田へ参りまする」

「内蔵助、わしだけが落ち延びて、何とする。光秀は内蔵助や左馬助らがいてくれてこそ、ここまで戦ってこられたのだ。わしも堅田へ参る」

「殿、それは、なりませぬ。行信の死を、無駄にされるおつもりか」

「…………」

光秀は決心がつかなかった。城で待っている妻子や家臣のことが脳裏に浮かび、捨てて逃げる後ろめたさを感じていた。

「茂林殿、殿を美濃へお連れしてくだされぬか。才蔵、警護を頼む」

光秀が山中に消えて行くのを見届けると、

「琉之介、わしの最後の頼みじゃ」

「何なりと、お申し付けくだされ」

「福を……福を頼む。あれは実に聡い子じゃ。黒井のどこかに匿われているはずじゃ。尋ねて土佐へ連れていってくれぬか。それが、わしの最後の頼みじゃ……」

「もとよりその覚悟、必ず……必ず、土佐へお連れいたしまする」

内蔵助は光秀と別れて猪飼秀貞ら数人の供と堅田を目指して峠を下り始めたが、己を攻め続けていた。

「秀貞、堅田衆に迷惑はかからぬか」

「内蔵助さま、堅田郷の人たちは欺きませぬ。それに、行けば船もありまする」

「秀貞、お主の心根は涙が出るほど嬉しい。だが、こたびの責任はわしにある。わしが生き延びてはいけないのだ。自害をしてもいけない。首を刎ねられてさらし者になってこそ、殿に代わって、真意をお伝えできるのじゃ……分かってくれるな、秀貞」

秀貞は唇を嚙みしめながら内蔵助の言葉を聞いていた。

光秀の娘を娶って明智一族に名を連ねていたが、内蔵助に親にも似た親しみを感じていた。

暮れゆく琵琶の湖は黒い帯が南北に横たわり、行く手を閉ざしている。

雲が低く垂れ下がり、南の方向に坂本城が聳えていたはずだが、天守を失くした城は望むべきもなかった。

茂みの開けたところまで来て、ふと目を北に向けると、沖島のはるか上空が朱に染まっている。

「内蔵助さま、あの火は、安土の城が燃えているのではありませぬか」

秀貞の驚愕した声であった。

内蔵助は言葉がなかった。

（安土城が炎上している。誰が……まさか、左馬助が……いや、そんなはずはない）

内蔵助らは信じられなかった。

信長の贅を尽くした殿堂が燃え上がっている。

信長の象徴であった華麗な城が、信長の死とともに消え去ろうとしている。

内蔵助は万感の思いで立ちつくしていた。

内蔵助たちの目指した堅田郷もすでに秀吉の探索の手が伸びていた。

北陸に通じる湖西街道から琵琶の湖に至る一帯は、探索する兵で埋め尽くされており、内蔵助の痛々しいほどに疲れ切った身体は身を隠し通せるものではなかった。

「秀貞、もう、よい。お主の真心は、来世まで持っていく。わしは、この堅田郷で捕らえられるのが、定めだったのじゃ」

「内蔵助さま……」

秀貞は言葉にならなかった。

涙が溢れて内蔵助の姿がぼやけてしか見えなかった。

内蔵助も己の惨めさを晒したくないのか、背を向けたまま身動きもしないで佇んでいた。

姿を見つけた探索の兵が近づいてくる。

秀貞らに向き直った内蔵助の顔は、穏やかさを取り戻していた。

「わしが目当てだ。秀貞らはここに留まれ」

言い残すと、内蔵助は背を向け、兵がたむろする方へ悠然と歩んでいった。

（完）

あとがき

二十八年前の平成六年、大干ばつで琵琶湖の水位が一メートル以上も下がった時、坂本城本丸の遺構の石垣が出現した。歴史ファンとしては千載一遇のチャンスで、全国から多くの方が見に来られた。私もその遺構を目の前にしたが、三層の天守が湖上に浮かぶ景観を思い浮かべ、心が躍ったことを今でも鮮烈に頭の中に残っている。

光秀が信長に弓引いた原因は、諸説あるが、今もってなお謎である。多くの歴史研究家の方が諸説を論じられているが、それなりの根拠があり特定は難しい。

だが、光秀が信長を弑する理由があったことは事実である。

それまでに至る悩み、葛藤は筆舌に尽くし難いものがあったと思われるが、光秀の心内を少しでも読み解いていきたいという思いが筆を走らせた。当然、満足のいくものではなく、光秀の心の中を覗くことはできない。

しかし、命を賭してまで変事を起こした光秀の心情を少しでも解明できる一助になれば、天下の謀叛人たるレッテルをぬりかえることができるのではないか、と期待している。

この小説を書き始めた当初、徳川家康の嫡男信康が二十一歳という若さでこの世を去った怨念が本能寺の変の発端になった、という仮定のもと筆を進めていった。

筆が進むにつれ信康怨念説が不自然でなくなっていく感覚に囚われていった。

岐阜県山県市洞戸に明智光秀の墓があり、供花が絶えることなく供えられている。伝説と云われているが資料にも見るべきものがあり、光秀が隠れ住んだところとして不自然さは全くない。

信長は長宗我部征伐のため四国渡海を準備するが、四国渡海をするその当日に本能寺の変事が起こったことは偶然とは言い難い。斎藤利三兄弟と元親との縁戚関係が鍵を握っているが、信長と元親の同盟関係が波状し対立に至るまでの過程は、戦国期の常套手段であって非難されるべきものでないだろう。が、それに義を重んじる光秀と手段としか思わない信長の違いが二人の人間性に表れている。

天正時代を象徴した天下の美城、安土城と坂本城が、天正十年六月十五日の同日炎上し、この世から消え去った。この偶然性も歴史を創出する神の悪戯なのであろうか。

後を継いだ羽柴秀吉、徳川家康が天下人になるが、光秀に感謝こそすれ恨みを持つ理由は何もない。その証が、変事の後、秀吉が光秀に加担した京極高次を召し抱え、家康が斎藤利三の娘お福を召し抱えたことは、感謝の表れであったかもしれない。

余談になるが、高次の妹竜子は、同じく光秀に加担した元若狭守護、武田元明の妻女である。秀吉は美女の竜子に恋慕して、丹羽長秀に命じ元明を殺掠し側室にする。

その高次が、関ヶ原の戦いの際大津城に立て籠もり、豊臣家から徳川家康に加担する歴史の綾を見過ごすことはできない。

光秀は山崎の戦いで秀吉に敗れた。内蔵助の兄、石谷頼辰を始め明智一族や坂本に在住していた人々が長宗我部を頼り土佐へ落ちていった。

幕末に奇跡を起こす坂本龍馬の先祖は、この時、土佐へ移り住んだのである。斎藤利三の娘、福も頼辰らと一緒に落ちていったに違いない。

お福は徳川時代に三代将軍家光の乳母として召し抱えられ、後年は春日局として大奥で絶大な権力を誇った。

光秀は、戦国の世から太平の世に移り変わろうとしている時、本能寺の変を演出し歴史の舞台から去った。龍馬も明治維新を演出したが、その実現を見ることなくこの世を去った。

人間は社会に生かされているが、個々の持つ歯車は目に見えないほど小さいものである。しかし、光秀と龍馬の歯車は、世の中を一八〇度も変える大車輪であったといっても言い過ぎではない。

信長は無益な殺戮を繰り返した。

新しい世を作る名目とはいえ、女や子ども、罪のない人まで犠牲にする必要があったのか、大いに疑問に思っている。

豊臣秀吉も晩年、甥の秀次らを大量虐殺している。

因果応報というか、二人とも政権は一代限りで子孫は報われていない。

現代史においてもヒトラーを始め独裁者は、数千万人の虐殺を行なっている。

歴史は繰り返されるのである。

何事も『……たら』は成立しないが、『徳川信康』が生きていたら、『本能寺の変』がなければ、『薩長同盟』がなければ等々、日本の国がどのようになっていたか、と想像するだけでも歴史ファンを虜にしてくれる。

著者プロフィール

前川 佳彦（まえかわ よしひこ）

1944年滋賀県生まれ、関西大学文学部中退
西日本旅客鉄道㈱退職後、登山を再開し、日本百名山を踏破する
著書『神々が宿る「魔の山」トムラウシ』（文芸社、2013年1月刊）

影武者　明智光秀

2022年4月15日　初版第1刷発行
2022年6月15日　初版第2刷発行

著　者　前川 佳彦
発行者　瓜谷 綱延
発行所　株式会社文芸社
〒160-0022　東京都新宿区新宿1－10－1
電話　03-5369-3060（代表）
03-5369-2299（販売）

印刷所　株式会社暁印刷

ISBN978-4-286-23413-7